SEBASTIAN THIEL

Die Hexe vom Niederrhein

HEXENJAGD Kempen, im Winter 1642. Am Niederrhein tobt der Dreißigjährige Krieg.

Nach einem Kirchgang rettet der junge Schmied Lorenz gemeinsam mit seinem Bruder Maximilian die Tochter des Statthalters vor zwei durchgehenden Pferden. Die schöne Elisabeth macht ihrem Retter von der ersten Minute an eindeutige Avancen und lädt ihn zum Essen ein. Dort lernt Lorenz ihre schüchterne und geheimnisvolle Adoptivschwester Antonella kennen und verliebt sich in sie. Als hessische Söldner Kempen belagern und einnehmen, bricht das Chaos aus. Die kräuterkundige Antonella wird von der gesamten Stadt als Hexe denunziert, die auf dem Scheiterhaufen verbrannt werden soll. Lorenz will seine Geliebte befreien und stellt Maximilian vor die schwerste Entscheidung seines Lebens ...

Sebastian Thiel, Jahrgang 1983, lebt in Tönisvorst am Niederrhein. Nach einer Ausbildung zum Fachinformatiker arbeitete er als IT-Manager in einem mittelständischen Dienstleistungsunternehmen, bevor er eine einjährige Auszeit nahm und sich ganz dem Schreiben widmete. Schon in frühester Kindheit begann er, vornehmlich Kurzgeschichten zu verfassen.

Weitere Informationen zum Autor: www.sebastianthiel.net

Bisherige Veröffentlichungen im Gmeiner-Verlag:
Die Dirne vom Niederrhein (2013)
Wunderwaffe (2012)

SEBASTIAN THIEL

Die Hexe vom Niederrhein

Historischer Roman

Original
GMEINER

Besuchen Sie uns im Internet:
www.gmeiner-verlag.de

Im Ehnried 5, 88605 Meßkirch
Telefon 07575/2095-0
info@gmeiner-verlag.de

3. Auflage 2013

Lektorat: Claudia Senghaas, Kirchardt
Herstellung: Daniela Hönig
Umschlaggestaltung: U.O.R.G. Lutz Eberle, Stuttgart
unter Verwendung des Bildes »Martha und Maria Magdalena«
von Caravaggio / http://commons.wikipedia.org
Druck: CPI – Ebner & Spiegel GmbH, Ulm
Printed in Germany
ISBN 978-3-8392-1076-5

»Die Suche nach Sündenböcken ist von allen Jagdarten die einfachste.«

- Dwight D. Eisenhower

Kapitel 1

- Entschuldigungen -
Sankt Tönis bei Crefeld, 17. Januar 1642

ZUVERSICHT SPRICHT AUS SEINEN AUGEN. Das Schlachtfeld scheint für einen Herzschlag stillzustehen, und die Schreie der Sterbenden höre ich für diese eine Sekunde nicht mehr. Er nickt mir zu und grinst schelmisch. Ich weiß, was er damit sagen will: Ich passe auf dich auf, kleiner Bruder. Seine stahlblauen Augen funkeln in der Nachmittagssonne, und ich beginne seinem Blick Glauben zu schenken. Dann dreht er seinen Kopf und die schwarzen, langen Haare fallen ihm ins Gesicht. Sofort sind die Schreie wieder da, doch meine Angst nimmt ab. Der stechende Geruch von Schwarzpulver hat sich wie ein Schleier über das Schlachtfeld gelegt. Nebel umhüllt die Verletzten beider Seiten, sodass man nur erahnen mag, wie viele Hunderte zwischen den beiden Heeren wohl liegen mögen und um ihr Leben ringen. Mein älterer Bruder klammert sich an den Holzgriff der Muskete und überprüft zum zigsten Male das Steinschloss der Waffe. Ich tue es ihm gleich und bemerke, wie meine Atmung langsam regelmäßig wird. Der gefrorene Acker erstrahlt mit den letzten Sonnenstrahlen in einem glitzernden Orange. Wären da nicht die Toten und Verletzten, die Schreie und das Blut und diese greifbare, allgegenwärtige Angst, hätte diese weiße Pracht fast etwas Harmonisches. Ich bebe am ganzen Leibe. Nicht, weil der Schnee mittlerweile meine Kleidung durchnässt und die klirrende Kälte des

Winters sich tief in mich hineinfrisst. Nein, mein Zittern hat einen anderen Grund. In wenigen Sekunden wird der Hauptmann der Kaiserlichen Armee das Signal zum Angriff geben. Und obschon die Artillerie des französisch-schwedischen Verbundes bereits tiefe Furchen in unsere Reihen geschlagen hat und obschon die hessischen Söldner eine Angriffswelle nach der anderen gegen unsere Flanken schlagen, will der Kaiserliche General Lamboy mitten durch das feindliche Zentrum brechen. Beflügelt von seinen vergangenen Siegen, will er nun den französischen Marschall Guébriant stellen. Hier und jetzt. Nur er scheint noch zu glauben, dass die Lage nicht aussichtslos ist. Den ganzen Tag lang ist dieser von Gott verlassene Acker schon Schauplatz verschiedener Scharmützel. Nun, da es dämmert, steht die entscheidende Schlacht bevor. Beide Hauptkampfgruppen stehen keine 400 Fuß auseinander. Ich kann die Angst meiner Feinde spüren, und doch empfinde ich kein Mitleid für sie. Immerhin waren sie es, die Anspruch auf unser Land stellten. Doch welche Wahl obliegt schon einem Partisanen, der nur das beschützen wollte, was er Heimat nennt? Welche Wahl obliegt schon einem Schmied, der dem Ruf seiner Stadt gefolgt ist und sich nun an vorderster Front wiederfindet? Die einzige Wahl, die uns jetzt noch bleibt, ist, ob wir rennend und schreiend vom Feind erschossen und aufgespießt werden oder ob das unsere eigenen Unteroffiziere erledigen. Sie wachen lauernd hinter uns und würden mit ebenso kalter und erbarmungsloser Hand Deserteure und Feiglinge bestrafen. Ich spüre, wie sich ihr Blick in meinen Rücken brennt, und traue mich nicht einmal, mich für eine Sekunde umzuschauen. Reih an Reih stehen wir zusammen und warten auf das Signal zum Marschieren.

Mann an Mann zittern wir in dieser eisigen Kälte, wohl wissend, dass die nächsten Atemzüge unsere letzten sein könnten.

»Ruhig, Männer! Die Linien halten!«, brüllen uns die Unteroffiziere zum Gehorsam an. Doch die Befehle und ermutigenden Worte der Soldaten finden bei mir kein Gehör. Mein Geist will einfach nicht zur Ruhe kommen und mein Körper zittert wie das letzte Blatt an einem Baum, das sich mit aller Kraft dagegen wehrt, vom Wind abgerissen zu werden. Ein weiteres Mal blickt mein Bruder zu mir.

»Ruhig, Lorenz! Einfach die Linie halten!« *Seine* Ermunterung allerdings verfehlt ihre Wirkung nicht. Ich nicke ihm zu. Ein kurzes, dankbares Nicken, das mehr zu sagen vermag als alle gesprochenen Worte. Mein Blick fällt auf den schmächtigen, rothaarigen Jungen, den wir alle nur ›Ratte‹ nennen, und auf Jakob den Hünen, der aus der Linie hervorsticht. Ich bin froh, sie meine Freunde nennen zu dürfen, und bete, dass auch sie den Tag überleben werden.

»Jetzt geht es los«, flüstert Jakob ohne Stimme.

Der Hauptmann geht ein paar Schritte vor, sein schneller Atem ist deutlich sichtbar und lässt ihn durch eine weiße, sofort wieder verschwindende Wolke schreiten. Mithilfe von Flaggen hat General Lamboy seinen Offizieren den Befehl gegeben, sein Zentrum marschieren zu lassen. Den Ruf des Hauptmanns höre ich schon nicht mehr. Innerhalb eines Augenaufschlages scheint die Hölle loszubrechen. Waren es vor wenigen Stunden noch vereinzelte Schüsse, die fortwährend auf unsere Reihen barsten, scheint nun der Teufel selbst Donnerschläge zu schicken. Die Artillerie der französisch-schwedischen Armee ist gut justiert, die Einschläge genau. Trommel und Fidel spielen im Hintergrund, als ich wie von Seilen gezogen einen Schritt vorwärts marschiere. Ich will zurückfallen, wegrennen, irgendwas, nur nicht hier sein. Doch wenige Meter hinter der Linie wäre mir der Tod durch die eigenen Männer sicher. Gerade weil wir keine regulären Soldaten sind, sondern billige Partisanen. Man hört die Offiziere über uns lachen, wenn wir an ihren Zelten vorbeigehen.

»Wertloses Kanonenfutter.« Dieser Ausspruch ist stets mit Gelächter und Hohn verbunden. Doch jetzt, zu dieser Sekunde, sind wir alle gleich. Gleich im Leben und gleich im Tod.

Meinem Bruder habe ich es ein weiteres Mal zu verdanken, dass ich nicht stehen bleibe. Für das heftige Ziehen an meinem linken Unterarm bin ich dankbar. Fürwahr würde ich ohne seine Hilfe keine Elle mehr auf diese Wand aus Soldaten zugehen.

Noch 200 Fuß.

Fast bemerke ich nicht, wie ich anfange zu tippeln, verlagere das Gewicht von einem Fuß auf den anderen. Bloß nicht ohnmächtig werden, denke ich und spüre, wie meine Hoffnung mit genau diesem Gedanken auf brutalste Weise aufgefressen wird.

Noch 100 Fuß.

Ein Ziehen schleicht sich langsam, aber unaufhörlich in meinen Kopf und hinterlässt eine schwere, dunkle Last. Ich räuspere mich, ein Schwindelgefühl steigt in mir hoch und ich habe das Verlangen, mich selbst zu ohrfeigen. Zu unwirklich kommt mir diese Situation vor, als wäre ich nicht mehr Herr meiner Sinne. Die Angst schreit mich an, gebietet mir stehen zu bleiben.

Noch 50 Fuß.

Als ob mir jegliche Kraft genommen würde, drückt sich nun ein Kloß meinen Hals hoch und kündigt auf perverse Weise das Würgen an. Es ist nur dem fester werdenden Griff meines Bruders zu verdanken, dass ich die letzten Meter nicht zurückfalle. Zärtlich glitzert der frisch gefallene Schnee zwischen den beiden Armeen, ruhig und unberührt.

Dann beginnt es.

Die Männer warten nicht auf ein Signal. Kaiserliche Truppen geben vereinzelte Schüsse ab und lassen so ein Chaos ausbrechen. Einige hetzen aus der Linie und werfen sich todesverachtend gegen die französisch-schwedischen Reihen. Kurz bevor es zum Nahkampf kommen kann, werden sie von den feindlichen Musketen zu Fall gebracht. Das Feuer der Kanonen schlägt wenige Meter neben mir ein und reißt eine weitere Bresche in die Linie. Ohrenbetäubend scheinen das Schreien der Männer und das Kreischen der Schüsse. Mein Herz schlägt mir bis zum Hals, als sich die Reihen daraufhin endgültig auflösen. Mit starkem Griff sucht sich meine Muskete ein Ziel und feuert gegen die Wand aus Soldaten. Für einen zweiten Schuss reicht es nicht mehr. Ich ziehe meinen Säbel und stürze den Feinden entgegen. Die gegnerische Infanterie rüstet sich ebenfalls zum Angriff und prescht mit gezogener Waffe vor. Aus ihren Gesichtern sprechen derselbe Hass, derselbe Wille zum Überleben und dieselbe Angst. Als die beiden Heere aufeinandertreffen, verwandelt sich der Acker zu einem grausamen Tummelplatz. Ein grauer Schleier legt sich über meinen Blick und ich habe das eigenartige Gefühl, keine der handelnden Personen mehr zu sein. Aus vollem Lauf hole ich aus und ziehe einem französischen Soldaten meine

Klinge über das Wams. Er bricht sofort zusammen. Für einen Moment beobachte ich, wie das Blut des Mannes meinen Säbel herunterläuft. Dann werde ich mit einem kräftigen Ruck weiter nach vorn gedrückt. Weiter gegen die Wand aus Feinden. Die Kanonenkugeln schlagen nun unmittelbar neben mir ein. Ihnen ist egal, welche Uniform man trägt. Der aufgeschleuderte, gefrorene Boden peitscht in mein Gesicht. Ich muss über meine Augen streichen, bevor ich erneut zum Schlag aushole und mit einem Hieb den Arm eines Soldaten verletze. Einen weiteren kann ich mit einem gezielten Schlag zu Boden werfen und meinen Säbel tief in die Brust des Mannes bohren. Trotz des Lärmes vernehme ich die letzten, geröchelten Worte des Sterbenden ganz genau.

»Je te pardonne.«

Obschon die französische Sprache mir fremd ist, brennen sich seine Worte in meinen Geist. Meine Augen vermögen das Handgemenge, in dem ich mich befinde, nicht mehr zu durchschauen, Freund von Feind nicht mehr zu unterscheiden. Zu vermischt sind die Verbände, zu fremd alle Gesichter. In der unbekannten Masse schweift mein Blick umher, sucht ein ganz bestimmtes Antlitz. Hektisch sehe ich mich um.

»Maximilian! Max!«

Obwohl ich es gar nicht will, beginne ich laut den Namen meines Bruders zu rufen und bete innerlich zum Allmächtigen, dass er in derselben Sekunde neben mir auftauchen möge und mich schelmisch angrinst, so wie er es immer getan hat. Wie damals, als er mich zum ersten Mal mit auf Hühnerjagd nahm und ich auf einmal im Feld allein war, bis er auftauchte und mich rettete. Wie damals, als der Bauer Kelson uns jagte und er ihn in den Wald lockte, um von uns abzulenken, und später zu Hause wieder breit grinsend auftauchte. Doch irgendetwas sagt mir, dass er jetzt nicht kommen und mich retten wird. Um mich herum tobt das Chaos des Schlachtgetümmels, und so sehr ich mich auch anstrenge, ich vermag nicht einmal meine eigene Stimme zu hören.

Der dumpfe Aufprall der Kanonenkugel reißt mich aus meiner Suche. Mein letzter Gedanke gilt nicht meiner Familie, nicht meinem Bruder, meinem Leben oder Gott, er gilt ihr. Es ist ihr Gesicht, das ich als Letztes sehe, als der Ackerboden sich auf einmal unter meinen Füßen verliert und der weiße Schnee immer mehr in ein tiefes Schwarz gleitet.

Kempen am Niederrhein, zwölf Tage zuvor

Was für eine Pracht! In der Nacht zum Sonntag war Schnee gefallen und hatte die festgetretenen, braunen Pfade und die schäbigen Kopfsteinpflaster in ein majestätisches Weiß getaucht. Die Schritte der Familie gaben nun kein Schlurfen oder Scheppern, kein Klackern oder Stampfen, sondern nur ein leichtes Knirschen von sich, als sie sich ihren Weg zur Peterskirche bahnte.

»Amelie, Maria, Siegfried! Kommt aus dem Schnee heraus und macht euch nicht schmutzig! Der Gottesdienst beginnt gleich!«

Die raue Stimme des Vaters grollte über den gut gefüllten Marktplatz. Die Kleinen schreckten hoch und gesellten sich zu ihren zwei älteren Brüdern, die sich vor der Gruppe leise unterhielten. Als der Vater diese Worte gesprochen hatte, kehrte sein sorgenvolles Gesicht zurück. Tiefe Furchen hatte der Winter bereits in das Antlitz des hünenhaften Mannes geschlagen. Die muskulösen Oberarme spannten das Wams, das er sich übergeworfen hatte. Doch die Kälte des Winters war nicht der Grund, warum er sich so in seinem Mantel vergrub.

»Was hast du, Josef?«

Die mitfühlende Miene seiner Frau rang ihm ein Lächeln ab.

»Es ist nichts, Marta.«

»Das glaube ich dir nicht«, sagte sein Weib und stupste ihn zärtlich in die Seite. Obwohl sie eher von zierlicher Gestalt und ihre Gesichtszüge fein und spitz waren, schien der Winter ihr weniger anhaben zu können als ihrem Ehegatten. Gelegentlich blies ein kräftiger Windstoß ihre langen, dunklen Haare vor das Gesicht, doch das konnte sie nicht davon abhalten, den Blick auf ihrem Mann ruhen zu lassen. Mit einem lauten Seufzen gab er schließlich nach.

»Man sagt, dass Marschall Guébriant seine Truppen in diesem Gebiet sammelt. Das Hauptheer der Franzosen und Schweden, zusätzlich Söldner aus Hessen. Die Reiter sprechen von vielen tausend Mann.«

»Seit wann interessiert dich das Wort der Reiter? Du kennst dieses gottlose Gesindel. Trunkenbolde und Spielsüchtige.« Dabei stieß sie einen verächtlichen Ton aus. »Du solltest nicht auf sie hören. Der Kampf wird viele Meilen von uns entfernt stattfinden.«

Die Stimme der Frau war laut und klar, doch auch Angst schwang in ihren Worten mit. Schließlich hatte sie die Gerüchte ebenso gehört. Der Blick der beiden wanderte automatisch auf ihre Kleinsten, die schon wieder tobten und mit Schneebällen aufeinander warfen. Die Müßiggänger und Kirchenbesucher lächelten, wenn sie an ihnen vorüberkamen. Das Jauchzen der Geschwister erfüllte den gesamten Marktplatz der kleinen Stadt und die Herzen ihrer Eltern. Wehmütig schauten sie ihren Kindern einen Moment lang zu.

»Lorenz, Maximilian, kümmert euch um eure Geschwister, ich will sie nicht dreckig in der Kirche sehen«, unterbrach die Mutter schließlich das Gejohle in dem Bewusstsein, dass die Kirchturmglocken aufgehört hatten zu schlagen.

»Ja, Mutter«, ertönte es von den älteren Brüdern. Fürsorglich klopfte der 20-jährige Maximilian seinen beiden jüngeren Schwestern den Schnee aus den Kleidern. Sein zwei Jahre jüngerer Bruder Lorenz nahm sich den Kleinsten der Familie vor, der trotzig weiterspielen wollte. Innerhalb von wenigen Minuten waren alle drei Kinder vom Schnee befreit und nahmen, wenn auch etwas durchnässt, neben ihren Brüdern und ihren Eltern auf der Holzbank Platz.

Schon lange tobte der Krieg im Land. Könige, Feldherren und Fürsten entsandten ihre Armeen und machten Gebiete zu einem Tummelplatz des Kampfes. Doch noch nie war der Krieg so nah an dieser kleinen, gebeutelten Stadt am Niederrhein gewesen. Vor vielen Jahren hatte die Pest die Hälfte der Einwohner hingerafft. Einige Ältere erzählten bis zu diesem Tag vom ›schwarzen Tod‹. Angst und Gefahr lagen damals wie ein dunkler Schleier über der Stadt. Jedes Wort, jede Tat, jeder Gedanke drehte sich um die tödliche Krankheit. Und obschon die meisten Wissenden bereits gestorben waren, wurde auch heute die Stadt überschattet. Jedoch aus einem anderen Grund.

Das leise Gemurmel auf den Bänken erstarb, als die Glocke geläutet wurde und Pfarrer Tillmann an den Altar trat. Der Geistliche begann mit der Messe, doch auch wenn

Lorenz sich noch so sehr zu konzentrieren versuchte, seine Gedanken und Hoffnungen schweiften ein ums andere Mal ab. Zu sehr hasste er die Eindringlinge, die ihn, seine Familie, ja die gesamte Stadt in diese nicht greifbare, doch allzu reale Angst versetzten. Verbissen kaute er auf seiner Unterlippe, bis er von seinem Bruder Maximilian einen leichten Schlag auf den Hinterkopf verpasst bekam.

»Möchtest du der Messe nicht beiwohnen?«, fragte er herausfordernd.

»Natürlich.«

Lorenz strich seine dunklen, kurzen Haare glatt und versuchte, der Heiligen Messe zu folgen. Ein kurzer Seitenblick auf seinen Bruder ließ ihn lächeln. Obwohl Maximilian nur zwei Jahre älter als er war, benahm er sich wie ein zweiter Vater. Seine ebenfalls schwarzen Haare hatte er lang wachsen lassen, nur unterhalb der Ohren sorgfältig gestutzt. Sie fielen jedes Mal vor seine Augen, wenn er sich zum Gebet runterbeugte. Belustigt stierte Lorenz nach vorn, um sich nun den Worten des Pfarrers zu widmen. Dieser hatte das heilige Buch zugeschlagen und wandte sich direkt an seine Gemeinde.

»Liebe Freunde«, begann er lächelnd.

Seine weißen Zähne strahlten in den einfallenden Sonnenstrahlen. Die Priesterkutte wirkte bei Tillmann fehl am Platze. Hätte er nicht das Zölibat gewählt, die Frauenwelt hätte ihm zu Füßen gelegen.

»Angst macht sich breit in unserer Gemeinde.«

Seine Stimme war laut und erfüllte noch die letzte Bank der Kirche. »Und genau das ist richtig!«

Drohend wandelten sich seine feinen, ja fast weiblichen Gesichtszüge in die eines Lehrers, der seine Schüler strafen wollte.

»Frevel und Habgier erfüllen das Land allerorts. Das Gute scheint überall abzunehmen und das Böse an Einfluss zu gewinnen. Der andauernde Krieg ist die gerechte Strafe dafür. Denn nur wer reinen Herzens ist, muss keine Angst haben.«

Die Menge starrte den schlaksigen Prediger gebannt an. Die immer dicker anschwellende Ader an seiner Schläfe verriet, dass er nun noch lauter und eindringlicher auf die Menschen einreden würde.

»Drum sage ich euch, liebe Leute: Keuschheit, Nächstenliebe und Bescheidenheit sind die höchsten Tugenden, um der katholischen Kirche zu dienen, und nur dann wird der Allmächtige in seiner unendlichen Güte diese Stadt verschonen und die Eindringlinge in die Flucht schlagen.«

Trotz der eisigen Temperaturen begann Pfarrer Tillmann zu schwitzen und fuhr sich durch die blonden Haare.

»Gott hatte versprochen, Sodom und Gomorra zu verschonen, wenn sich nur zehn Gerechte unter den Bürgern der Stadt befinden. Und was ist, wenn dem Herrn zehn Gerechte für Kempen zu wenig sind? Wie viele mögt ihr wohl sein? Zwanzig? Dreißig? Und wenn das auch zu wenig ist?«

Strafend fuhr sein Blick über die Anwesenden, als schaue er jeden Einzelnen von ihnen an. Seine Augen funkelten. Lorenz' kleine Schwestern drückten sich ängstlich an die Mutter und versuchten, sich unter ihrem weiten Umhang zu verstecken.

»Wie viele von euch lassen sich allzu leicht von körperlichen Lüsten ablenken, obwohl ihr geistige Nahrung beim Herrn finden solltet? Wie viele von euch saufen und prügeln, obwohl sie Kraft und Ruhe im stillen Gebet suchen sollten? Wie viele von euch sind eben nicht gerecht?« Die Ader an seiner Schläfe pulsierte nun. Ein weiteres Mal ließ der Pfarrer seine Worte im Raume verhallen und blickte die Menge herausfordernd an.

»Ich möchte euch die Antwort geben, meine Brüder und Schwestern.«

Tillmann war außer Atem. Die Gemeinde war nun so ruhig, dass man das gleichmäßige Hecheln des Mannes in der gesamten Kirche hören konnte.

»Sie lautet: Es sind zu viele für Gott. Viel zu viele!« Ein Schaudern lag über den Menschen. Pfarrer Tillmann war für seine harten Worte und seine Frömmigkeit bekannt, doch dass er die Sünden seiner Gemeinde so direkt an den Pranger stellte, war selbst in seinen Predigten eine Seltenheit. »Lasst uns beten, dass er uns die Stärke gebe, unsere Tugenden zu leben und unsere Laster zu besiegen.«

Kapitel 2

- Ein dunkler Begleiter -

DER EISIGE WIND hatte noch einmal zugenommen, als sie aus der Kirche heraustraten. Da sie nun mehr als eine Stunde in dem dunklen Gebäude gesessen hatten, kam ihnen der Schnee umso weißer vor. Das reflektierende Glitzern stach in ihren Augen. Pfarrer Tillmanns Predigt hinterließ bei ihnen allen ein Gefühl der Schuld, obwohl die Familie fromm war und sich weitestgehend an die Regeln und Gebote der Kirche hielt. Natürlich war das nicht immer möglich, das Leben der Schmiede war hart, und manchmal musste sogar sonntags gearbeitet werden.

»Der Pfarrer wählt deutliche Worte«, sagte die Mutter und blickte dabei unverhohlen ihren Gatten an.

»Fürwahr. Doch sie sind recht«, murrte er. »Wer weiß, ob der Krieg eine Strafe ist, die uns Gott auferlegt hat.«

»Würde er das wollen?«, schaltete sich Lorenz in das Gespräch ein. »Warum sollte der Allmächtige seine eigenen Kinder mit Krieg und Tod überziehen wollen? Was sollte das für einen Sinn haben?«

»Vielleicht als Prüfung«, entgegnete sein Vater scharf. »Wenn Dummheit aus jedem Worte und jeder Tat von Kindern spricht, müssen sie bestraft werden, damit sie es nicht wiederholen.«

Er achtete kleinlich darauf, dass die anderen Besucher der Messe nichts von ihrer Unterhaltung mitbekamen. Die Familie galt als angesehen und gottesfürchtig. Und als Oberhaupt wollte der Vater darauf achten, dass dies so bliebe.

»Ist eine Bestrafung mit dem Tod denn wirklich als Gottes Wille anzusehen? Oder ist dies der Wille von Menschen?«

Lorenz' Blick blieb auf seinem Vater haften. Für einen Moment funkelten sich die beiden groß gewachsenen Männer an.

»Genug!«, sagte die Mutter und stellte sich demonstrativ zwischen die beiden. »Lorenz, widersprich deinem Vater nicht! Wir brauchen Feuerholz, also schleicht euch!«

Mit dem Kopf nickte sie dabei in Richtung der älteren Brüder, bevor sie sich ihrem Mann zuwandte.

»Und Josef, du musst ihn nicht immer so reizen. Du weißt, unser Sohn hat seinen eigenen Kopf«, sagte sie, darauf bedacht, leise zu sprechen. Marta strich ihm über den Arm, eine flüchtige Geste der Zärtlichkeit.

»Natürlich. Er sollte allerdings aufpassen, dass dieser dauerhaft an seinem Körper zu bleiben gedenkt. Zu schnell ist hier ein Todesurteil gefällt. Zu schnell ist etwas, das gestern gut war, heute böse und andersrum. Ich will ihn doch nur beschützen, Marta.«

»Ich weiß, Josef. Ich weiß.«

Ihrer beider Blick verfolgte wehmütig die ältesten Söhne, wohl wissend, was geschehen würde, sollte der Krieg sie einholen.

»Das war ja großartig«, schnaubte Maximilian kopfschüttelnd. Sie hatten den Marktplatz verlassen und trotteten über die vom Schnee weiß gemalten Pflastersteine zwischen den Fachwerkhäusern mit ihren verzierten Fenstern und hell geweißelten Fassaden hin. Von der Betriebsamkeit des Markplatzes war hier nichts mehr zu spüren. Die Stille, nur unterbrochen vom leichten Knarren des Schnees, wirkte beruhigend. Nur die über allem thronende Kurkölnische Landesburg und die dicken Wälle, die auch von der Gasse aus zu sehen waren, erinnerten an das drohende Unheil und die immer präsente Gefahr.

»Warum meinst du das?«, fragte Lorenz, obwohl er die Antwort genau kannte.

»Du kennst doch Vater. Wie kannst du in seiner Gegenwart nur so einen Unsinn erzählen?«

»Es sind halt meine Gedanken. Und sind wir nicht alle frei genug, diese aussprechen zu dürfen?«

Ihre Schritte knirschten im Schnee, als Maximilian seinen Bruder schroff an der Schulter fasste.

»Wenn so viele Leute dabei sind, solltest du vielleicht deine Gedanken für dich behalten.«

Nur kurz hielt Lorenz dem Blick seines älteren Bruders stand, dann schaute er reumütig zu Boden. Maximilians Stimme war nun versöhnlicher.

»Lorenz, du weißt genau, was mit Anna aus Crefeld passiert ist. Bei lebendigem Leibe haben sie sie verbrannt. Sprich nichts aus und handele nicht, wenn du es bereuen könntest.«

Er klopfte seinem jüngeren Bruder ein wenig zu hart auf die Schulter. Damit war das Gespräch beendet und sie verließen die Gasse auf eine belebtere Straße. Der Schnee hatte den Boden unter den Pflastersteinen aufgeweicht und aus ihm eine schlammige, braune Masse geformt, sodass einige Karren stecken blieben. So versuchten die Männer mit Muskelkraft ihre Gefährte zu schieben, während einige ihre Pferde antrieben. Die Tiere gaben bei jedem Peitschenknall ein schmerzerfülltes Wiehern von sich, das man noch auf dem Marktplatz hören musste. Die Geräuschkulisse hatte so zugenommen, wie sie sonst nur an ganz normalen Wochentagen üblich war. Nur die geschlossenen Geschäfte ließen vermuten, dass Sonntag war. Auch hier glänzte der Schnee auf den Dächern der Häuser, und nur wo die weiße Pracht nicht die Schilder verdeckte, konnte man erkennen, um was für ein Gewerbe es sich handelte.

Die bereits geschlagenen Holzscheite lagen weiter nördlich am Waldrand. Allerdings hatten die beiden es nicht eilig, nach Hause zu kommen, so ließen sie sich Zeit mit der Besorgung. Lorenz indes konnte das Gespräch immer noch nicht abschließen. Nachdenklich wandte er sich erneut an seinen Bruder.

»Wenn Gott den Krieg als Strafe für die Menschen vorsieht, dann wird er uns Mittel und Wege aufzeigen, genau diesen zu beenden.«

Maximilian musste darauf herzlich lachen und guckte demonstrativ gen Himmel.

»Er wird den Krieg so lange toben lassen, wie es ihm beliebt. Oder glaubst du wirklich, kleiner Bruder, dass du so wichtig bist und er ausgerechnet dir den Weg zeigt?«

Er wollte etwas entgegnen, doch in diesem Moment vernahmen beide ein schmerzverzerrtes Wiehern. Keine 50 Ellen vor ihnen war es Knechten gelungen, den Karren aus einem Loch zu befreien. Allerdings hatte der Besitzer seine zwei Tiere so sehr malträtiert, dass sich diese vom Geschirr losrissen und panisch über die offene Straße stürmten. Kisten wurden umgerissen, Leute schrien und sprangen mit einem Satz in anliegende Gassen, als die beiden Pferde sich ihren Weg bahnten und alles niedertrampelten, was ihnen unter die Hufe kam. Spitze Schreie erfüllten die Gasse, und innerhalb von wenigen Augenblicken brach Chaos aus. Eine Frau verlor auf der Flucht das Gleichgewicht und stürzte auf das eisige Kopfsteinpflaster. Ihr gellender Wehruf ließ die Menschen sich umblicken. Erschrocken versuchten ihre Angehörigen sie hochzuziehen, doch die Pferde trampelten einfach über sie hinweg. Lorenz dachte, er könne die Knochen der Frau brechen hören. Ungehindert schossen die Tiere weiter, mitten auf ein Mädchen zu, das ebenfalls auf dem matschigen Untergrund ausgerutscht war. In den riesigen Augen der Tiere flammten Panik und Angst auf. Eine gefährliche Mischung. Geistesgegenwärtig riss Lorenz sich los und stürzte dem am Boden liegenden Mädchen entgegen. Den Schrei seines Bruders hörte er nicht mehr. Mit einer geschickten Bewegung schulterte Lorenz das Mädchen und warf sich in einem Sprung in die schmale Gasse. Das dumpfe Poltern der Hufe schlug nur wenige Ellen neben ihm auf.

»Bist du von Sinnen?«, brüllte ihn Maximilian von oben an. Nur um im nächsten Moment zu prüfen, ob er unversehrt geblieben war. Hektisch befühlte er das Gesicht seines jüngeren Bruders. Doch dieser grinste nur breit, als ob ihm dieser Übermut noch Freude bereitet hätte.

»Wieso? Laut Pfarrer Tillmann sollen wir doch unsere Tugenden leben.«

Jetzt musste auch Maximilian auflachen.

»Mut ist eine Tugend, Dummheit allerdings nicht.«

Zusammen zogen sie dem Mädchen die Kapuze vom Gesicht. Immer noch unter Schock, blickte sie die junge Frau mit großen Augen an. Ihr Atem war beschleunigt und ihre Hände zitterten. Nur mit Mühe richtete sie sich auf und strich ihre blonden Haare zurück. Sie war gekleidet in einen prächtigen Rock aus purpurrotem Samt und eine Bluse aus weißem Leinen mit Puffärmeln. Passend zu den goldenen Ohrringen trug sie eine weite Kette, die ihr bis zur Taille reichte. Lediglich ihr Mantel war von Dreck und Schlamm überzogen.

»Ihr, ihr …« Sie fasste an sich hinunter, um sicherzugehen, dass sie den Vorfall ohne Blessuren überstanden hatte. »Ihr habt mich gerettet.«

»Ihr hättet es auch ohne unser Zutun geschafft.«

»Nein, nein, das hätte ich nicht«, stammelte das Mädchen. Sie schaute sich um, erblickte die Frau, die vor wenigen Sekunden Opfer dieses Unfalls geworden war. Mit dem Bauch nach unten lag sie regungslos auf der dreckigen Straße. An der Reaktion ihrer Verwandten war zu erkennen, dass sie nie mehr aufstehen würde. Die wehklagenden Schreie erfüllten die gesamte Straße, sodass auch Maximilian und Lorenz mit traurigem Blick die Szene verfolgten. Als Erste senkte das blonde Mädchen ihre klaren, grünen Augen. Ihre Wangen waren von der Kälte rosig angelaufen und ihre spitze Nase war ebenfalls ein wenig gerötet.

»Mein Name ist Elisabeth Dannen, und wie heißt Ihr?«

»Ich bin Maximilian Cox, dies ist mein Bruder Lorenz.«

Sie zog ihre herrlich geschwungenen Augenbrauen hoch und an der in Falten gelegten Stirn konnte man erkennen, dass sie versuchte, den Namen zuzuordnen.

»Euer Vater ist der Schmied, richtig?«

»Ja, Frau Dannen, das ist er. Und Ihr seid die Tochter des Bürgermeisters, wenn ich nicht irre.«

»Ihr irrt nicht«, flüsterte sie. »Eure Familie stellt gute Waren her.«

Jetzt antwortete Lorenz, der sich nun endlich erhoben und den Schnee von seiner Kleidung abgeklopft hatte.

»Habt Dank, wir geben unser Bestes«, sagte er gepresst.

»Ihr habt mir das Leben gerettet. Wie kann ich Euch dafür entlohnen?«, fragte Elisabeth forsch.

Es war wieder Maximilian, der als Erster antwortete.

»Ein Lohn ist dafür nicht nötig, Frau Dannen.« Schon im Begriff sich umzudrehen, fasste sie Lorenz' Arm. »Seht Euch an! Ihr seid völlig durchgefroren, eine Tasse Tee in der Gaststätte könnt Ihr nicht ausschlagen.«

Ihr einladendes Lächeln und ihr harter Griff ließen keine andere Antwort zu, als einzuwilligen. Die Brüder hatten sie bereits mehrmals gesehen, wie sie mit ihrem Vater am Markt Waren einkaufte oder mit einer der großen Kutschen durch das Stadttor gefahren wurde. Jedoch hatten sie sich nie Antlitz in Antlitz gegenübergestanden. Von Weitem hatte sie schon umwerfend ausgesehen, aber jetzt, da sie nur wenige Ellen trennten, wurde dieser Eindruck noch einmal übertroffen. Einen kurzen Blick austauschend, willigten sie schließlich ein. Noch einmal drehten sie den Kopf zu den Angehörigen der Frau, deren Wimmern immer noch die Straße erfüllte. Auch wenn der Tod als ständiger Begleiter in dieser finsteren Zeit erschien, war der Vorfall, an einem Sonntag von Pferden niedergetrampelt zu werden, ein neuer Tiefpunkt in dieser Stadt. Maximilian und Lorenz kannten die Frau nicht und hatten nicht vor, jetzt Mitgefühl zu heucheln. Nach wenigen Augenblicken waren ihre Gedanken schon bei der dampfenden Tasse Tee, die ihnen gleich in der Schenke zuteil würde.

Trotz der frühen Tageszeit war die Gaststätte bereits gut besucht. Wärme schlug ihnen entgegen, als sie die Tür öffneten. Dazu der Duft von gepökeltem Fleisch und Bier, das einige jetzt schon zu sich nahmen. Kaum hatte Elisabeth die Kneipe betreten, stürzte sie einem anderen Mädchen entgegen, das bereits auf sie gewartet haben musste.

»Elisabeth, wo warst du?«, fragte sie mit aufrichtiger Sorge.

Die beiden umarmten sich herzlichst und ihr Blick fiel auf die Brüder, die sich unsicher umsahen und flüsterten.

»Wenn Vater uns hier entdeckt, dürfen wir Holz hacken bis zum Sankt-Nimmerleins-Tag.«

»Mach dir keine Sorgen, Max, wir ...«

Doch sie wurden jäh von Elisabeth unterbrochen, die allem Anschein nach ein starkes Interesse verspürte, die beiden gebührend zu entlohnen.

»Ich muss dir meine Retter vorstellen: Lorenz und Maximilian Cox, die Söhne des Schmiedes«, sagte sie mit einer ausladenden Handbewegung. Der Blick der Brüder fiel auf die junge Frau. Auch sie trug einen langen Rock. Dieser allerdings war smaragdgrün und an einigen Partien abgewetzter. An den Stellen, wo das Kleidungsstück den Boden berührte, lösten sich bereits einige Fäden vom Saum.

»Es freut mich, Eure Bekanntschaft zu machen«, sagte sie mit einem angedeuteten Knicks. Ihre Stimme war dabei leise, fast ein wenig ängstlich und trotzdem weich wie Seide. »Mein Name ist Antonella.« Ihr scheuer Blick suchte förmlich den Boden, anscheinend ein wenig beeindruckt von der Tat der Brüder. Bedächtig richtete sie ihre rabenschwarzen Haare und traute sich nur eine Sekunde, ihre dunklen Augen zu erheben.

»Sie ist meines Vaters Adoptivkind«, ergänzte Elisabeth. »Wollen wir uns nicht setzen?«

Allem Anschein nach besaß Elisabeth das, was Antonella an Selbstbewusstsein fehlte, im Überfluss. Allerdings war Zurückhaltung keine ihrer hervorstechendsten Eigenschaften. Sie drängte die Brüder mit fester Hand an einen frei stehenden Ecktisch.

»Wirt! Macht uns vier Tee!«, schrie sie spitz dem bärtigen Besitzer der Gaststätte entgegen. Erst war sein Blick verärgert und prüfend, doch als er die Person erblickte, die gerufen hatte, nickte er nur kurz und bereitete die Getränke zu.

»Wie kommt es, dass zwei so stattliche Burschen, wie Ihr es seid, allein durch die Stadt schlurfen müssen?«, wollte Elisabeth wissen. Sie stützte sich dabei verspielt auf ihr Handgelenk und blickte Lorenz unverhohlen aus ihren grünen Augen an. Dieser allerdings schaute suchend aus dem Fenster. Würde Vater sie hier erwischen, dann war ihm die Tracht Prügel gewiss.

Maximilian antwortete für ihn: »Wir müssen Holz für die Nacht zusammensuchen.« Dabei pustete er bedächtig in die Teetasse. »Leider waren die vergangenen Wochen kalt und die Öfen für das Haus und die Schmiede müssen befeuert werden.« Er lächelte verschmitzt. »Wer konnte ahnen, dass wir in so kurzer Zeit so viel anfertigen müssen.«

»Waffen und Rüstungen«, wisperte Antonella leise. Maximilian und Lorenz nickten unmerklich. Fast ein wenig amüsiert blickte Elisabeth sie an.

»Ich denke nicht, dass es nötig sein wird. Vater sagt, dass der Krieg viele Meilen von uns entfernt stattfinden wird.

Unserer Stadt wird nichts geschehen. Und er ist Bürgermeister, er sollte es wissen.«

Ein zartes Lächeln umspielte dabei Antonellas Lippen. Fast hätte man ein kleines Kichern vernehmen können. Für einen Moment sah sie auf und ließ ihren Blick durch den Raum schweifen. Ihre rehbraunen Augen glitzerten so intensiv, wie es Lorenz selten gesehen hatte. Kräftig und hell strahlten ihre Pupillen. Für einen Herzschlag schien es, als würden sie alle Kerzen, alle Lichter, ja das Sonnenlicht selbst in einem Funkeln vereinen. Dann senkte sie ihren Blick und der Zauber war vorbei. Während Lorenz sich zwingen musste, nicht mehr auf Antonella zu stieren, ergriff Maximilian das Wort.

»Man sagt, dass Marschall Guébriant auf den Weg hierher ist. Was ist, wenn Graf Lamboy ihn hier stellen möchte? Direkt vor den Toren der Stadt? Was, meint Ihr, werden die anrückenden Truppen machen, wenn ihnen die Vorräte ausgehen?« Seine Stimme wurde lauter, verlor allerdings an Kraft. Tatsächlich schien Maximilian ein Talent dafür zu entwickeln, immer den empfindlichsten Nerv zu treffen. Einen Moment lang schwiegen die vier und beobachteten den heißen Dampf, der von ihren Teetassen aufstieg. Sie wussten, dass sie nicht allein mit dieser Angst waren. Sie lag über jeder Stadt, die als Kriegsschauplatz dienen könnte. Eine Bürde, die die Bürger unsichtbar, aber allzu präsent mit sich herumtrugen. Offen wurde nie darüber geredet. Nur im Stillen, heimlich, hinter verschlossenen Türen. Selbst Elisabeth war sich der realen Gefahr bewusst. Sie schlug nun einen ruhigeren Ton an. Zumindest für ihre Verhältnisse.

»Und was gedenkt Ihr zu tun, wenn die Schlacht tatsächlich hier stattfindet?«

So schnell wie Maximilian eine Antwort darauf gab, konnte man fast meinen, dass er sie mit seinen Worten schneiden wollte. »Dann werden wir kämpfen.«

Er atmete tief. »Alles, was wir lieben, ist in dieser Stadt, und wenn wir auch nur eine Möglichkeit haben, diese französischen Bastarde zu vertreiben, müssen wir sie nutzen.«

In diesem Punkt schienen die Brüder im Gedanken vereint. Lorenz nickte Maximilian zu. Besser hätte er es nicht sagen können.

»Lasst uns beten, dass es nicht so ist«, war erneut die zarte Stimme von Antonella zu vernehmen.

Elisabeth stupste sie leicht in die Seite. »Ach, macht Euch keine Sorgen. Vater hat gesagt, dass es nicht passieren wird«, wiederholte sie monoton, aber längst nicht mehr so sicher. Sie klammerte sich an den Gedanken, als wäre es das Einzige, was ihr noch einen Grund gab zu lächeln. Elisabeth selbst bemerkte einen Hauch Zweifel in ihrer Stimme. Innerhalb von einer Sekunde warf sie ihr blondes Haar zurück, setzte ihr umwerfendes Lächeln auf und strahlte Lorenz an. Diesmal erwiderte er ihren Blick.

»Wie kommt es, dass wir uns noch nicht gesprochen haben?«, wollte Lorenz wissen. »Wir sollten im selben Alter sein.«

»Nun …«, sagte sie schnell. »Vater reist viel herum, in die verschiedensten Städte, um Handelsverträge abzuschließen, oder in Klöster, um Mönchen etwas zu verkaufen. Als Bürgermeister ist man häufig unterwegs und selten in der eigenen Stadt. Leider sind wir dadurch viel zu oft allein.«

Ein überdeutlicher Wink mit dem Zaunpfahl. »Aber vielleicht …«, fügte sie hinzu. »Sehen wir uns ja nun öfters.«

Ein weiteres Mal dieser unmissverständliche Hinweis. Hatte Lorenz da gerade ein Zwinkern bemerkt? Nein, das hatte er sich eingebildet. Die einfallende Sonne blendete ihn und ließ Elisabeths Gesicht gleich dem eines Engels glänzen. Mit ihrem makellosen Aussehen gehörte sie zweifelsfrei zu denen, die sich ihre Hochzeitspartie aussuchen konnten. Hier und im gesamten Umland. Jede Familie wäre ohne Frage stolz, dieses Mädchen ihre Schwiegertochter nennen zu dürfen. Oh, was würden Mutter und Vater frohlocken.

»Nun, Frau Dannen …« Lorenz' Worte wurden jäh unterbrochen, als die Tür der Gaststätte mit einem lauten Knall aufgerissen wurde. Alle vier blickten zu der kleinen Person, die auf der Schwelle stand und mit hastigen Kopfbewegungen den Raum absuchte.

»VATER!«, schrie Elisabeth erzürnt. Lorenz und Maximilian sprangen sofort auf. Noch nie hatten sie dem Bürgermeister so dicht gegenübergestanden. Ein kleiner, dicklicher Mann mit gutmütigen Augen und vollen, braunen Haaren schaute sie an.

»Elisabeth! Antonella! Was macht ihr hier?« Mit kleinen, tippelnden Schritten kam er näher. »Ich habe euch doch angewiesen, direkt nach Hause zu kommen!«

Während die Brüder ihren Kopf senkten und so eine Verbeugung andeuteten, schien es Elisabeth zu ärgern, dass ihr Vater die Runde unterbrach. Mit beiden Händen an ihrer Teetasse blieb sie stoisch sitzen. Antonella war aufgesprungen und blickte scheu zu Boden. Ihr war die plötzliche Aufmerksamkeit, die die Gruppe auf sich zog, sichtlich unangenehm.

»Aber Vater, wir trinken doch nur Tee«, sagte Elisabeth mit einer abfälligen Geste. Der Bürgermeister quittierte dies mit Kopfschütteln.

»Schau dich mal um, mein Kind. Denkst du, dass dies der passende Ort für euch ist?« Sofort fiel sein Blick auf die Brüder, in ihren viel zu oft getragenen Hosen und den langen Hemden. »Nein, das ist er nicht«, sagte der Bürgermeister leise. »Und ihr? Wer seid ihr?«, fauchte er.

»Die Söhne des Schmiedes, Herr.«

Auch wenn ihre Köpfe gesenkt waren, so fixierten beide den kleinen Mann ganz genau. Er nickte abfällig.

»Natürlich.«

Ein weiteres Mal versuchte Elisabeth das Wort zu ergreifen.

»Vater, sie …«

»Schweig still!«, bellte er ihr entgegen. Dann drehte er sich abermals zu den Brüdern. »Macht, dass ihr nach Hause kommt!«

Jedes Wort wäre jetzt zu viel und mit Torheit verbunden. Und obschon der Bürgermeister sie in einer gut besuchten Gaststätte zurechtgewiesen hatte, empfand Lorenz keinen Hass auf den kleinen Mann mit den rosigen Wangen und dem Vollbart. Mit einem letzten Blick auf Antonella verließ er die Kneipe und wurde sofort von der Sonne geblendet, die immer noch weiße Schneepracht zum Funkeln brachte. Er lächelte. Obwohl er an diesem Morgen mit seinem Vater aneinandergeraten war, er einen tragischen Todesfall im Herzen der Stadt erlebt hatte und gerade vom Bürgermeister aus der Schenke geworfen worden war. Er lächelte. Wegen ihr.

Kapitel 3

- Purpurrot und Moosgrün -

Sie hatten es nicht für nötig befunden, ihren Eltern von den Ereignissen des heutigen Morgens zu berichten. Die sowieso schon angespannte Stimmung noch mehr zu belasten war das Letzte, was die Brüder wollten. Sie halfen ihrem Vater bei den Vorbereitungen für den morgigen Tag, wobei sie ihr Handwerk mittlerweile genauso gut beherrschten wie er. Der groß gewachsene Schmied würde das natürlich nie laut aussprechen, doch in der Tiefe seines Herzens wusste er es und war stolz auf seine beiden ältesten Söhne. Die Aufträge, die er für verschiedenste Rüstungsteile und Degen bekommen hatte, brachte die kleine Schmiede am Rande der Stadt bis an die Grenze ihrer Belastbarkeit. Und obwohl er sich über die Einnahmen freute und die Familie das Geld gut gebrauchen konnte, mehrten sich doch die Zeichen, die auf eine baldige Schlacht hindeuteten. In Kriegszeiten ist schließlich nichts so rentabel wie das Waffengeschäft.

Als alle Arbeiten des Tages erledigt waren, blieb den Brüdern noch ein wenig Zeit, um sich mit ihren jüngeren Geschwistern eine Schneeballschlacht zu liefern. Nach einem halbherzigen Zurechtweisen durch ihre Mutter begaben sie sich alle zum Abendessen. Am Sonntag gab es einen Braten mit viel Getreidebrei und Gemüse, der Duft des reich gedeckten Tisches und das prasselnde Kaminfeuer vermischten sich zu einem Geruch, der alle das herannahende Unheil für einen Moment vergessen ließ.

Das Lachen der Familie war über die gesamte Straße zu hören. Dies störte jedoch niemanden, da die Schmiede mit dem angrenzenden Haus zwar innerhalb des Walls, aber etwas abseits der Stadt lag. Die ausgelassene Stimmung währte bis zu dem Zeitpunkt, als das Jüngste der Kinder, Siegfried, sich leise an seine Mutter wandte. Erst zaghaft, dann immer fester zog er am Ärmel der Frau.

»Mutter, was ist eine Hexe?«

Auch wenn ihr Gesicht weiter lächelte, so sprach aus ihren Augen doch eine beschützende Angst. Vater legte das große Messer zur Seite, fuhr durch seine dunklen Haare und lehnte sich abwartend und mit gekreuzten Armen gegen die quietschende Lehne des Stuhls.

»Warum möchtest du das wissen, Siegfried?«, grollte er.

»Die anderen auf dem Markplatz erzählen über diese Anna aus Crefeld. Sie soll eine Hexe gewesen sein«, quakte der kleine Junge.

Wie die gesamte Familie hatte er dickes, schwarzes Haar und dazu diese durchdringenden, immer interessiert wirkenden blauen Augen, aus denen er seine Mutter musterte. Gedankenverloren stocherte sie in den Resten ihrer Mahlzeit.

Es war Lorenz, der als Erster antwortete.

»Hexen sind unheilvolle Wesen, die mit Zauberkräften ausgestattet sind«, sagte er leise, während er sich ein Stück Brot in den Mund schob.

Der Vater schlug auf den Tisch, wollte ihn unterbrechen, doch sein Sohn redete weiter. »Sie sind mit Dämonen und dem Teufel im Bunde und versuchen, uns zum Schlechten zu verführen und …«

»LORENZ!«, schrie der Vater laut und schlug mit seiner Pranke erneut auf den Tisch. Das Geschirr schepperte, ein Krug stürzte zu Boden. »Mach deinem Bruder nicht solche Angst!«

Wie schon am heutigen Morgen auf dem Marktplatz, traf sich der Blick der beiden Männer. Einige Sekunden vergingen, bis der Vater schließlich genug hatte.

»Geh ins Bett!«, befahl er. »Morgen musst du früh raus und die Öfen befeuern.«

Mit einem verschmitzten Lächeln tat Lorenz, wie ihm geheißen, und trat den Weg in sein Zimmer an. Die Tür ließ er zu laut ins Schloss fallen und warf sich sofort auf eines der Betten des kleinen Raumes. Eigentlich wusste er selbst nicht, warum er das getan hatte. Seinem kleinen Bruder Angst zu machen war das Letzte, was er wollte, und doch hatte er sich nicht zurückhalten können. Warum auch? Tagtäglich wurden sie mit dem Tod konfrontiert. Es war nur eine Frage der Zeit, bis auch den Jüngsten klar würde, dass er allgegenwärtig war und sie nur durch Gottes Gnaden auf dieser Welt lebten. Umso früher sie dies erfuhren, desto besser. Kurz musste er an die Frau denken, die ihren Tod unter den Hufen der Pferde gefunden hatte. Wie unerwartet ihr Tod gekommen war und wie schnell es jeden treffen konnte. Wehmütig seufzte Lorenz. Mit aller Macht verdrängte er die schweren Gedanken, ließ sie weiter wandern. Bis sie schließlich fest auf einer Person hafteten, die er heute hatte kennenlernen dürfen. Sie war anders als die Bauernmädchen, die man nach ein paar Humpen Met mit ins Heu nehmen konnte. Sie war anders als Elisabeth, ihre wunderschöne, wenngleich viel zu forsche Adoptivschwester, bei der sich jeder Mann glücklich schätzen konnte, wenn sie ihn nur ansah. Ihre Avancen waren ihm nicht entgangen, und doch musste er ununterbrochen an die dunklen, fast schwarzen Augen Antonellas denken. Ja, sie war anders.

»Das hast du ja wieder großartig gemacht«, fluchte Maximilian, als er die Tür aufstieß und sich vor Lorenz aufbaute. »Mutter muss Siegfried immer noch beruhigen und Vater muss den Kleinen gerade erklären, dass die Hexen sie nicht holen werden, wenn sie brav ihre Gebete sprechen.«

Maximilian schüttelte den Kopf und fasste sich an die Stirn. »Was hast du dir nur dabei gedacht, Lorenz? Also manchmal denke ich, dass du das Ding auf deinem Hals, was du Rübe nennst, nur zum Herumtragen hast.«

Lorenz richtete sich auf. Dass er in diesem Moment dasselbe dachte wie sein älterer Bruder, behielt er für sich.

»Ich kann es dir nicht sagen. Manchmal muss ich Dinge, die ich denke, einfach sagen, weil alles andere sich falsch anfühlen würde.«

Maximilian stemmte die Hände in die Hüften. Unter seinem vorwurfsvollen Blick versuchte er Milde zu verbergen. Doch Lorenz erkannte sie, denn auch wenn Maximilian noch so sehr versuchte, seinen jüngeren Bruder zurechtzuweisen, schien die Sanftheit in seinen Augen nie zu weichen.

»Ich werde Mutter helfen. Du solltest morgen sehen, dass du gute Arbeit ablieferst und dich mit Vater aussöhnst.«

Er klang enttäuscht, nicht zornig.

»Max …«, sagte Lorenz mit großen Augen.

Bereits im Begriff, die Türe zu öffnen, stoppte dieser.

»Wie findest du sie?«

»Wie finde ich wen?«, wollte Maximilian wissen.

»Antonella, das Adoptivkind des Bürgermeisters.«

Maximilian rieb sich die Hände. »Hast du die Gerüchte nicht gehört?«

»Welche Gerüchte?«

Natürlich hatte er sie gehört. Doch er wollte es von ihm hören. Er kam einige Ellen auf Lorenz zu und senkte seine Stimme, als würde er ihm ein Geheimnis verraten wollen. »Nun, die Leute erzählen sich, dass sie sich ein wenig zu sehr für die Kunde von Kräutern interessiert.«

Kopfschüttelnd kicherte Lorenz abfällig. »Max, du glaubst doch nicht etwa an so einen Humbug?«

Entschuldigend erhob Maximilian die Arme. »Nein, Lorenz, ich nicht, aber die Leute tun es.« Versöhnlich gab er ihm einen Klaps auf die Schulter. »Wenn du dir etwas Gutes tun willst, dann nimm ihre Schwester. Also falls so eine traumhafte Frau dich tatsächlich an sich ranlassen sollte.«

Maximilian musste die Gedanken, die er in diesem Moment dachte, gar nicht aussprechen, denn seine Augen taten es bereits. Die beiden grinsten sich an. Nur Sekunden später wurde er wieder ernst.

»Aber sie ... Antonella ... Vergiss es.«

Lorenz nickte verstehend. Nachdem sein Bruder das Zimmer verlassen hatte, machte er sich bettfertig und schlüpfte unter die Decke. Er merkte gar nicht, wie die Anstrengungen des Tages ihren Tribut forderten und er schnell in einen unruhigen Schlaf fiel.

Die Stille erdrückt mich fast. Durch die dunklen Bäume, die sich gerade wie Tempelpfosten dem Himmel entgegenstrecken, sehe ich kaum noch etwas. Der schlammige, braune Boden schmerzt unter meinen nackten Füßen und lässt mich trotzdem weitergehen. Weiter in den Wald, weiter in die Ungewissheit. Nur weg von der Stille, die mich innerlich zerreißt. Ich möchte mich beeilen, versuche meine Schritte zu beschleunigen, doch irgendeine innere Macht lässt mich nicht schneller gehen. Äste bohren sich mit einem leichten Knacken in meine Fußsohlen, die Luft riecht abgestanden und alt. Mein Atem wird ruhiger, als ich an eine Weggabelung treffe. Ich halte die Luft an und versuche meinen Blick zu schärfen. Nur schemenhaft kann ich die beiden Wege erkennen, die sich durch den bedrohlich wirkenden Wald schlängeln. Dies ist ein unheilvoller Ort. Nichts Schönes, nichts Zärtliches scheint hier zugegen. Und das allgegenwärtige Unheil liegt wie ein graues Leichentuch über den dunklen Wipfeln der Bäume, die keinen Sonnenstrahl durchzulassen scheinen. Mein Kopf dreht sich automatisch zu dem Weg zu meiner linken Hand. Ja, das wäre die richtige Wahl. Im Gegensatz zu dem Dickicht wirkt der Weg freundlicher. Purpurrot strahlt er mich einladend an. Es wäre einfach, ihn zu beschreiten, und ich bin mir sicher, dass es mich glücklich machen würde, meine Reise fortzusetzen. Er strahlt eine atemberaubende, helle Schönheit aus, die jeden Gedanken an das Schlimme und Unheilvolle sofort verdrängt. Mit jedem weiteren Herzschlag ruft der Weg lauter. Es wäre so einfach. Fürwahr, es ist die richtige, die gute Lösung. Wie von Seilen gezogen fällt mein Blick auf den Weg zu meiner Rechten. Smaragdgrünes Moos wuchert überall und bedeckt den Boden weich und hauchzart. Große Steine und gefallene Äste säumen den Pfad, der sich in der Dunkelheit zu verstecken versucht. Dieser Weg ist nicht einladend, er ist schwierig und mit Gefahren verbunden, doch er besitzt eine groteske Schönheit, der ich mich nicht entziehen kann. Ein dunkles Reh kaut auf einem Ast und blickt in die Ferne, ins Ungewisse. Das Schwarz seines Fells macht der Dunkelheit Konkurrenz und ein leichter Windzug, der durch die Bäume pfeift, spielt damit. Jetzt neigt sich sein Kopf zu mir. Durch seine dunklen Augen ruft das Reh mir zu, dass ich ihm folgen soll. Ganz still und nur für mich gedacht.

Das Krähen des Hahnes riss Lorenz mit einem Mal aus seinem Traum und ließ ihn zusammenzucken. Eine undankbare Nacht, die mit der süßen Erholung des Schlafes nicht viel zu tun hatte. Lorenz drehte sich auf die Seite und war dem Hahn sogar dankbar, dass der Spuk ein Ende zu haben schien. Ächzend stand er auf und erledigte die Routine des Morgens, nicht ohne einen Blick auf seinen schlafenden Bruder zu werfen. Lorenz war am gestrigen Tage so schnell eingeschlafen, dass er nicht einmal mitbekommen hatte, wie sein Bruder sich ins Bett legte. Seine Haare hatten sich wie ein Vorhang über die Augen gelegt und das gleichbleibende Schnarchen verriet, dass er sich im Tiefschlaf befand. Nach ein paar Schritten in das kleine Wohnzimmer wusste Lorenz, dass dies auch für die restliche Familie galt. Draußen war es dunkel, es hatte wohl noch nicht fünf Uhr geschlagen. Er hatte nicht vor, die Woche im Streit beginnen zu lassen, also machte er sich daran, das Haus zu heizen. So leise wie möglich zündete er ein Feuer an und beobachtete die immer größer werdenden Flammen. Gerade als er einen weiteren Scheit nachlegen wollte, spürte er ein Tippen auf seiner Schulter und fuhr erschrocken herum.

»Oh, Siegfried«, stöhnte Lorenz erleichtert. »Was machst du so früh schon auf den Beinen? Du kannst doch noch ruhen.«

Der kleine Junge tippelte nervös mit den Füßen auf dem Boden herum und hielt in seiner Hand ein kleines Holzschwert, das ihm sein Vater angefertigt hatte.

»Ich kann nicht schlafen«, murmelte er.

Lorenz streichelte ihm milde lächelnd über seinen Kopf.

»Na komm, setz dich erst mal.«

Als er ihn auf seinen Schoß hievte, merkte er erst, wie kräftig sein kleiner Bruder geworden war. »Was ist denn los, Kleiner?«

Behutsam befühlte der Junge mit der einen Hand das glatte Holz des Schwertes, während die andere den Griff eisern festhielt.

»Es sind die Hexen«, druckste er schließlich.

In diesem Moment tat Lorenz seine dumme und unüberlegte Aussage vom gestrigen Abend so leid, dass er sich am liebsten selbst geohrfeigt hätte. Für einen kurzen Moment schloss er die Augen.

»Mutter sagt, dass sie uns nicht holen kommen. Aber wenn sie Zauberkräfte haben, vielleicht können sie es doch. Wer hindert sie daran?«

Mit seinen blauen Augen schaute er Hilfe suchend seinen großen Bruder an. Lorenz würde den Fehler von gestern nicht wiederholen.

»Unser Glaube«, flüsterte er schließlich. »Die Kirche und der allmächtige Gott werden uns schützen.«

In dem kurzen Flackern in Siegfrieds Augen erkannte er, dass die Worte ihre Wirkung nicht verfehlten.

»Die Kirche und Pfarrer Tillmann werden nicht zulassen, dass Hexen in unsere Stadt kommen und uns holen. Sei dir ganz sicher. Der Pfarrer ist ein guter Mann und wird sie sofort erkennen, auch wenn sie sich noch Meilen entfernt befinden.« Die letzten Worte sprach er ein wenig lauter und gedehnter, dabei machte er eine ausladende Handbewegung, um zu verdeutlichen, dass der Kleine wirklich nichts zu befürchten hatte. Ein kurzes Lächeln huschte über die schmalen Lippen von Siegfried.

»Wirklich?«, bohrte er weiter.

»Aber ganz sicher, dir wird gar nichts geschehen, versprochen.«

Ein weiteres Mal tätschelte Lorenz seinen Kopf. »Und außerdem hast du ja dein Schwert«, fügte er mit sanfter Stimme hinzu.

Der Kleine nickte schnell.

»So, Siegfried. Jetzt aber leise ins Bett und versuche noch ein wenig zu schlafen.«

Dankbar sprang der Kleine vom Schoß seines Bruders, um in sein Zimmer zu gehen, das er sich mit seinen Schwestern teilen musste. Dabei schwang er mehrmals das kleine Holzschwert im Raum, als würde er Feinde bekämpfen, die nur er sehen konnte. Lorenz lächelte. Ob er das auch mal gemacht hatte? Er konnte sich beim besten Willen nicht daran erinnern, erfreute sich aber an der Vorstellung, dass es so gewesen sein musste. Wann hatte er eigentlich aufgehört, gegen Drachen und Monster zu kämpfen? Oder schöne Burgfräulein aus Schlössern zu retten und sich zu wünschen, dass er ein berühmter Ritter war? Lorenz schüttelte unmerklich mit dem Kopf, als er einen weiteren Scheit in den Ofen legte, der knisternd von den Flammen begrüßt wurde. Nein, er konnte sich nicht daran erinnern und vielleicht war das gut so.

Der Morgen hatte erst wenige Menschen auf die Straße gelockt. Es war über Nacht erneut Schnee gefallen, der die grauroten Zinnen der Burg weiß malte. Aus einigen Scharten brannte bereits flackerndes Licht, ein stummer Beweis der Betriebsamkeit der erzbischöflichen Beamten. Es musste viel Zeit vergangen sein, seit der Erzbischof Ferdinand von Bayern hier zu Besuch gewesen war. Lange Zeit wurde kein Fest für ihn ausgetragen, dachte Lorenz beim Blick auf das schneebedeckte, steinerne Symbol der Herrschaft des Erzbischofs. Nur die drei großen Türme ragten noch aus dem Bild heraus und schienen ihre Farbe trotzig halten zu wollen. Die Schmiede der Familie war südlich der Stadt gelegen, nur einen Steinwurf vom schwer befestigten Peterstor entfernt. Die Paralleltürme streckten sich wie stumme Wachen in den Himmel, und im obersten Stock flammte bereits Kerzenlicht auf. Ohne Probleme konnte er die Soldaten erkennen, die Dienst hatten und ihre Wache ableisteten. Tief in Decken und Kapuzen vergraben, spähten sie ins weiße Nirgendwo. Sie taten Lorenz leid und doch war er gleichzeitig stolz auf sie, da sie selbst bei dieser Kälte und diesem Schneegestöber ihren Dienst erfüllten. Würden sie wehrhaft genug sein, wenn die Armeen der Feinde gegen die Wälle stürmten? Würden sie die gegnerischen Soldaten vielleicht sogar in die Flucht schlagen können? Wie lange würden die Vorräte der Stadt reichen? Wie lange die Turmmühle Mehl verarbeiten? Natürlich, die Mauern waren dick und die Männer standhaft, aber eine längere Belagerung würde die Stadt nicht aushalten können. Nein, Guébriants Truppen mussten vorher gestellt werden, um jeden Preis, sonst war Kempen für alle Zeit verloren.

Nach und nach erweckten die ersten Sonnenstrahlen die Bewohner aus ihrem Schlaf und die Straßen wurden betriebsamer. Während Lorenz in der Schmiede bereits die

Öfen befeuerte, bereitete seine Mutter im Haus das Frühstück zu. Sein Vater und Maximilian kamen zugleich in die Schmiede und begrüßten ihn mit einem kurzen »Morgen.«

Allem Anschein nach war der gestrige Streit noch nicht ausgestanden. Lorenz nahm sich vor, an diesem Tage besonders hart zu arbeiten und am Abend das aussöhnende Gespräch zu suchen. Doch sein Vorhaben wurde von einem unerwarteten Ereignis unterbunden. Schon von Weitem war das Wiehern der Pferde zu hören, die eine große, geschlossene Kutsche zogen. Lediglich die rot gestrichenen Räder setzten sich von dem komplett in Schwarz gehaltenen Ungetüm ab, das sich mühsam seinen Weg durch den frischen Schnee bahnte. Argwöhnisch trat der Vater aus der Schmiede und musterte das Gefährt. Mit einem leichten Peitschenknall kam der Fiaker keine zehn Meter vor dem groß gewachsenen Mann zum Stehen. Während die Mutter die Kleinsten im Haus hielt, stellten sich die Brüder abwartend hinter ihren Vater. Er schritt einige Fuß vor, postierte sich breitbeinig vor dem Gefährt und verschränkte die Arme. Ein tiefes Seufzen war aus seinem Mund zu hören. Nur wenige Menschen besaßen eine Kutsche in diesem Dorf, noch dazu mit einem eigenen Pferdewirt. Die Kunde, die diese Leute überbrachten, war meistens schlecht. Und man sollte vor dem Frühstück dem Schmied keine schlechten Nachrichten überbringen. Im letzten Winter hatte er einem Spieler das Handgelenk mit nur einem Ruck gebrochen, als der seine Rechnung für ein Langmesser nicht bezahlen konnte. Der Unglückliche war so töricht gewesen, diesen Umstand dem Schmied vor der ersten Mahlzeit des Tages mitzuteilen. Nur mit Mühe konnte er von seinen

Söhnen davon abgehalten werden, den Mann im nahe gelegenen Weiher zu ersäufen. Hinter dem Rücken seines Vaters suchte Lorenz Maximilians Blick und dessen Augen verrieten, dass er dasselbe dachte.

Der Lenker schwang sich geübt ab, nickte Vater kurz zu und öffnete die Tür der Kutsche. Mit einem Quietschen gab sie den Blick auf die Besucher frei. Lorenz lief es kalt den Rücken herunter, was sicherlich nicht an der Beharrlichkeit des Winters lag. Antonellas dunkle Augen lugten unter einem Tuch hervor, das sie sich über den Kopf geworfen hatte. Nur für einen Augenblick sah er sie lächeln, dann hievte sich eine kleine, dickliche Person aus der Kutsche. Dicht gefolgt von einer lächelnden Schönheit. Elisabeths wallende, blonde Haarpracht wippte bei jedem Schritt mit und das purpurrote Kleid schleifte über den Schnee.

»Einen schönen guten Morgen!«, rief der Mann aus vollem Hals, als er auf Vater zu schritt. Beide Arme streckte er dabei in die Länge, als wolle er die ganze Welt umarmen. Auf seinem schwarzen Anzug sammelten sich hier und da einige Flocken, die schnell schmolzen und kleine Flecken hinterließen. Sein Gesicht war rot angelaufen und er grinste breit. »Ich muss mich entschuldigen, dass ich Euch bereits in den frühen Morgenstunden aufsuche. Aber …«, er blickte Elisabeth an, »… aber es gibt da ein Ereignis, worüber zu reden keinen Aufschub duldet.«

Die Szene nahm belustigende Formen an, als sich Josef vor Dannen aufbaute und lediglich »Mhh?« grollte. Dannen war mindestens drei Köpfe kleiner als der hünenhafte Schmied. Wäre er noch näher an den Mann herangetreten, hätte er fast senkrecht nach oben schauen müssen.

Der Bürgermeister warf den Brüdern einen kurzen Blick zu, dann wandte er sich wieder an den Vater.

»Gestern ist meine Tochter Elisabeth allem Anschein nach in ein kleines, na ja, sagen wir, Missgeschick geraten. Eure Söhne waren so nett und haben sie vor herannahenden Pferden gerettet.«

Der Blick des Schmieds verdunkelte sich weiter. Langsam drehte er den Kopf. »Ist das wahr?«

Die beiden nickten. Ihr Vater schwieg.

»Natürlich«, fuhr der Bürgermeister fort, »müssen die beiden für ihre Tat entlohnt werden.« Im selben Atemzug griff er in die Innentasche seines Mantels und holte ein paar Münzen heraus. Doch der Schmied erhob die Hand.

»Nein, danke. Die Burschen haben das gern getan.«

Verwirrt verharrte Dannen einige Sekunden. Innerlich seufzten die Brüder. Sie hätten das Geld liebend gern angenommen und mit ihren Freunden heute Abend in der Pinte verprasst. Wie lange hatten sie schon keinen Humpen Met mehr getrunken. Die viele Arbeit in letzter Zeit und die spärliche Entlohnung, die ihnen ihr Vater gab, ließen dies einfach nicht zu.

»Ich bitte Euch, nehmt diese kleine Geste …«, doch er wurde von Vaters tiefer Stimme unterbrochen.

»Nein, danke.«

Einige Sekunden vergingen wortlos. Lediglich das Pfeifen des Windes durchschnitt die Stille.

Klimpernd glitten die Münzen zurück in die Manteltasche des Bürgermeisters. Die Männer schwiegen noch immer.

Lorenz schaute an den breiten Schultern seines Vaters vorbei – und tatsächlich, auch Antonella riskierte einen kurzen Blick aus der Kutsche. Ihre Blicke trafen sich und Lorenz vergaß für einen Herzschlag das Geld. Er wünschte, dass dieser Moment ewig dauern könnte.

»Vielleicht …«, mischte sich Elisabeth in das Gespräch ein, was ihr den fragenden Blick ihres Vaters einbrachte, »… können wir die beiden Jungschmiede heute zum Essen einladen.«

Verführerisch blinzelte sie zu Lorenz, um ihn von oben bis unten zu mustern. »Dies ist das Mindeste, was wir tun können, Vater.«

Lorenz war nicht entgangen, dass sie einen Schritt näher an den Bürgermeister herangetreten war und ihn leicht an der Schulter berührte.

»Nun, vielleicht«, stammelte der. »Wenn Ihr damit einverstanden seid?«, fragte er den Schmied.

Innerlich jubelte Lorenz. In Gedanken schickte er ein Stoßgebet zum Himmel, dass Vater dies bejahen würde. Und tatsächlich sagte er zu. Wahrscheinlich hielt er es für dumm, den mächtigsten Mann des Dorfes zweimal an einem Tag vor den Kopf zu stoßen.

»Dann ist es abgemacht. Heute in den Abendstunden seid ihr meine Gäste«, sagte Dannen mit einem gequälten Grinsen und blickte dabei die Brüder an. Lorenz versuchte noch ein weiteres Lächeln von Antonella zu erhaschen, doch als Elisabeth und ihr Vater wieder in die Kutsche stiegen, baute sich bereits der Schmied vor seinen Söhnen auf und strafte sie mit seinem Blick.

»Was ist passiert?«, fragte er drohend.

Maximilian erklärte ihm die Geschichte des vergangenen Tages, wobei er genau darauf achtete, nichts zu dramatisieren. Mit einem Kopfschütteln ließ der Schmied die beiden stehen und gesellte sich zu seinem Weib, das mittlerweile herausgetreten war. Er fasste in kurzen Sätzen die

Unterhaltung mit dem Bürgermeister zusammen und ging in das Haus, um nun endlich zu frühstücken. Maximilian folgte schweigend. Mit seinen Lederschuhen den Schnee zur Seite tretend, ging Lorenz auf seine Mutter zu. Zärtlich streichelte sie seine Wange und lächelte warm.

»Warum hat Vater das Geld nicht angenommen?«, fragte er leise.

»Du kennst doch Vater. Er ist ein stolzer Mann. Manche Dinge auf dieser Welt sind nur durch Gott zu vergelten und nicht durch Gold und Silber. Außerdem ...« Langsam fiel ihr Blick auf den Boden, im festgetretenen Schnee vor ihrem Haus suchte sie die richtigen Worte, »... gilt der Bürgermeister nicht unbedingt als gottesfürchtig. Er und Pfarrer Tillmann sind schon mehrmals deswegen aneinandergeraten. Vater möchte kein Geld von jemandem annehmen, der so weit von unserem Glauben weg ist«, flüsterte sie. »Und jetzt geh rein und iss etwas.«

Leicht berührte sie Lorenz' Rücken und führte ihn in das warme Haus mit dem bereits gedeckten Tisch. Natürlich hatte sie recht. Lorenz hatte schon einmal mitbekommen, wie der Bürgermeister und der Pfarrer sich auf dem Markt angekeift haben wie Trunkenbolde, die sich über ein Blatt beim Kartenspielen stritten. Ihre gegenseitige Ablehnung hatte im Dorf schon die Runde gemacht und wurde dramatischer und schlimmer, je öfter sich die Bewohner die Mäuler darüber zerrissen. Dies schien der Fluch eines jeden Dorfes zu sein. In Wirklichkeit hatten die beiden nur ein Wortgefecht gehabt. Doch zwei Tage später hieß es, dass sie handgreiflich geworden seien und Tillmann die Messe am Sonntag hätte ausfallen lassen müssen. Natürlich völliger Unfug. Doch Tratsch ist ein gefräßiges Tier, das gefüttert werden will.

Lorenz' Vorfreude auf den Abend ließ den Tag schnell vergehen. Fast wäre ihm beim Guss eines Schwertes ein Fehler passiert und das flüssige Eisen in das Stroh gelaufen. Zu seinem Glück passte Maximilian für ihn mit auf und konnte einen Brand gerade noch verhindern.

»Mit den Gedanken woanders, mhh?«, spottete er verschmitzt.

Tatsächlich konnte Lorenz es nicht abwarten, dass Vater seine dicke, gegerbte Schürze ablegte und mit einem Nicken den Arbeitstag der beiden beendete. Während Maximilian sich den Ruß von den Armen wusch, säuberte Lorenz jede Stelle an seinem Körper mehrfach. Was seinen Bruder dazu veranlasste, ein weiteres Mal breit zu grinsen und »Träumer« zu murmeln.

Doch dies konnte seine gute Laune nicht mindern. Zur Feier des Tages zog er sich seine einzige Pluderhose an. Sie war grün-gelb gestreift, durchzogen von einem goldenen, gewebten Muster. Dazu ein hellbraunes Wams, das nicht nur seine durchtrainierte Figur betonte, sondern auch warm hielt. Maximilian hatte sich ebenfalls seine beste Kleidung angezogen, dazu noch eine Kappe, die seine Ohren vor der Kälte schützen sollte. Nachdem sie sich verabschiedet und die mahnenden Worte ihrer Eltern vernommen hatten, machten sie sich auf den Weg an das andere Ende der Stadt. Der Wind schien sich gegen sie verschworen zu haben und peitschte ihnen mit langen Regentropfen ins Gesicht.

»Wenn wir angekommen sind, sehen wir aus wie nasse Hunde!«, fluchte Lorenz.

»Freu dich lieber auf das warme Essen, als auf dein Aussehen achtzugeben«, mahnte sein Bruder belustigt. Die weiße, ruhige Pracht war nun einer braunen Masse gewichen. Schlamm und Dreck bedeckten ihr Schuhwerk, als sie endlich das große Haus des Bürgermeisters erreicht hatten. Es war direkt am Kuhtor gelegen, der nördlichen Eingangspassage der Stadt. Auch hier patrouillierte die Stadtwache und versuchte sich am immer kleiner werdenden Feuer zu wärmen. Lorenz blickte ihnen sehnsüchtig zu, bis das große Haus ihm die Sicht versperrte. Neben der Kurkölnischen Landesburg und der Kirche schien dies das größte Gebäude der Stadt zu sein. Er war schon mehrmals hier vorbeigegangen, und immer wieder faszinierte ihn die filigrane Arbeit, mit der das Gebäude gebaut worden war. Vor der mit Gussmustern verzierten Tür blickten die beiden hoch. Prachtvoll stand der Sitz des Bürgermeisters vor ihnen und trotzte dem Regen stolz. Sie konnten nur mutmaßen, wie viele Zimmer dieses Anwesen beherbergte.

Maximilian sah seinen Bruder an. »Bereit?«

Lorenz nickte kurz, nicht ohne den Versuch zu unternehmen, sich zumindest ein wenig des Dreckes an seinen Schuhen zu entledigen. Selbst in dieser stürmischen Nacht hörte man den Türklopfer gut. Maximilian musterte das Werk ganz genau. Ein Löwenkopf, der einen Ring in seinem Maul trug. An ihm waren zwei Engel befestigt, mit denen man gegen die Tür schlagen konnte. Von der dauernden Beanspruchung wirkten die Flügel des rechten Engels wie abgebrochen. Noch ganz von der Arbeit begeistert, schreckte Maximilian hoch, als die Tür ruckartig geöffnet wurde. Die beiden wurden von einem älteren Mann gemustert. Seinem bis zum Hals geschlossenem Hemd und der geraden Haltung nach zu urteilen war der Mann kein Page oder Diener. Zumindest hatten die Brüder ihn noch nie in der Stadt gesehen.

»Ihr wünscht?«, bellte er ihnen entgegen. Sein gepflegter Oberlippenbart wippte mit jedem Wort mit.

»Wir wurden eingeladen«, sagte Maximilian etwas zu laut und mit einem gewissen Maß an Aggression in seiner Stimme.

Nach einer weiteren Sekunde zog der Mann seine Augenbrauen fast bis zu seinem scharf gezogenen Scheitel hoch.

»Natürlich.« Er atmete tief ein. »Ihr seid die Söhne des Schmiedes.«

Bevor Maximilian eine weitere schnippische Antwort entgegnen konnte, kam Lorenz ihm zuvor. »Ja, mein Herr.«

Mit einer ruckartigen Kopfbewegung deutete er den beiden, in das Haus zu treten.

»Ihr Burschen wisst, dass die Familie sich zum Abendmahl vorbereitet?«

Der Mann drehte ihnen den Rücken zu und schloss die Tür leise, indem er die Klinke herunterdrückte. Ein weiteres Mal fiel sein Blick auf die durchnässte Kleidung der Brüder, als wolle er sagen, dass dies bei Weitem nicht die richtige Garderobe für so einen Anlass war.

Diesmal war Maximilian schneller. »Genau deshalb sind wir hier. Ihr könnt Eurem Herrn Bürgermeister Dannen ausrichten, dass wir eingetroffen sind.«

Der Mann stürzte einen Schritt auf Maximilian zu.

»Er ist nicht mein Herr«, zischte er. »Ich bin Sekretär der Gemeinde und mir obliegen die Geschicke dieser Stadt, falls Herr Dannen nicht vor Ort sein sollte.«

Die beiden funkelten sich an. Maximilian und der Sekretär waren gleich groß, sodass sie sich Auge in Auge gegenüberstanden. Jeden Moment würde der erste Schlag fallen, dachte Lorenz.

»Ah, meine Gäste«, unterbrach die bekannte Stimme des Bürgermeisters das Aufbäumen der Männer. Sofort wandelte sich die Miene des Sekretärs und er wandte sich an Dannen.

»Ja, Herr Bürgermeister. Gerade eingetroffen«, ergänzte er überfreundlich und mit einem Lächeln im Gesicht, als wäre es das freudigste Ereignis seit Menschengedenken.

»Meinen Sekretär, Herrn Baier, habt ihr bereits kennengelernt. Ihr müsst ja ganz durchnässt sein. Eine fürchterliche Nacht, nicht wahr?«

»Ja, Herr Bürgermeister«, erwiderten beide wie aus einem Munde.

Mit einer einladenden Geste hielt er sie an, durch die große Empfangshalle zu kommen. Der Sekretär entschwand mit einem unterwürfigen Nicken über die große Treppe. Erst jetzt hatten Maximilian und Lorenz Gelegenheit, ihren Blick schweifen zu lassen. Der Boden war getäfelt mit dunklem Holz, das mit jedem Schritt ein wenig knarrte. Große Wandteppiche säumten die Halle, nur unterbrochen von einigen Fackeln, die Licht und gleichzeitig wohltuende Wärme spendeten. Mit großen Augen gingen sie durch die Halle, von der sie direkt ins Esszimmer gelangten. Die Freundlichkeit des Bürgermeisters war ihnen beinahe unangenehm.

»Bitte setzt euch. Meine Töchter werden gleich hier sein.«

Dannen rückte den beiden sogar den Stuhl zurecht. Ihre nasse Kleidung scheuerte dabei etwas im Schritt. Doch dank der Wärme, die dieser Raum bot, würde sie schnell trocknen. Der Speiseraum war mindestens so groß wie die gesamte Schmiede. In zwei großen Kaminen knisterte das Feuer leise vor sich hin. Der Tisch war bereits gedeckt, wenn auch die Mahlzeiten fehlten. Der Duft aus der Küche ließ den jungen Männern sofort das Wasser im Munde zusammenlaufen. Als sie Platz nahmen, lehnte sich Dannen zu ihnen vor und wies sie mit einer Handbewegung an, näher zu kommen.

»Hört mal, Burschen«, sagte er leise. »Ich freue mich, dass ihr heute Abend meine Gäste seid, aber den Vorfall in der Gaststätte und die Gesellschaft meiner Töchter, das vergessen wir alles ganz schnell.« Dabei setzte er sein bestes Politikerlächeln auf. »Ich glaube, dies ist für uns alle das Beste, nicht wahr?«

In dieser Sekunde trafen sich die Blicke der Brüder. Etwas Falsches zu sagen wäre jetzt fatal. Auf das Essen konnte Lorenz gut verzichten. Doch mehrere Stunden in Antonellas Augen blicken zu können, das wollte er sich nicht nehmen lassen. Und wenn er dafür lügen musste.

»Natürlich, Herr Bürgermeister«, sagte er deshalb.

Der Mann klopfte den beiden etwas zu heftig auf die Schultern und begab sich zu seinem Platz am Kopf des Tisches.

»Prima, das Essen müsste gleich fertig sein und …« Mitten im Satz stoppte der Bürgermeister und wandte seine Augen zur Eingangshalle.

»Seht sie euch an. Meine Engel!«, platzte es aus ihm heraus, als er mit einer ausladenden Handbewegung in Richtung Tür deutete.

Mit erhobenem Haupt schritt Elisabeth lächelnd über die Schwelle. Ihr blondes Haar war hochgesteckt und von einem Netz umspannt. Dazu trug sie ein langes Kleid, welches mit Spitzen und Verzierungen bedeckt war und ihren Busen anhob. Ihre grünen Augen funkelten den Brüdern entgegen und bildeten einen scharfen Kontrast zu dem Purpurrot ihres Kleides. Allem Anschein nach ihre Lieblingsfarbe. Einige lose Haarsträhnen umspielten ihre Wangen und rahmten ihr wunderschönes Gesicht ein. Lorenz' Eindruck des ersten Tages bestätigte sich ein weiteres Mal. Wahrlich, jeder Mann konnte sich glücklich schätzen, diese Frau auch nur ansehen zu dürfen. Für einen Moment bildete er sich ein, den Duft von Rosen zu riechen, als Elisabeth an ihm vorbeischritt. Doch es war nicht sie, die sein Herz für einen Moment aussetzen ließ. Ihre dunklen Augen auf den Boden gerichtet, folgte Antonella. Leicht wippend flossen ihre schwarzen Haare über die Schultern. Auch sie trug ihre Lieblingsfarbe. Das moosfarbene, kräftige Grün ihres Kleides betonte die ebenmäßige, helle Haut umso mehr. Nur an ihren leicht erröteten Wangen war abzulesen, dass sie sich ebenfalls freute, ihn wiederzusehen. Ihr Kleid war schlicht, nicht mit Mustern verziert und bis zum Hals geschlossen. Trotzdem konnte Lorenz ihre schlanke Figur erkennen, die sich unter dem Kleid andeutete. Auch von ihr wehte ihm ein Duft entgegen, wie er ihn selten zuvor gerochen hatte. Kurz richtete er den Blick nach innen. Unmerklich versuchte er, so viel wie möglich davon in sich aufzunehmen, und doch konnte er beim besten Willen nicht sagen, wonach Antonella duftete. Beide Damen knicksten. Maximilian und Lorenz verbeugten sich sitzend. Wohl wissend, dass dies unheimlich dämlich und tölpelhaft ausgesehen haben musste.

»Wollen wir uns nicht setzen?«, fragte der Bürgermeister und zog die Stühle der beiden jungen Frauen zurecht, als sie gegenüber den Brüdern Platz nahmen. Elisabeth fixierte Lorenz bereits mit ihren Blicken und schenkte ihm einen verführerischen Augenaufschlag nach dem anderen. Jetzt war er es, der verlegen auf den Tisch starrte und die Hände in den Schoß legte. Es schien, als würde sie sich absichtlich nach vorn beugen und kräftig ausatmen, um ihm tiefe Einblicke gewähren zu lassen. Er war fast erleichtert, als der Bürgermeister das Wort ergriff.

»Im Namen meiner Töchter möchte ich mich noch einmal für eure Tat bedanken und wir hoffen, dass euch das Essen mundet.«

Wie auf Kommando öffnete sich die Tür zur Küche und eine dickliche Frau trat mit einem Braten heraus, der an Größe alles übertraf, was die beiden je gesehen hatten. Sie ächzte, als sie das Ungetüm auf den Tisch wuchtete. Schnell ging sie wieder in die Küche und kam mit verschiedensten Beilagen zurück, die alle in großen Holzschüsseln serviert wurden. Mit jedem weiteren Schub, den die alte Frau brachte, wurden Maximilians Augen größer. Lorenz allerdings schaute nur von seinem Teller auf, um einen Blick auf Antonella erhaschen zu können. Zu seinem Bedauern hielt sie ihren Kopf die ganze Zeit gesenkt und ihre Hände strichen bedächtig die nicht vorhandenen Falten aus ihrem Kleid. Schließlich schob die Köchin einen kleinen Wagen mit Getränken vor sich her, bestückt mit Weinen, Met und Likören. Maximilian und Lorenz begnügten sich mit einem Bier, während Elisabeth und ihr Vater einen Wein aussuchten. Antonella fragte lediglich nach Wasser. Auch wenn es nur für einen kurzen Augenblick war, weiteten sich Lorenz' Augen, als er ihre samtweiche Stimme vernahm. Als alle Gläser gefüllt waren und die Beilagen dampfend den Tisch säumten, erhob der Bürgermeister seinen Wein.

»Ich trinke auf tapfere Schmiede und auf abgegoltene

Schulden.« Bevor den beiden auch nur in den Sinn kam zu antworten, fügte Dannen hinzu: »Lasst es euch schmecken!«

Während die Gastgeber bereits ihre Teller mit Braten bestücken ließen, blickten Maximilian und Lorenz sich stirnrunzelnd an.

»Wollen wir dem Herrn nicht für die Gaben danken?«

Elisabeth und Antonella stockten, der Bürgermeister lächelte nur, als er sich ein großes Stück Fleisch in den Mund schob.

»Mein lieber Jungschmied. Gott hat diese Gaben nicht aufgetischt, wir haben dies harter Arbeit und unserem Intellekt zu verdanken.«

Maximilian wollte nicht locker lassen. »Und diesen Intellekt hat Euch der Allmächtige gegeben. Findet Ihr nicht?«

Ein weiteres Mal schmunzelte Dannen, den Blick nicht von seinem Teller nehmend. »Mitnichten, mein junger Freund. Oder denkt ihr, das Mädchen, das in Crefeld verbrannt wurde, war ein Sukkubus? Und glaubt ihr, es wäre Gotteswerk, dass feindliche Armeen unsere Landstriche kreuzen?«

Nun ließen sich die Brüder die Teller vollladen.

»Und woran glaubt Ihr?«, fragte Lorenz.

»Nun, ich glaube an Handel und die Diplomatie«, antwortete der rundliche Mann direkt.

»Oder an Bestimmung«, warf Elisabeth ein. »Daran, dass ein Mädchen nicht ohne Grund gerettet wird.« Dabei zwinkerte sie Lorenz lächelnd zu.

»Oder daran, dass jeder Mensch sein Schicksal beeinflussen kann«, hauchte Antonella kaum hörbar, als sie das Glas Wasser zum Trinken ansetzte.

Maximilian schlang gerade eine große Kartoffel hinunter, als er das Wort ergriff. »Und genau dieser Glaubensverfall ist es, der unseren Erzbischof von Köln dazu veranlasst hat, die Hexenprozessordnung zu verschärfen. Und das mit Recht.«

Empört ließ der Bürgermeister sein Glas auf den Tisch knallen. »Junger Schmied, du weißt nicht, worüber du da sprichst! Ferdinand von Bayern hat diesem Land nichts gebracht. Nichts, außer Tod und Elend.« Schnell fing er sich und wollte sein Glas neu ansetzen, doch anstatt einen Schluck zu sich zu nehmen, redete er sich weiter in Rage. »Eine Verschärfung der Prozesse und das Einsetzen von Hexenkommissaren hat schon vielen Unschuldigen den Scheiterhaufen eingebracht. Merk dir meine Worte, junger Freund! Ein Mensch ist intelligent, viele Menschen sind ein Haufen voll hysterischer Paniker!«

Dann war ein Moment Ruhe, bis schließlich Elisabeth mit einem kleinen Kichern die Stille durchschnitt. »Nun, ich denke nicht, dass irgendwelche Hexen hier unter uns weilen. Und wenn, dann wäre der Sekretär meines Vaters sogar zu geizig, den Scheiterhaufen zu bezahlen«, sagte sie und blickte mit ihrem makellosen Lächeln in die Runde. Dabei nahm sie mit einem Mal jegliche Aggression aus dem Gesicht ihres Vaters und dem der Brüder.

»Ich denke nicht, dass Hexen die Gefahr sind«, flüsterte Antonella, gerade so für alle hörbar. »Die Möglichkeit einer Belagerung der französisch-schwedischen Truppen scheint mir viel realer.«

Mit dieser Aussage zog sie die Blicke aller Anwesenden auf sich. Bevor sie ihren Kopf senkte, schenkte sie Lorenz ein zaghaftes Lächeln.

»Nun, mein Kind«, beruhigte Dannen sie in bester Politikermanier. »Das brauchst du nicht zu fürchten. Nach meinen Informationen ziehen die feindlichen Truppen schon weiter Richtung Westen.«

»Die Kunde der Reiter ist da anders«, warf Lorenz ein, als er sich ein Stück Fleisch in den Mund stopfte.

»Diese Informationen sind falsch. Auf welche Meinung solltet ihr wohl eher vertrauen, auf die des Bürgermeisters mit seinen vielen diplomatischen Beziehungen oder auf die eines einfachen Schmiedes, der die Stadt nur zum Holzsammeln verlässt?«, blaffte Dannen.

Maximilian musste sich zusammenreißen, um nichts Unkluges zu entgegnen. Entgegen seiner Gewohnheit warf er Dannen nur einen stechenden Blick zu und widmete sich dann erneut dem Essen. Es war ein weiteres Mal Elisabeths gewinnende Art, die dafür sorgte, dass die Situation nicht eskalierte.

»Aber, aber, wir wollen doch einen so schönen Abend nicht ruinieren.« Dann ließ sie sich Wein nachschenken und wandte sich an Lorenz. »Lasst ihn uns lieber in allen erdenklichen Zügen genießen«, hauchte sie verführerisch, während sie das Glas an die Lippen hob.

Gerade als die Köchin eine prall gefüllte Schüssel Erbsen hereintrug, wurde die Tür zur Empfangshalle aufgestoßen. Mit hochrotem Kopf stürmte der Sekretär an den Tisch und beugte sich dem Bürgermeister entgegen. Panik war in seinen Augen zu sehen.

»Sie, sie …«, hechelte Baier. »Marschall Guébriants Truppen. Sie kommen.«

Eine Sekunde war es still, dann durchschnitt das helle Klirren der Schüssel den Raum. Still kullerten die Erbsen in alle Richtungen. Die Köchin faltete schwer atmend die Hände über dem Mund und betete.

Dannen starrte seinen Sekretär an. »Was sagt Ihr, Baier? Wie konnte …? Was sollen wir nun …?«

Lorenz und Maximilian sprangen ruckartig auf.

»Wie wäre es mit Verteidigung?«, raunte Maximilian trotzig. »Aber das ist natürlich lediglich die Meinung eines einfachen Schmiedes, der die Stadt nur zum Holzsammeln verlässt.«

Kapitel 4

- Drohendes Unheil -

Als ob das VORANGEGANGENE, scheußliche Wetter ein Vorbote des drohenden Unheils gewesen war, war es jetzt, nach Eintreffen der Nachricht, ruhig. Nicht einmal ein Windhauch war zu spüren, als sie die ersten Schritte aus dem großen Haus des Bürgermeisters heraustraten. Dem vormals ohrenbetäubenden Lärm des pfeifenden Windes war nun Stille gefolgt. Überall auf den Straßen drängten sich Menschen mit sorgenvollen Mienen und Angst in ihren Augen. In kleinen Grüppchen standen sie zusammen, einige von ihnen mit entzündeten Fackeln, die zum Himmel emporloderten. Ihre Gespräche waren leise, flüsternd, ängstlich. Lorenz sah ein weiteres Mal Hilfe suchend in das vom Feuer rot gefärbte Gesicht seines Bruders. Maximilian ließ seinen Blick über die Menschenansammlung schweifen, tief in seinen Gedanken versunken schwieg er.

»Und was machen wir jetzt, Max?«

Doch Lorenz bekam keine Antwort. Nach unendlich scheinenden Sekunden beendete das Knallen der zufallenden Eingangstür sein Warten. Mit verschränkten Armen stellte sich Bürgermeister Dannen neben die jungen Schmiede. Dicht gefolgt vom immer noch schwer atmenden Sekretär Baier.

»Die Reiter haben Kunde überbracht. Kommt mit! Die Gemeinde versammelt sich vor der Kirche.«

Erst sagte Baier die Worte leise und nur an die kleine

Gruppe gewandt, dann weiteten sich seine Augen, als würde ihn eine innere Macht dazu drängen, es immer lauter hinauszuschreien.

»Kommt alle mit! Wir versammeln uns an der Kirche! Kommt alle mit!«

War es eben noch leises Flüstern und ängstliches Gerede der einzelnen Grüppchen, so versammelten sich nunmehr immer mehr Leute, die den Weg auf den Marktplatz antraten und immer lauter in das Geschrei des Sekretärs mit einstimmten. Innerhalb von wenigen Minuten schien die ganze Stadt auf den Beinen zu sein, um zur Kirche zu ziehen. Nur die drei Männer blieben wie angewurzelt auf den Treppen des Hauses stehen.

»Ihr scheint in einem Punkt recht zu haben, Herr Bürgermeister«, murmelte Maximilian schließlich. »Ein Mensch ist intelligent, viele Menschen sind ein Haufen von hysterischen Panikern.«

Erst jetzt löste sich Maximilians Versteinerung. Mit langsamen Schritten reihte er sich in die Masse ein. Nicht ohne verächtlich zu schnauben, trat auch der Bürgermeister den Weg in das Dorf an. Lorenz wollte seinem Bruder folgen, doch etwas hinderte ihn daran. Noch in der Bewegung drehte er sich zum Haus des Bürgermeisters und erblickte hinter einem der oberen Fenster schließlich Antonella, die mit traurigen Augen auf ihn hinuntersah. Er hob kurz zum Abschied die Hand, ehe Bürgermeister Dannen ihn aufforderte, sich zu beeilen.

»Komm mit!«

»Ja, Herr!«, musste er ihm beinahe entgegenschreien, um die Masse zu übertönen. Als er erneut zum Fenster hinaufblickte, war Antonella verschwunden und mit ihr der Geschmack des guten Essens, das Prickeln des leckeren Biers, die Wärme des knisternden Kamins und der bezaubernde Blick ihrer tiefen, dunklen Augen.

Das Gesicht in der Dunkelheit der Nacht verborgen, fand Lorenz seinen Bruder schließlich etwas abseits des großen Holzpodestes. Eigentlich war das Ungetüm aufgebaut worden, um das Dorf mit Theaterstücken der ziehenden Schausteller zu erheitern. Heute nutzte Pfarrer Tillmann das Podium, der händeringend versuchte, die aufgebrachten Massen zu beruhigen. Mit weit ausgestreckten Armen versuchte der Geistliche, das Wort an die Menge zu richten, doch jeder Laut wurde von den Rufen der Menschen verschluckt, deren Schreie sich zu einem einzigen zu vermengen schienen. Die hellen Fachwerkhäuser warfen das lodernde Licht der Fackeln zurück und ließen den Marktplatz in einem fahlen Rot erscheinen. Nur die Kurkölnische Landesburg ragte aus der Dunkelheit hervor und vermittelte den Bewohnern einen trügerischen Anschein von Sicherheit.

Erschrocken schüttelte Lorenz den Kopf, als er einen Schlag in den Nacken spürte. Der Schmerz war nur kurz, reichte jedoch, um ihn für einen Moment taumeln zu lassen. Sofort drehte er sich um.

»Na ihr Eisenklopper, ganz schön was los hier, oder?«

Aus einem runden Gesicht blickte ihn ein breites Grinsen an. Sofort erhellte sich Lorenz' Miene.

»'n Abend, Jakob«, schrie er.

Der riesige Junge drückte die Brüder an seine behaarte Brust, die er trotz der eisigen Kälte nur mit einer Weste bedeckt hatte.

»Schickes Gewand. Probt ihr für ein Theaterstück?«,

scherzte er hämisch. Jakobs imposante Gestalt übertraf beinahe die ihres Vaters. Sein dunkles Haar wurde schon lichter und er war in der Stadt eher als Taugenichts verrufen. Seine Arme waren so dick wie Oberschenkel und die Hände rau und aufgerissen von der Arbeit auf dem Felde. Trotzdem oder gerade deswegen mochten die Brüder den Hünen, der keine Prügelei auszulassen schien und den Menschenmengen magisch anzogen.

»Guckt mal, wen ich gefunden habe«, schob Jakob einen schmächtigen Jungen vor. Lorenz und Maximilian lächelten.

Natürlich. Wo Jakob war, durfte Gustav nicht fehlen. Als ob die beiden durch ein unsichtbares Band miteinander verbunden waren, verkörperte Gustav all das, was Jakob nicht war.

»Hallo, Ratte«, sagten sie beinahe im Einklang, wobei die Worte nicht böswillig oder verletzend gemeint waren. In ihren Kindertagen hatte irgendwer von ihnen eine Ratte gefangen und die Ähnlichkeit zu ihrem Freund festgestellt. Durch einen unbeabsichtigten Schlag Jakobs war die Oberlippe von Gustav seinerzeit geplatzt und war nie mehr richtig zusammengewachsen. Seitdem lispelte Gustav ein wenig, was den Spitznamen des wortkargen Jungen verfestigte. Sein dickes, dunkelrotes Haar schimmerte im Licht der Fackeln noch eine Nuance feuriger und ließ die spitzen Züge seines sommersprossigen Gesichts ein wenig mehr dem eines Nagetieres ähneln. Tatsächlich aber schienen Jakob und Gustav seit diesem Ereignis miteinander verbunden. Jedes Mal wenn Lorenz die beiden sah, musste er an diesen einen Sommer denken. Gott wählt manchmal komische Wege, um jemanden einen Freund finden zu lassen, dachte er, während er Ratte die Hand reichte.

Einen Kopf kleiner als die Brüder, erwiderte der den Gruß freundlich und wandte dann sein Wort an die beiden.

»Habt ihr es gehört?«, wisperte Ratte leise.

»Es ist ja wohl kaum zu überhören«, tönte Jakob.

Die vier Freunde ließen ihren Blick über die immer größer werdende Masse schweifen.

»Die Leute scheinen von einer auf die andere Sekunde verrückt geworden zu sein«, sagte Maximilian ruhig, wobei seine schwarzen Haare wie ein Vorhang vor seinem Gesicht hingen. Lorenz suchte erneut den Blick seines älteren Bruders, doch in dessen im Schatten liegenden Augen war nicht die geringste Regung zu erkennen.

Endlich hatte Pfarrer Tillmann die Menge beruhigt und lächelte unentwegt in die Massen, wobei seine makellosen Zähne ein ums andere Mal aufblitzten.

»Liebe Gemeinde, hört mich an!«

Er musste die Worte nicht einmal mehr schreien, es schien, als wolle nun jeder Bürger die Sätze vernehmen.

»Unsere schlimmsten Ängste und Befürchtungen sind nunmehr wahr geworden. Soeben wurde ich unterrichtet, dass Marschall Guébriant die Kaiserlichen Truppen wenige Meilen vor unserer Stadt versammeln will, um die Armee des Feindes auf flachem Gebiet zu stellen.«

Es war wie eine bittere Erkenntnis, der sich jeder bewusst war und die man nur allzu gern vergessen hätte. Vereinzelte Weiber schauten verzweifelt in den dunklen Nachthimmel und riefen Gott um Hilfe an, gefolgt von wütenden Schreien, doch die Mehrzahl der Menschen nahm diese Nachricht ruhig und mit gesenktem Haupt auf. Die eben noch in den Himmel gereckten Fackeln wurden gen Boden gesenkt, was den ohnehin dunklen Marktplatz in einen gespenstischen Schauplatz schwindender Hoffnung und stiller Trauer verwandelte. Nachdem das erste Wehklagen vorbei war, wurde es ruhig. Die Menschen waren tief in ihren Gedanken oder im Gebet versunken, oder hielten weinend ihre Angehörigen im Arm. Der Pfarrer brauchte nicht einmal mehr seine Stimme zu erheben, um auch den letzten Bewohner am hintersten Ende des Platzes zu erreichen.

»Und wundert euch das? Wundert es euch? Die, die ihr so eifrig an eurem eigenen Untergang gearbeitet habt? Die, die ihr euch gegen ein gottesfürchtiges Leben entschieden habt? Wundert es euch?«, zischte er.

Seine Sätze klangen wie ein einziger Vorwurf. Das vormals engelsgleiche Gesicht des Geistlichen wandelte sich zu einer Fratze.

»Jahrelang wehrt ihr euch gegen den Allmächtigen, der nur um Anstand und Demut bittet. Und was macht ihr? Ihr erzürnt ihn!«

Die dicke Ader an Tillmanns Schläfe pulsierte im fahlen Schein der Fackeln, als er mit gereckter Faust weiter auf die Menschen herabsprach.

»Und nicht nur das! Nicht nur, dass ihr die immerwährende Glückseligkeit ausschlagt. Nein, ihr beleidigt ihn auch noch, indem ihr euch prügelt und besauft, rumhurt und stehlt.«

Sein Blick schien jeden Einzelnen zu treffen.

»Die Bestrafung ist die einzig logische Konsequenz für eure Unzucht, Gottes Wille und Vergeltung für eure Tat, für euren Irrglauben.«

Die vereinzelten Rufe aus der Masse stachen für jeden gut hörbar heraus: »Was können wir tun? Wie können wir uns schützen?«

Tillmann schüttelte langsam den Kopf, ließ sich Zeit mit seiner Antwort, als wolle er sie dafür strafen, dass sie nicht selbst auf die Lösung kamen.

»Beten, meine Brüder und Schwestern. Bittet, dass der Allmächtige uns verschont und zeigt euren Glauben im Angesicht des herannahenden Unheils. Ihr müsst bereit sein zu Demut und Opfern.«

»Es ist mitnichten eine Bestrafung Gottes.«

Die Blicke der Menge richteten sich mit einem Mal auf eine kleine, rundliche Person die das Podest emporstieg. Das Holz knarrte unter den Füßen des Bürgermeisters, ehe sich die beiden Männer wenige Ellen gegenüberstanden.

»Nicht Gott hat unser Kempen als Schauplatz des Krieges ausgewählt, es war die strategische Position und das flache Land des Niederrheins, was Marschall Guébriant dazu bewog, den Feind hier zu stellen.«

Die Männer funkelten sich an, es wirkte, als wäre es noch dunkler um sie geworden.

»Nur der schwache Geist eines Gottlosen kann mit solchen Behauptungen hausieren gehen, Herr Dannen«, fauchte Tillmann.

»Herr Pfarrer, ich glaube, Ihr vergesst, mit wem Ihr redet. Das Letzte, was Kempen braucht, ist jemand, der den Bürgern Schuld und Sühne einredet. Die Stadt braucht Verteidigung und Vorbereitung auf eine lange Belagerung.« Das Gesicht des Bürgermeisters war zu einer Maske erstarrt und leuchtete roter als das Feuer selbst.

»Ihr irrt! Das Letzte, was diese Stadt braucht, ist ein Frevler, der sie weiter vom rechten Weg abbringt.«

Dannen ging noch einige Ellen auf den Geistlichen zu und sprach leise, doch für alle hörbar: »Und was schlagt Ihr vor, Herr Pfarrer?«

Die Ader an der Schläfe von Tillmann pulsierte. Fast hätte man meinen können, dass einer von beiden nun den ersten Schlag austeilen würde, so verkrampft ballten sich ihre Hände zu Fäusten. Das Weiß ihrer Handknochen trat deutlich hervor. Einige Sekunden lang war Stille, dann wandelte sich die Fratze des Geistlichen wieder in das engelsgleiche Gesicht.

Milde lächelnd trat er an den Rand des Podiums. »Lasst uns Gottes Willen leben!«, schrie er der Menge mit weit ausgestreckten Armen entgegen. Die Masse jubelte.

Dannens Blick ging zu Boden, nur um kurz danach einige Schritte auf die Menschen zuzugehen. »Betet so viel ihr wollt, aber vom Glauben allein werden keine Mäuler gestopft und keine Feinde zurückgeschlagen. Wir brauchen Nahrung und Soldaten.«

Auch hier jubelten etliche Menschen.

»Wir müssen eine Verteidigung aufbauen und die Wälle stärken, wir brauchen Partisanen und Nahrung! Jeder, der sich verpflichtet fühlt, kann sich ab morgen melden.«

Erneut brandete Jubel auf.

Mit fester Stimme wandte sich Maximilian an Lorenz. »Komm, ich habe genug gesehen. Unsere Eltern machen sich sicher bereits Sorgen, wir sollten den Weg nach Hause antreten.«

»Nun wartet«, grollte ihnen die tiefe Stimme Jakobs entgegen. »Wollt ihr bereits aufbrechen? Es könnte eine lange und interessante Nacht werden.«

Sein spitzbübisches, etwas dämliches Lachen ließ erahnen, dass er sich bereits mit einem Humpen Met in der Dorfpinte sah. Wie zur Bestätigung dieses Gedankens nickte auch Ratte eifrig und blickte die Brüder aus seinen grünen Augen an.

»Tut mir leid, Freunde, aber dies ist nicht der richtige Zeitpunkt für eine Feier«, entgegnete Maximilian. Er schob Lorenz über den kleinen Marktplatz und fort von den Menschenmassen, deren Gejohle und laute Diskussionen noch weit bis in die Stadt hinein zu hören waren. Schweigend gingen die Brüder in der Dunkelheit nebeneinander. In wenigen Häusern brannten noch Kerzen, die ihr schummriges Licht auf die matschbedeckte Straße warfen.

»Stehst du zu deinem Wort?«, fragte Lorenz schließlich.

»Zu welchem?«

»Dazu, dass du die Stadt verteidigen willst, wenn es zum Krieg kommt. Dazu, dass du die Franzosen und die Schweden zurückschlagen willst. Dazu, dass du kämpfen willst.«

Lorenz wollte diese Worte hart aussprechen, mit der tiefen, festen Stimme eines Mannes. Doch in seinen eigenen Ohren klang es wie das nervige Gequake eines Waschweibes. Er achtete genau darauf, den Blick starr auf der Straße zu belassen. Hätte Maximilian in seine Augen sehen können, hätte er nur Angst und Unsicherheit gesehen, einen Umstand, den Lorenz allzu gern vermeiden wollte.

»Weißt du, kleiner Bruder. Ein Mann kann viel mehr verlieren als sein Leben.«

Lorenz verstand nicht, was sein Bruder damit sagen wollte. Absichtlich wartete er ein paar Augenblicke, in der Hoffnung, dass Maximilian seinem Ausspruch etwas hinzufügte. Er tat es nicht.

»Soll das heißen, dass du dich melden wirst?«

»Es soll heißen, dass ich alles dafür tun werde, um unsere Familie zu beschützen. Irgendwann wirst du es verstehen.«

Lorenz nickte.

Maximilian spürte seine Unsicherheit und blieb schließlich stehen. Auch Lorenz stoppte.

»Ja, ich werde mich morgen freiwillig melden. Aber du wirst es nicht.« Sein älterer Bruder klopfte ihm etwas zu hart auf die Schulter und setzte seinen Weg in Richtung der elterlichen Schmiede fort. Einige Sekunden stand Lorenz wie versteinert in der dunklen Nacht. Der Angst war nun Wut gewichen. Wut auf seinen zwei Jahre älteren Bruder, der ihm einfach verbot, das zu tun, was er am meisten begehrte.

»Warum solltest du das Recht haben, das zu verteidigen, was du liebst, und ich nicht?«, schrie er Maximilian hinterher. Eine Antwort blieb aus. Er setzte zum Spurt an und schubste seinen Bruder in den aufgeweichten Schlamm. Einige Hunde schlugen an, sie waren nur noch wenige Meter von ihrem Haus entfernt. Maximilian raffte sich sofort wieder auf und schoss auf Lorenz zu. Das Klatschen der Ohrfeige durchzog die Straßen der kleinen Stadt und hallte in den engen Gassen mit den hohen Fachwerkhäusern wider. Wie vor wenigen Minuten der Bürgermeister und der Pfarrer, standen sich nun die Brüder Auge in Auge gegenüber.

»Weil es reicht, dass unsere Familie einen Sohn verlieren wird!«, zischte Maximilian. Doch sogar nach diesem kurzen Ausbruch konnte Lorenz die Milde und Sanftmütigkeit in den stahlblauen Augen seines Bruders erkennen. Innerhalb von wenigen Sekunden wich die Wut.

»Ich werde mich melden«, sagte er schließlich.

»Vater wird dich grün und blau prügeln«, entgegnete Maximilian.

Die Augen von Lorenz verengten sich zu Schlitzen.

»Dich etwa nicht?«

Ohne seinen Bruder eines weiteren Blickes zu würdigen, ging er in die Schmiede.

Sie mussten ein jämmerliches Bild abgeben. Durchnässt vom Regen, das Gesicht gerötet, die Kleidung von Schlamm überzogen. Der Vater musterte die beiden von oben bis unten, erhob sich dabei nicht von seinem breiten Holzstuhl, der bei jeder Bewegung knarrte. Sie rechneten mit einem von seinen Ausbrüchen, einer minutenlangen Predigt, doch es kam anders.

»Seht euch an, völlig durchgefroren.«

Erst jetzt spürte Lorenz die Kälte in sich hochkriechen, die seinen Körper bereits völlig ausgekühlt hatte. Seine Lippen zitterten. Instinktiv wandte er sich zur Feuerstelle. Der Ofen knisterte und warf ein unstetes Licht in das Wohnzimmer der Familie, als sein Vater nur leicht den Kopf schüttelte.

»Setzt euch und nehmt einen Tee«, sagte er mit einer angedeuteten Handbewegung in Richtung des Kessels. Nachdem die Brüder sich mit einer dampfenden Tasse versorgt hatten, nahmen sie am Tisch Platz.

»Ich nehme an, dass ihr auf dem Marktplatz zugegen wart, um euch dieses Schauspiel anzusehen?«, fragte er leise.

Die Brüder nickten.

»Es wurde mir zugetragen, was dort passiert ist.« Josef schnaubte verächtlich. »Dannen und Tillmann. Zwei Männer in ihrer Position sollten es besser wissen und sich nicht vor der gesamten Gemeinde ankeifen wie kleine Mädchen, die sich um eine Puppe streiten.«

Nur kurz erlaubten sich die Brüder zu schmunzeln. Dann nippten die drei Männer bedächtig an ihrem Tee.

»Ihr habt doch nichts Törichtes vor, oder?«, fragte Josef schließlich.

Diesmal war es Lorenz, der das Wort ergriff. »Nein, Vater.«

»Das ist gut«, sagte der Schmied nickend, seine Söhne nicht aus den Augen lassend. »Wir haben in den nächsten Wochen eine ganze Menge Arbeit vor uns und ich würde es gar nicht begrüßen, eine Arbeitskraft zu verlieren, weil ich einen von euch einsperren muss.«

Die Brüder wussten, dass er es ernst meinte, und nickten.

»Und nun wascht euch und geht ins Bett.«

Auch wenn sein Körper ihn vor Erschöpfung anschrie, war sein Geist wach und arbeitete unentwegt, um die Geschehnisse des Tages einzuordnen. Mit Maximilian hatte er kein Wort mehr gewechselt, und bereits nach wenigen Minuten hörte er das gleichmäßige Schnarchen seines Bruders. Die Bettdecke über den Kopf ziehend, war er nun mit sich und seinen Gedanken allein. Er atmete tief und versuchte sich den Duft vorzustellen, den Antonella an diesem Abend getragen hatte. Obwohl die schlimmsten Befürchtungen der Bürger Kempens wahr geworden waren und er eine Entscheidung zu treffen hatte, die für immer zu einem Bruch mit seiner Familie führen könnte, schlief er glücklich ein.

Mir ist kalt, eiskalt. Die kleinste Bewegung schmerzt. Mit jedem Atemzug ist mir, als würde ich Nadeln einatmen. Um mich herum ist nur blendendes Weiß. Doch es ist nicht das prachtvolle, majestätische Weiß von frisch gefallenem Schnee, es ist unbarmherzig, scharf und rau. Meine

Fußsohlen scheuern sich bei jedem Schritt weiter auf. Ich schlinge meine Arme um mich selbst, doch keine Wärme scheint meinen Körper berühren zu wollen. Der Boden ist von Eis bedeckt und jeder Schritt hinterlässt eine grauenvolle Pein. Trotzdem gehe ich weiter, ich kann nicht mehr zurück. Durch die weiße Wand aus Schnee erkenne ich in der Ferne zwei bleiche Gestalten. Hoch ragen sie in den Himmel und säumen meinen Weg. Mein Blick verweilt auf der rechten. Die Figur wirkt, als hätte sie zwei Gesichter. Das engelsgleiche, mit dem sie auf mich herabsieht, und eine hässliche Fratze, welche nur Augen für die Gestalt auf der anderen Seite des Weges zu haben scheint. Diese Erscheinung ist dicker, rundlicher. Ihr Gesicht ist von Sorgen zerfressen und sie stellt sich trotzig der anderen Figur entgegen. Sie schreien sich an, poltern, lärmen, doch kein Laut dringt an meine Ohren. Langsam senkt sich mein Blick auf den Weg. Wieder und wieder peitscht mir der weiße Schnee unbarmherzig ins Gesicht und frisst sich tief in mich hinein. Mit jeder Sekunde, die ich an diesem Ort verbringe, gefriert mein Blut weiter. Mein Herz schreit mich an, dass es aufhören will zu schlagen. Ich habe das Gefühl, dass Eis anstatt Blut durch meine Adern strömt. Die klirrende Kälte gräbt sich tief in meinen Kopf und erstickt jeden Gedanken an das Schöne. Und trotzdem zieht es mich weiter auf diesem frostigen Weg, der mit jedem Schritt kälter zu werden scheint.

Dann werden meine Augen schwerer und ich spüre, wie splitternde, raue Schneeflocken sich auf meine Lider legen. Sie wirken unendlich schwer und befehlen mir, stehen zu bleiben. In dem gnadenlosen Wind erkenne ich auf einmal einen Duft, der mich sofort hochblicken lässt. Als ich meine Augen öffne und meinen Blick schärfe, erkenne ich eine

Weggabelung, die sich durch die weiße Hölle schlängelt. Zu meiner Linken schlägt mir der Duft von Rosen entgegen. Anstelle der schneebedeckten, eisigen Landschaft ist dieser Weg grün und warm, frei von Frost und Eis. Rosen blühen am Wegesrand und locken mit ihren grünen Blättern und einem wohligen Geruch. Die Blüten strecken sich mir entgegen und scheinen mich zu rufen. Laut und eindringlich locken ihre Worte mich. Wunderschön und einladend verzaubert mich ihr Anblick. Wärme umfängt mich von meiner Linken, die meinem Körper mit einem Mal jeglichen Schmerz und jegliche Kälte zu entziehen scheint. Ich kann meine Hände wieder spüren, und auch das Weiß meiner Füße wandelt sich augenblicklich in ein rosiges Purpur.

Nur schwer kann ich meinen Blick von dieser Pracht nehmen, um meine Augen auf den rechten Weg zu lenken. Unbewusst mache ich ein paar Schritte auf ihn zu und atme einen Duft tief ein, der mein Herz für einen Moment aussetzen lässt. Dieser Weg ist nicht frei von Eis und Schnee und doch übt er auf mich eine nicht gekannte Faszination aus, der ich mich nicht zu entziehen vermag. Vereinzelte Lavendelsträucher säumen den Wegesrand und ragen trotzig aus dem Schnee hervor. Die Zweige der Sträucher sind mit grünen und lila Blüten gespickt, nur einzelne Farbtupfer in einem sonst von Weiß dominierten Bild. Scheu rekeln sie sich der Sonne entgegen, immer darauf bedacht, nicht zu viel Aufmerksamkeit auf sich zu ziehen. Nein, einladend ist dieser Pfad bestimmt nicht, und doch zieht es mich unmerklich und stetig auf diesen Weg. Als ein weiterer Hauch des Lavendelduftes mich zärtlich berührt, ist meine Entscheidung gefallen.

Kapitel 5

- Dankbarkeit -

Der nächste Tag begann wie ein Donnerschlag. Unnachgiebig polterte des Vaters Pranke gegen die Holztür und riss die Brüder aus ihrem Schlaf.

»Aufwachen, Burschen! Heute gibt es viel zu tun!«, drang es grollend durch das Zimmer. Lorenz war dankbar, dass sein älterer Bruder allem Anschein nach genauso schlaftrunken die Routine des Morgens erledigte. So ersparten sie sich eine unangenehme Unterhaltung und beschränkten sich auf das Wesentliche: waschen und essen.

Generell war die Stimmung am Frühstückstisch der Familie bedrückt, fast traurig, obwohl die Mutter versuchte, den Tag so alltäglich wie möglich zu gestalten. Selbst die Kleinen spürten, dass nichts an diesem Morgen normal war. Immer wieder blickten sie zu ihrem Vater hinüber, in der Hoffnung, sie würden eine Reaktion, nur den Hauch einer Antwort auf ihre vielen unausgesprochenen Fragen erhalten. Schließlich waren die Tumulte des gestrigen Abends an ihnen nicht spurlos vorübergegangen. Doch Josef kaute stur sein Brot, den Blick starr auf den Tisch gerichtet. Erst als die letzte Scheibe heruntergeschlungen war, sah er seine beiden Ältesten an.

»Heute in der Früh habe ich eine Nachricht vom Hauptmann der Stadtwache erhalten. Er bittet mich zu sich, um über die Herstellung von Rüstteilen zu sprechen. Ich werde den ganzen Tag dort sein.«

Die Brüder nickten, ohne ihrem Vater in die Augen sehen zu können. Die gestrige Lüge saß in ihnen wie ein Stachel, den sie noch nicht bereit waren zu entfernen.

»Wir werden in den nächsten Tagen viel Feuerholz brauchen. Aus diesem Grund bleibt die Schmiede heute geschlossen und ihr werdet den Holzspeicher auffüllen.«

Er griff nach einem Becher und nahm mehrere große Schlucke. Dann lehnte er sich zurück, der Holzstuhl stöhnte unter seiner Last.

»Max, Lorenz, habt ihr mich verstanden?«

»Ja, Vater«, antworteten sie einstimmig.

»Und ihr«, sein Blick wanderte zu seinen jüngsten Kindern, die ihn aus großen, immer wachen Augen anstierten, »helft brav eurer Mutter. Dass mir keine Klagen kommen.«

Eifrig nickten die Kleinen. Lorenz konnte nur erahnen, was in seinem Vater vorgehen mochte. Sicherlich, die drohende Schlacht spülte einen satten Gewinn in die Kassen des Schmiedes, aber zu welchem Preis? Wie Lorenz, würde sich auch der Vater denken können, was passierte, wenn Guébriants französische Bastarde nicht von den Kaiserlichen Truppen aufgehalten werden konnten. Eine Armee braucht Nahrung, Unterkunft und Waffen, es war nicht schwer zu erraten, was ihr erstes Ziel sein würde, sollte es nach der Schlacht an einem von diesen Gütern mangeln.

Josef brach gleich nach dem Frühstück auf. Das Quartier des Hauptmannes war hinter der Landesburg gelegen, ein Fußmarsch von gut fünfzehn Minuten. Nur zu gern hätte Lorenz den Verhandlungen über Waffen, Schilde und Musketen beigewohnt. Alles war besser als den ganzen Tag

Holz zu spalten und dieses in die Schmiede zu tragen. Er sah sich bereits mit schmerzenden Gliedern am Abend ins Bett fallen und wünschte, dass dieser Tag schon vorüber wäre. Zumindest hatte er so die Gelegenheit, mit Maximilian zu sprechen, obwohl ihm auch diese Vorstellung nicht wirklich behagte. Den letzten Bissen Brot kauend, griff er zu seiner Axt und trat den Weg in die Schmiede an, ohne auf seinen Bruder zu warten. Mechanisch und tief in den Traum der vergangenen Nacht versunken, überprüfte er den Zugkarren. Dabei registrierte er gar nicht, dass Maximilian bereits eine ganze Zeit hinter ihm stand.

»Tut es noch sehr weh?«

Erschrocken fuhr Lorenz um. »Was tut sehr weh?«

Maximilian ließ sich Zeit. Die Worte gingen ihm nicht leicht über die Lippen. »Deine Wange. Nun, wegen der Backpfeife gestern«, stammelte er.

Fast belustigt, welche Scham sein Bruder zeigte, winkte Lorenz ab. »Schon vergessen. Und außerdem hab ich dich ja ganz schön erwischt.«

Jetzt war es Maximilian, der die Stirn in Falten legte und die Hände in die Hüften stemmte. »Du willst mich erwischt haben? Ich hab dich kommen gehört, ich bin nur ausgerutscht, ansonsten wärst du in den Schlamm gefallen.«

Die beiden sahen sich einen Moment lang grinsend an.

»Komm, ich helfe dir mit der Karre«, sagte Maximilian schließlich.

Während sie die Äxte schulterten und gemeinsam die Karre aus der Schmiede zogen, ließen sie ihre Blicke über die hauchdünne Schicht aus Schnee schweifen. Das gefallene Weiß ließ die ersten Sonnenstrahlen glitzern und den Tag noch ein wenig heller wirken. Aufmerksam beobachteten sie die jetzt schon herrschende Geschäftigkeit. Die Bewohner der Stadt waren früh am Morgen bereits auf den Beinen und hinterließen bei jedem Schritt im Schnee einen braunen, matschigen Fußabdruck. Seitdem die Nachricht über die baldige Schlacht in Kempen eingetroffen war, nahm die Betriebsamkeit in den Straßen zu. Einige wenige packten bereits ihre Habseligkeiten zusammen und spannten sie hinter ein Pferd oder luden sie auf ihre eigenen Rücken. Doch es waren die wenigsten, die die gefährliche Flucht vor dem drohenden Unheil auf sich nahmen. Wohin sollten sie auch gehen? Der Krieg dauerte bereits Jahre, und die europäischen Kriegsfürsten machten Städte und Gemeinden der gesamten Region zu einem Tummelplatz der Gewalt. Lorenz und Maximilian sahen den armen, schwer bepackten Verzweifelten zu, die versuchten, dem Krieg zu entrinnen. Sie konnten weglaufen, ihm aber bestimmt nicht entkommen. Nein, es war besser hier auszuharren und zu hoffen, dass die Schlacht glimpflich an ihnen vorbeigehen möge. Genau dieser Gedanke war es, der Lorenz an das gestrige Gespräch erinnerte.

»Max, weißt du, wegen gestern …«, doch er wurde von einem tiefen Grollen unterbrochen.

»He, die Eisenklopper!«, tönte es den beiden entgegen.

Vor der Dorfpinte stand mit weit aufgerissenen Armen Jakob, der mit gleich zwei Humpen Met in der Hand breit grinste und Gustav zuprostete. Der Rothaarige lehnte sich mit den Ellenbogen gegen die getünchte Hauswand und achtete penibel darauf, dass sein Gesicht im Schatten verborgen blieb. Auch er lächelte und erhob seinen

Humpen, als die beiden näher kamen. Aus den beschlagenen Fenstern der Pinte wehte ihnen die Musik eines Fidelspielers entgegen.

»So früh schon auf den Beinen?«, fragte Ratte.

Die Brüder stellten den Karren neben der Kneipe ab und begrüßten ihre Freunde.

»Wie jeden Morgen. Aber dass ihr bereits wach seid, wundert mich doch sehr«, scherzte Lorenz.

»Immer noch wach!«, grölte Jakob, dessen von Bier benetzter Bart in der Morgensonne schimmerte.

»Nun sagt mir nicht, dass ihr ausgerechnet die gestrige Nacht zum Tage gemacht habt?«

Jakob lachte so durchdringend, dass man es bis zur Schmiede hören musste. Danach nahm er einen tiefen Schluck aus dem Humpen, wobei ihm Met aus beiden Mundwinkeln in Rinnsalen hinunterlief.

»Dass wir ausgerechnet die gestrige Nacht zum Tage gemacht haben, hat auch einen Grund«, entgegnete Ratte, der weiter in den Schatten trat, um sein Gesicht vor der Sonne zu schützen, und ebenfalls einen Schluck trank. »Immerhin wissen wir nicht, wie lange wir uns noch unseres Lebens erfreuen können. Man sagt, dass es bis zum Aufmarsch nicht mal mehr zehn Tage dauern wird.«

Jakob wusste dies mit einem tiefen und herzhaften Rülpser zu bestätigen.

»Und ihr wollt keine Vorbereitungen treffen?«

»Das haben wir.« Der rothaarige Junge grinste schelmisch zu seinem riesigen Freund, der sich an seinem zweiten Humpen zu schaffen machte.

»Ihr seid gestern einfach zu früh gegangen. Die Versammlung hatte noch«, sagte Ratte geheimnisvoll und blickte dabei gedankenverloren in den Himmel, »ihren gewissen Reiz.«

Jakob gluckerte bei jedem seiner Worte. Es machte den beiden sichtlich Freude, die Brüder auf die Folter zu spannen.

»Nun sagt schon«, forderte Maximilian schließlich.

Ratte nickte, stellte sich gerade auf, als wolle er einen Soldaten imitieren. »Wir melden uns freiwillig für die Partisanen-Gruppe.«

»Das ist nicht euer Ernst!«

»Oh doch, das ist es«, funkelte Ratte, der nun anscheinend für beide sprach. Jakob begnügte sich damit, gelegentlich zu nicken. »Gestern wurde gesagt, dass jeder Bürger, der sich freiwillig zur Verteidigung der Stadt meldet, Sold, Verpflegung und eine Muskete erhält, die nach der Schlacht in seinen Besitz übergeht.«

Jetzt trat selbst Ratte aus dem Schatten, wobei sein rotes Haar in dem hellen Licht wie Feuer strahlte.

»Ihr stellt Rüstzeug her, Max. Du müsstest doch wissen, was so eine Muskete wert ist.«

»Gar nichts, wenn du tot bist!«, zischte Maximilian.

Doch Jakob winkte Maximilians Kommentar wie eine lästige Fliege weg und lehnte sich nachdenklich zurück. Milde sprach aus dem Gesicht des Hünen. So hatten die Brüder ihren Freund selten gesehen.

»Es ist mehr, als ich jemals besessen habe«, sagte Jakob leise. »Vielleicht können wir beide dann endlich aufhören, uns von Feldarbeit zu Feldarbeit durchzuhangeln. Vielleicht ein richtiges Handwerk erlernen, so wie ihr. Vielleicht ein kleines Heim bauen, am Rande der Stadt. Und vielleicht sogar ein hübsches Weib zur Frau nehmen.«

Bescheidene und doch unerreichbare Wünsche von zwei Träumern. Unwillkürlich zog es den Blick der Brüder auf den Boden. Ja, sie waren dankbar, dass ihr Vater sie das Handwerk lehrte und sie nie frieren mussten und immer ein Dach über dem Kopf hatten. Wie oft hatten ihre Eltern Jakob und Gustav für ein paar Nächte bei sich aufgenommen und sie mit Nahrung versorgt, wenn sie im Winter keine Arbeit fanden. Auch wenn die beiden noch so sehr darauf beharrten, dass sie glücklich waren, so wussten die Freunde doch, dass es anders war. Wer konnte ihnen ihre Entscheidung verübeln?

Als Jakob den zweiten Humpen geleert hatte und ihn scheppernd auf den Fenstersims fallen ließ, erhellte sich seine Miene.

»So, Jungs, heute Mittag werden wir uns melden, lasst uns unsere letzten Stunden in Freiheit noch genießen.«

Dabei schob er die drei in die beinahe leere Pinte hinein. Eigentlich sollten Lorenz und Maximilian ablehnen, wie sie es so oft getan hatten, wenn ihre Freunde schon früh am Morgen die ersten Humpen Met leerten. Vielleicht war es die Aufregung über die Einberufung, die die Brüder in die Kneipe trieb, vielleicht war es aber einfach der Drang nach einem kühlen Bier, das sie so lange schon nicht mehr genossen hatten und vielleicht für lange Zeit nicht mehr genießen konnten.

»Erzählt uns mehr über das Angebot des Bürgermeisters«, sagte Lorenz mit großen Augen, nachdem er sich den Met aus den Mundwinkeln weggewischt hatte.

Ratte lehnte sich weit über den Tisch, als würde er den Brüdern ein Geheimnis anvertrauen. »Auf Erlass des Bürgermeisters kann sich jeder im wehrfähigen Alter, am heutigen Tage bis Sonnenuntergang, freiwillig zum Partisanen melden, um in der bevorstehenden Schlacht gegen Marschall Guébriants Truppen zu kämpfen.«

Als wollte er die Spannung erhöhen, fingerte Ratte ein kleines Döschen aus der Hose, breitete den Schnupftabak auf dem Tisch aus und zog ihn sich genussvoll in die Nase.

Jakob wendete angewidert seinen Blick ab. »Ekelhaft.«

»Erzähl weiter«, forderten ihn die Brüder auf.

Noch immer mit seiner Nase beschäftigt, trank Ratte erst mal einen Schluck Bier, bevor er seinen Bericht fortsetzte. »Die Boten rechnen mit dem Eintreffen der Truppen in neun bis zehn Tagen. In dieser Zeit wird der Hauptmann der Stadtwache eine kurze, behelfsmäßige Ausbildung für alle Freiwilligen vornehmen.«

Maximilian und Lorenz nickten eifrig, bereit, jedes Wort aus Rattes Mund aufzusaugen wie ein Schwamm.

»Die Ausbildung wird in den Abendstunden stattfinden, sodass man noch seinem Tagewerk nachgehen kann. Kurz vor Einberufung in die Kaiserlichen Truppen bekommt man eine Muskete ausgehändigt.« Ratte lehnte sich entspannt zurück, in der Gewissheit, dass ihm die Aufmerksamkeit der anderen sicher war. »Sollte man natürlich die Muskete nur annehmen und dann türmen, gilt man als fahnenflüchtig, wird gejagt, gefoltert, erstochen, das Übliche halt.«

Ratte grinste breit.

»Und ihr wollt euch wirklich melden?«, hakte Lorenz ein weiteres Mal nach.

Beide nickten bedächtig und nahmen einen tiefen Schluck aus den Krügen.

»Max, Lorenz, wir beide wissen, dass die Wahrscheinlichkeit, zu überleben, mehr als gering ist«, wisperte Ratte. »Aber es ist unsere einzige Chance.«

Jeder Mensch hat andere Gründe, dachte Lorenz. »Wo muss man sich melden?«

»Im Haus des Bürgermeisters. Sekretär Baier nimmt die Meldungen entgegen.«

Sofort wanderten Lorenz' Gedanken zum gestrigen Abend. Unbewusst zogen sich seine Mundwinkel nach oben.

»Was grinst du denn so doof wie ein Esel vorm Abhang?«, brummte Jakob. »Findest du das lustig?«

Er verpasste Lorenz einen leichten Klaps auf den Hinterkopf. Dieser verschluckte sich sofort am Bier und hustete in das Gefäß, wodurch ihm eine Fontäne aus weißem Schaum entgegenspritzte. Schallendes Gelächter durchschnitt den Raum für wenige Augenblicke, so laut, dass die wenigen Gäste sich kopfschüttelnd zum Tisch umdrehten und die Musik für einen Moment aussetzte. Als die Freunde sich gefangen hatten, wurde Lorenz' Gesicht wieder ernst.

»Nein, ganz und gar nicht. Im Gegenteil, ich finde euer Vorhaben lobenswert. Und um ehrlich zu sein, wir wollen uns ebenfalls melden.«

Die Krüge von Jakob und Ratte schnellten fast zeitgleich auf den Tisch.

Lediglich Maximilians Blick verfinsterte sich. »Ich werde mich melden, du wirst bei unserer Familie bleiben. Hast du das verstanden, kleiner Bruder?«, keifte er.

»Du bist nicht mein Vater und ich kann machen, was ich für richtig halte, Max. Daran wird keiner etwas ändern.«

Wie am gestrigen Abend flammte das Funkeln in den Augen der Brüder auf.

»Wir haben darüber bereits gesprochen, Lorenz!«

»Nichts haben wir! Du hast bestimmt, so wie du es immer tust!«

Ein weiteres Mal drehten sich die aufgebrachten Gäste um, zumindest so lange, bis Jakob sie anraunzte. »Was ist los? Kümmert euch um euren eigenen Kram!«

Sie warteten einen Moment, bis die Fidel von Neuem anfing zu spielen.

»Hört mal, ich möchte mich nicht in eure Angelegenheiten einmischen, aber ihr solltet euch beide nicht melden.« Rattes Stirn lag in Falten und seine Augen verrieten, dass jedes seiner Worte gut bedacht war.

»Ihr habt hier ein Leben, eine Familie, eine Zukunft oder zumindest eine Chance darauf. Ihr solltet das alles nicht einfach wegwerfen, um eurem Geltungsdrang nachzugeben.«

Bei Rattes schmächtiger Statur und dem nicht gerade blendenden Aussehen vergaßen die Brüder manchmal, dass er eigentlich ein kluger Kopf war. Die Mutter hätte ihn für diese Aussage umarmt.

»Ich werde mich melden«, brummte Maximilian trotzig in seinen Humpen hinein. »Nichts wird mich davon abhalten.« Sein Blick ging zu seinem Bruder, dann traf er den seiner Freunde. »Gar nichts.«

Es sollte nicht wie eine Drohung klingen, aber als die Worte seine Lippen verließen, wurde ihm bewusst, dass es sich genau danach anhörte.

»Es ist meine Entscheidung. Und manchmal …«, er holte tief Luft und blies sie geräuschvoll durch seine Nase. »Manchmal ist es das Einzige, was uns bleibt.«

»Dann solltest du deinem Bruder diese Entscheidung auch nicht nehmen«, warf Ratte ein.

»Was weißt du schon!«, blaffte Maximilian.

Ratte lächelte nur, darauf bedacht, das Blitzen in Maximilians Augen nicht zu erwidern.

»Er hat etwas verstanden, was du nicht hast, mein Bruder«, sagte Lorenz. »Nämlich, dass ich meine eigenen Entscheidungen treffen kann und dafür verantwortlich bin.«

Als Maximilian seine Faust auf den Tisch schnellen ließ, erinnerte dies Lorenz an die Wutausbrüche ihres Vaters.

»Habt ihr euch nun alle gegen mich verschworen?« Maximilian blickte in die Runde. Sie alle hielten seinem Blick stand. »Ich will ihn doch nur beschützen.«

Ruhe hüllte den Raum ein weiteres Mal ein, selbst der Wirt und die übrigen Gäste lauschten nun angestrengt dem Gespräch der Freunde.

»Du brauchst niemanden zu beschützen, der keines Schutzes bedarf, Max.«

Als Lorenz seinem Bruder die Hand auf die Schulter legte, blickte er starr auf den schweren Eichentisch. Zweimal musste er schlucken, schließlich nickte er und wandte sich erneut an seine Freunde.

»Irgendwer muss ja auf euch aufpassen.« Sein Lächeln war gequält, aber ehrlich.

»Darauf trinken wir! Wirt, bringt uns vier Met!«, brüllte Jakob dem bärtigen Mann hinter der Theke entgegen.

Die Sonne stand bereits hoch am Himmel, als die Freunde sich ein weiteres Mal zuprosteten. Ihr Lachen hallte in den kleinen Gassen Kempens wider und bildete einen stechenden Kontrast zu den mit Angst erfüllten Gesichtern der übrigen Bewohner. Draußen war die Furcht, doch in der Kneipe schien es, als würden Glück und Freude selbst mit den Gästen feiern. Unzählige leere Humpen und kleinere Krüge standen auf dem Tisch, einige waren sogar aufeinander gestapelt. Nur das missmutige Gesicht des Wirts verfinsterte sich bei jedem Humpen, den er brachte, ein wenig mehr.

»Wer soll das denn alles bezahlen?«, schimpfte er in die Runde.

»Der Bürgermeister, der bezahlt doch alles!«, schrie Ratte, der sich gerade einen leeren Krug als Kopfschmuck aufgesetzt hatte. Einige Tropfen Met liefen von seiner Stirn die Wangen herunter, woraufhin die Freunde erneut den Raum mit Lachen erfüllten.

»Guckt mal, der Ratte weint!«, schrie Lorenz.

Im selben Moment wischte auch er sich ein paar Tropfen aus den Augen.

»Ja, ich strenge mich an, es jetzt bereits zu tun, dann kann ich mir das bei eurer Beerdigung in zwei Wochen sparen und stattdessen einen trinken gehen.«

Jakob, der gerade einen tiefen Schluck genommen hatte, prustete den Honigwein über den Tisch und erwischte dabei Maximilian, was zur allgemeinen Erheiterung der gesamten Kneipe beitrug.

Die Stimmung flachte etwas ab, als der Wirt sich mit verschränkten Armen vor dem Tisch aufbaute und seine Nase rümpfte. »So, Burschen, es ist nun fast dreizehn durch. Bevor ihr weitersauft, will ich Geld sehen.«

Maximilian riss seine stahlblauen Augen weit auf. »Was sagt Ihr da? Es ist dreizehn durch?«

Sofort klopfte er seinem Bruder auf die Schulter. »Das

Kleinholz! Vater wird in wenigen Stunden zurückkommen.«

»Der wird aus euch Kleinholz machen, wenn ihr euch nicht beeilt«, gluckste Jakob, während er in seiner Tasche nach Geld kramte.

»Man kann sich nur heute beim Sekretär des Bürgermeisters melden?«, fragte Lorenz seinen Freund.

»Nur heute, ab morgen beginnt die Ausbildung.«

Jakob bestätigte Rattes Aussage mit einem Nicken.

»Dann lasst uns uns sputen.«

Ohne nachzuzählen warfen die Brüder hektisch etwas Geld auf den Tisch. Während Jakob sich daran machte, die letzten, abgestandenen Reste in sich hineinzukippen, zählte Ratte hastig das Geld ab und nahm das, was die beiden zu viel gegeben hatten, an sich. Dies brachte ihm einen zornigen Blick des Wirts ein, worauf er beim Hinausgehen nur schulterzuckend »Gott vergelt's« murmelte.

Das grelle Licht blendete die Freunde, als sie die Pinte verließen. Dort, wo heute Morgen noch eine hauchdünne Schicht Schnee gelegen hatte, waren jetzt kleine, spiegelnde Pfützen entstanden, die die hellen Strahlen verspielt zurückwarfen.

Maximilian schritt voran.

»Wenn wir uns beeilen, dann können wir Vaters Vorgabe zumindest noch ansatzweise erfüllen«, sagte er und versuchte seinen Schritt zu beschleunigen. Doch auch wenn er sich noch so sehr bemühte, brauchte er den gesamten Pfad, um nicht umzufallen.

»Die Karre!«, schrie ihm Lorenz hinterher.

»Holen wir später!«, erhielt er zur Antwort.

An der Pferdetränke hielten die Freunde, wuschen sich

und tranken hastig das kühle Wasser. Danach setzten sie, mehr oder minder sicher, ihren Weg ans andere Ende der Stadt fort.

Nur wenige Männer versammelten sich noch vor der Tür des Bürgermeisters. Einige von den Anwesenden diskutierten über die vorangegangene Meldung sowie über Sinn und Unsinn solch einer freiwilligen Partisanengruppe. Auch wenn Lorenz' Blick schummrig war und er sich nur schwerlich auf den Beinen halten konnte, blickte er doch hoch zu dem Fenster, an dem er gestern Antonella erblickt hatte. Es war leer. Er verdrängte die aufkeimende Trauer und ging in die Empfangshalle. Die Muster der dicken Wandteppiche, die ihn gestern so beeindruckt hatten, ließen das Schwindelgefühl nur noch stärker werden, und sogar der knarrende Holzboden klang heute viel lauter. Während Jakob und Ratte sich interessiert umsahen, wurden die Männer vor ihnen ins Arbeitszimmer des Sekretärs gerufen. Jetzt waren nur noch sie vier übrig.

»Und ihr wollt das wirklich machen?«, hakte Ratte erneut nach.

Es war erstaunlich, wie viel der schmächtige Junge vertrug, hielt er sich doch besser auf den Beinen als Lorenz und Maximilian.

»Nichts wird mich davon abhalten«, antwortete Lorenz schnell.

»Leider«, fügte sein größerer Bruder hinzu.

Es war einer von Jakobs inbrünstigen Rülpsern, der die Sache besiegelte.

»Was für eine nette Überraschung!«, rief den Freunden eine helle Stimme entgegen. Ihre Blicke schnellten nach oben. Nur wenige Sekunden Blickkontakt genügten, um Jakob und Ratte mit offener Kinnlade erstarren zu lassen.

»Ein Engel«, meinte Lorenz aus der Richtung der beiden hören zu können.

»Guten Tag, Fräulein Dannen«, sagten die Brüder beinahe zeitgleich. Tatsächlich konnte Lorenz die Reaktion seiner Freunde sehr gut nachvollziehen. Das goldene, schulterfreie Kleid umschmiegte ihren Körper eng und hob ihren Busen üppig empor. Sie lächelte über das ganze Gesicht, das von ein paar blonden Strähnen eingerahmt war. Ihr Haar wurde von einer samtenen Schleife in der Farbe ihres Kleides zusammengehalten. Verspielt lehnte sie auf dem Geländer und stützte ihr Kinn mit einer Hand ab, wobei ihre langen Fingernägel rhythmisch tippten.

»So sieht man sich also wieder«, sagte sie keck. »Ihr seid doch nicht etwa hier, um euch für die Partisanen zu melden?«

»Doch, Fräulein Dannen, das sind wir.«

Ihr vormals makelloses und freudestrahlendes Lächeln zerfiel innerhalb von wenigen Herzschlägen.

»Wie ehrenvoll und pflichtbewusst, sein Leben für die Verteidigung Kempens zu geben.« Sarkasmus und Verbitterung schwangen in jedem ihrer Worte mit.

»Und da Ihr ja so um das Wohl der Bürger in der Stadt bemüht seid, wird es Euch doch bestimmt nichts ausmachen, einem armen Fräulein bei der Ausrichtung von ein paar Möbelstücken zu helfen. Ist es nicht so, Lorenz?« Die Kühle ihrer Aussage ließ keinen Widerspruch zu.

»Viel Spaß«, flüsterte Maximilian gehässig, als sein Bruder die Treppe emporschritt.

Der erste Stock war beinahe noch prachtvoller eingerichtet als das, was Lorenz bisher von dem Haus gesehen hatte. Mehrere Regale mit dicken, alten Büchern säumten den Flur. Der Duft von altem, sehr altem Papier drang Lorenz in die Nase, während er Elisabeth in ihr Zimmer folgte. Mit einem angedeuteten Knicks bat sie ihn einzutreten. Sofort schlug ihm eine Wolke aus verschiedenen Düften entgegen, die sich zu einem nicht definierbaren Geruch vermischt hatten. Aufmerksam ließ er seinen Blick schweifen. Ein großes Himmelbett nahm den meisten Platz im Zimmer ein und doch schien es beinahe zu verschwinden bei der Fläche, die der lichtdurchflutete Raum bot. Mehrere Spiegel waren an der Wand aufgehängt worden, die das Bild von drei stoffüberzogenen Sesseln zurückwarfen. Unter den großen Fenstern glotzte ihn eine Vielzahl von Puppen an, die nur übertroffen wurden von der Anzahl der Kleider, die die offenen Schränke beherbergten. Noch tief beeindruckt von dem riesigem Zimmer, das sie allem Anschein nach allein bewohnte, hörte er die Tür hinter sich einrasten.

»Bei den Besprechungen zwischen meinem Vater und dem Sekretär kann es manchmal ziemlich laut werden«, sagte sie entschuldigend. Die Hände auf dem Rücken, ging sie zu einem der Fenster.

»Ihr werdet Euch also melden?«, fragte Elisabeth. Dabei zog sie ihre geschwungenen Augenbrauen hoch, als wüsste sie die Antwort auf diese Frage nicht bereits. Die einfallenden Sonnenstrahlen ließen ihr Kleid noch goldener und ihre Haare noch heller wirken. Lorenz wusste nicht, ob es der Kommentar seiner Freunde war oder der Alkohol, aber tatsächlich – sie sah aus wie ein Engel.

»Ja, Fräulein Dannen.«

»Sagt doch Elisabeth«, warf sie lächelnd ein.

Nickend ließ Lorenz seinen Kopf sinken. »Natürlich.«

»Dann wirst du also bald in den Krieg ziehen, Lorenz?«

»Nun ja, nicht in den Krieg. Nur in eine Schlacht, um meine Heimat zu verteidigen.«

Während sie sich langsam auf Lorenz zubewegte, nickte sie anerkennend. »Das ist nobel, sehr nobel.«

Immer noch die Hände hinter dem Rücken verkreuzt, trat sie nun dicht an ihn heran. Ihr Gesicht war nur mehr wenige Zoll von seinem entfernt. Sie sah ihm direkt in die Augen.

»Und wirst du etwas vermissen?«, hauchte Elisabeth.

Lorenz spürte ihren warmen Atem auf seiner Haut brennen. Er hatte das Gefühl, als würde sich der Raum drehen. Ihr goldenes Kleid schmiegte sich an die Außenseite seines Arms.

»Natürlich werde ich etwas vermissen, Fräulein Dannen.«

Sie kam noch ein Stück näher und wisperte »Elisabeth« in sein Ohr. Mit der Lippe berührte sie dabei unmerklich die kleinen Härchen auf seinem Ohrläppchen. Lorenz spürte, wie ein Schauer über seinen Rücken lief. Er atmete tief und musste die Augen schließen. Dann stellte sie sich vor ihn, senkte ihr Gesicht und blickte ihn glühend von unten an. Dabei löste sich eine Strähne und fiel wippend über ihre Augen.

»Was wirst du vermissen?«

»Meine Familie.«

Ein weiteres Mal trat sie an ihn heran, erhob ihren Oberschenkel und berührte leicht seinen Schritt. Lorenz musste die Luft anhalten und spürte nur noch Hitze unter seiner Haut brennen.

»Was noch?«, wisperte sie.

»Meine Freunde.«

Langsam strich sie mit dem Oberschenkel auf und ab, während ihr Mund seinem Gesicht immer näher kam. Der Blick aus ihren grünen Augen haftete nun völlig an seinem. »Was noch?«

»Diese Stadt«, stöhnte Lorenz.

Elisabeth lächelte milde und erhöhte den Druck auf seinen Schritt. »Ich kann dir noch etwas geben, was du vermissen wirst.«

Ihre Hände, die die ganze Zeit auf ihrem Rücken geruht hatten, fuhren nun von seinem Nacken langsam zu seiner Brust. Dabei gruben sich ihre Fingernägel leicht in seine Haut und hinterließen mehrere rote Linien. Jede Einzelne von ihnen brannte wie Feuer. Elisabeth stellte sich auf die Zehenspitzen, damit ihre Gesichter auf einer Höhe waren. Er spürte, wie ihre Lippen sein Gesicht berührten und sanft seine Wangen streichelten. In kleinen Küssen suchten sie sich den Weg zu seinem Mund. Alles drehte sich. Die Finger tief in Lorenz' Nacken vergraben, zog sie ihn an sich heran. Lorenz schloss die Augen. Ihre Lippen waren zart und weich und schmeckten nach Rosen. Für einen Moment erwiderte er den Kuss, dann öffnete er schlagartig die Augen und wich zurück.

»Entschuldigung. Ich …« Lorenz hielt sich an den Bauch und spürte, wie ein Kloß sich unaufhörlich seinen Hals hochschob.

Mit fragenden Augen musterte sie ihn und stemmte verwirrt die Hände in die Hüften. Auf ihrer Stirn zeigten sich erneut die grüblerischen Falten, die er schon vor zwei Tagen an ihr gesehen hatte. »Was ist los?«

»Mir … mir ist nicht …«, stammelte Lorenz, dessen Gesicht immer bleicher wurde, »… besonders wohl.«

Während sich Elisabeth stirnrunzelnd die Lippen leckte, musste sich Lorenz am Pfosten ihres Bettes abstützen.

»Wie viel Met hast du heute schon getrunken?«, wollte sie schließlich wissen, als sie den Geschmack zuordnen konnte.

»Nur wenige Humpen«, sagte er gepresst. Lorenz spürte, wie Tränen in seine Augen schossen und er Mühe hatte, das aufkommende Gefühl von Übelkeit zu unterdrücken.

»Ich hoffe, dass du scherzt«, erklang Elisabeths schrille Stimme, wobei sie ihre Lippen zu einem Strich zusammenpresste.

Als er spürte, dass ein Schwall in ihm hochkam, presste er sich eine Hand auf den Mund.

»Oh, nein, nicht hier«, schrie Elisabeth. »RAUS!«

Während sie mit einem Arm in Richtung Flur zeigte, zogen sich ihre geschwungenen Augenbrauen erzürnt zusammen. Lorenz riss in gebeugter Haltung die Tür auf und stürzte die Treppe runter. Gott sei Dank, die Eingangshalle war leer und die Türe zum Sitz des Sekretärs war verschlossen. Ein weiterer Schwall halb verdauter Met stieg in ihm hoch und sein Mund füllte sich mit der ekelhaften Flüssigkeit. Er hörte, wie Elisabeth im ersten Stock laut die Tür zustieß und ihm irgendetwas hinterher keifte. Sein Magen krampfte sich erneut, als Lorenz aus dem Eingangsportal herausstürzte. Sofort zog er alle Blicke auf sich, die Straßen waren an diesem Mittag gut besucht. Schnell rannte er um das Anwesen herum und schlug sich durch dichte und tief hängende Zweige. Tränen liefen über seine Wangen, als er endlich einen geeigneten Platz hinter dem Haus des Bürgermeisters gefunden hatte. Er spürte eine weitere Welle der Übelkeit in sich hochkommen. Lorenz ließ die nächsten Sekunden über sich ergehen. Auf seinen Schuhen fingen sich die letzten Reste des Bieres der vergangenen Stunden. Erbrochenes tröpfelte von seiner Unterlippe, im Gemisch mit Speichel zog es spinnwebenartige Fäden. Bis zum nächsten Schwall blieb ihm eine Sekunde zum Luftholen, danach warf ihn der Würgereiz wieder nach vorn und Lorenz musste sich mit der Hand am Baum abstützen. Sein Magen krampfte sich noch ein paar Mal zusammen, dann ließ das Gefühl nach und er konnte sich endlich aufrichten und Luft holen. Er hatte sich wieder unter Kontrolle. Es blieb nur ein Gefühl der Übelkeit und des Schmerzes.

»Geht es wieder?«

Erschrocken fuhr Lorenz herum.

Nein! Bitte nicht!

Aus großen Rehaugen blickte ihn Antonella besorgt an. Im Schneidersitz saß sie auf einer Decke im Dickicht, inmitten von kleinen Flaschen und Ampullen.

»Ja, danke … ich …«, stammelte Lorenz, immer noch außer Atem.

»Zu viel getrunken?«, fragte sie leise.

Lorenz wandte sein Gesicht vor Scham ab, was ein sanftes Lächeln auf ihre Lippen zauberte.

»Ich rieche es bis hierher.«

Ihre Stimme war leise, fast ein wenig brüchig, und doch klang in Lorenz' Ohren jeder Satz wie eine Symphonie aus Worten. Im durchlässigen Schatten der Bäume fielen vereinzelte Sonnenstrahlen auf ihr braunes, offenes

Haar und ließen es glänzen. Grazil ging sie langsam auf ihn zu.

»Hier, das wird Euch helfen.«

An der Innenseite seiner Hände spürte er kaltes Glas. Lorenz hob die Phiole der Sonne entgegen und schwenkte die grünlich braune Flüssigkeit skeptisch.

»Wasserminze und Lavendelblüten. Es wird Euch helfen, glaubt mir.«

Was für ein erbärmliches Bild er abgeben musste. Die Augen rot und glasig, stand er in seinem eigenen Erbrochenen, und doch schien sie keine Scheu und keinen Ekel zu empfinden. Anscheinend fühlte sie sich hier, inmitten der Kräuter und wilden Gewächse, in ihrem grünen Arbeitsrock und mit einfacher Bluse wohler als in feinen Kleidern an einer gedeckten Tafel. In Gedanken versuchte er sich Elisabeth in so einem Arbeitsrock vorzustellen. Fürwahr, gegensätzlicher konnten Frauen nicht sein. Natürlich hatte sie nicht die an Perfektion grenzende Schönheit ihrer Schwester, doch ging eine gewisse Magie von ihr aus, der sich Lorenz einfach nicht entziehen konnte.

»Danke schön«, murmelte er.

Mit einem unmerklichen Nicken senkte sie ihren Kopf.

Der erste Schluck war bitter, beinahe zu bitter, um es zu trinken, doch nach wenigen Augenblicken kam das Aroma der Minze durch und er konnte den dickflüssigen Inhalt der Phiole leeren. Die Flüssigkeit legte sich wie Balsam über seinen gereizten Hals und beruhigte seinen Magen in wenigen Sekunden. Überrascht weiteten sich seine Augen. Antonella blickte zu ihm hoch, der Hauch eines Lächelns lag auf ihren Lippen.

»Woher wusstet Ihr, dass es hilft?«

»Ich lese Bücher über Kräuterkunde.«

Verdutzt sah Lorenz sie an. »Ihr beherrscht das Lesen?«

Verlegen nickte sie.

Sein Blick fiel auf die aufgeschlagenen Bücher im niedergedrückten Gras. Vater hielt Lesen und Rechnen für einen Zeitvertreib der Adligen. Richtige Arbeit wird mit den Händen erledigt, sagte er immer.

Lorenz konnte nicht sagen, ob es der Alkohol, ihre Kräutermischung oder einfach ihre Anwesenheit war, die ihn diese Worte sprechen ließ.

»Ihr könnt lesen und seid kräuterkundig? Welche Begabungen versteckt Ihr noch, Antonella?«

War das der Anflug eines Kicherns?

Ihre Wangen erröteten, dabei faltete sie die Hände über ihrem Rock zusammen und sah zu Boden.

»Nichts«, hauchte sie tonlos.

Lorenz wusste nicht, ob er zu weit gegangen war. Die Stille zwischen ihnen wurde nur unterbrochen vom gleichmäßigen Gesang der Wintervögel. Was hatte er erwartet? Vor nicht mal zehn Minuten hatte er sich vor den Augen einer Dame übergeben, war ungewaschen und stank nach Alkohol. Er konnte dankbar sein, dass sie ihm überhaupt diese paar Minuten Aufmerksamkeit schenkte. Unsicher wandte er seinen Blick ab, machte die ersten Schritte in Richtung des Weges.

»Lorenz, wartet.«

Ihre Blicke trafen sich. Aus ihren Augen sprachen Fragen, die ihr Mund nicht zu stellen wagte. »Ihr seid hier, um Euch freiwillig für die Schlacht zu melden?«

»Ja, so ist es.«

»Warum tut Ihr das?«

Es war genau diese Frage, die er sich selbst seit Tagen gestellt hatte. Waren die Beweggründe von Jakob und Ratte nur allzu nachvollziehbar und menschlich, blieben ihm seine eigenen verborgen.

»Weil es das Richtige ist«, sagte er schließlich. »Ich habe hier Familie, Freunde, eine Heimat. Alles Dinge, die es zu beschützen lohnt.«

Diese Antwort mochte Antonella zufriedenstellen, ihn selbst allerdings nicht.

»Ihr habt recht, Lorenz, wahrscheinlich sind es wirklich gute Gründe, um in eine Schlacht zu ziehen.« Ihre Stimme war brüchig, ein weiteres Mal wich sie seinem Blick aus.

»Antonella, Ihr sagt es, als wäre Euch die Bedeutung dieser Wörter unbekannt.«

»Nein, nein«, flüsterte sie mehr zu sich selbst, in ihre eigenen Gedanken versunken. »Nicht unbekannt … eher fremd.«

Lorenz legte den Kopf zur Seite und machte einen Schritt auf sie zu. »Wie meint Ihr das?«

Unruhig wanderte ihr Blick von ihm zum Boden und zurück. Ihre Lippen kräuselten sich. Lorenz erkannte, wie sehr sie mit sich kämpfte. Die Frage, die er gestellt hatte, wäre lieber unausgesprochen geblieben. Überhastet lief sie zu ihren Reagenzien und packte alles eilig zusammen.

»Entschuldigt vielmals …«, presste sie hervor. »Entschuldigt, das sind nur die Worte eines dummen, undankbaren Kindes. Ich wollte nicht …«

Bevor sie den Satz beendete, hatte sie ihre Habseligkeiten bereits in ihren Rock gewickelt und die ersten Schritte in den Garten des Bürgermeisters hinter sich gebracht.

Überrascht setzte Lorenz ein paar Schritte hinter ihr her. »Antonella. Jetzt bitte ich Euch zu warten.«

Den Rücken zu Lorenz gewandt, blieb sie ruckartig stehen.

»Bitte sagt mir, wie Ihr das meint. Was ist Euch fremd?«

»Das ist unbedeutend. Alles unwichtige Kleinigkeiten.«

»Wisst Ihr, ich bin Schmied, stelle Degen, Rüstteile und Musketen her. Ich habe gelernt, dass es gerade die Kleinigkeiten sind, denen viel zu wenig Gewicht beigemessen wird. Wenn bei einer Muskete der Hahn nicht richtig eingespannt ist, hat er zu wenig Anlaufstrecke für die Funkenbildung. Dann ist die Waffe nutzlos.«

Nur zaghaft drehte sich Antonella um, lauschte seinen Worten.

»Und genau so ist es mit allen anderen Dingen im Leben. Wenn auch nur eine Kleinigkeit nicht stimmt, führt es meist zu großem Unheil. Deshalb sollte man dem vermeintlich Unbedeutenden ebenfalls Aufmerksamkeit schenken.«

Sie schien jedes seiner Worte verschlungen zu haben und trat langsam näher. Lorenz fuhr sich durch seine kurzen Haare und schaute sie bittend an. »Möchtet Ihr mir nicht sagen, was Euch bedrückt?«

Ein flüchtiges Lächeln umspielte ihre Lippen.

»Bitte setzt Euch, Lorenz«, deutete sie mit einer Handbewegung. Als die beiden auf der dicken Wolldecke Platz genommen hatten, blickte Antonella in die Sonne.

»Kennt Ihr das Gefühl, etwas zu vermissen, obwohl Ihr gar nicht wisst, was es ist, weil Ihr es noch nie erfahren durftet?«

»Ihr redet von Verlangen?«

Ruhig strich Antonella mit der Hand über das noch nasse Gras und befühlte die Tropfen, die an ihr haften geblieben waren. »Ich rede von der Sehnsucht nach dem Unbekannten.«

Lorenz wusste nicht, wie er diese Aussage einzuordnen hatte. »Ihr habt Verlangen nach etwas. Doch was ist es?«

»Ich weiß es nicht«, flüsterte sie. »Vater, also der edle Bürgermeister, war so gütig mich aufzunehmen, als meine Eltern vor langer Zeit starben. Ich habe sie nie kennengelernt.«

»Und Ihr würdet gern wissen, wie sie waren?«

»Versteht mich bitte nicht falsch. Ich habe in Elisabeth eine Schwester und im Herrn Bürgermeister einen Vater gefunden. Sie haben mir unendliche Güte und Herzlichkeit zuteil werden lassen und trotzdem …«

»… vermisst Ihr etwas«, beendete Lorenz ihren Satz.

Tief atmete er aus. Diese Worte hätten genauso gut von ihm stammen können.

»Ich weiß, was Ihr sagen wollt.« Nun strich auch Lorenz über das feuchte Gras und spielte mit dem hängen gebliebenen Wasser. »Obwohl Euch viel Glück im Leben zuteil wurde und Ihr alles habt, um ein gutes Leben zu führen, so sprecht Ihr doch Dinge aus, welche Ihr nicht tun solltet …«

»… weil Euch ein unbekanntes Verlangen antreibt«, beendete sie nun seinen Satz.

Ihre Blicke trafen sich. Als ein Windhauch ihre Haare erfasste und mit ihren Strähnen spielte, nahm Lorenz allen Mut zusammen. Leicht, fast unmerklich, legte er seine vom Regenwasser feuchte Hand in die ihre. Kurz hatte es den Anschein, als würde sie ihren Arm zurückziehen wollen, doch er blieb liegen. Hauchzart verbanden sich die Tropfen zu einem. Lorenz wollte das Atmen einstellen, als die Haut auf seinen Armen sich zusammenzog.

Sanft begann sie die Innenfläche seiner Hand zu streicheln. Der Dreck unter ihren Fingernägeln störte ihn dabei genauso wenig wie die Kühle, die langsam aufzog. Dieser Moment hätte ewig andauern können. Unsicher bewegte er auch seine Finger, um über ihre Hand zu fahren. In diesem Moment schlossen beide die Augen. Sein Herz schien auszusetzen und er hörte auf zu atmen. Es schienen nicht nur ihre Hände zu sein, die gestreichelt wurden. Selbst der Wind umspielte ihre Gesichter und liebkoste ihre Haut zärtlich. Manchmal schenkt einem der Allmächtige perfekte Momente, die nur Vorboten des Himmels sein können, dachte Lorenz.

Durch einen Knall auf der Straße wurden die beiden aus ihrem Traum gerissen und schreckten zurück. Sie mussten eine Ewigkeit ihre Hände gehalten haben. Eine Ewigkeit und trotzdem viel zu kurz. Scheu lächelten sie sich an, dann fiel ihr Blick zu Boden.

»Warum lest Ihr gerade Kräuterkunde? Warum nicht Poesie oder Literatur?«, fragte Lorenz, als er die Bücher mit den vielen Zeichen erkannte, die er nicht zu entziffern vermochte.

Es war das erste Mal, dass Antonella ihn fest ansah. Erst jetzt bemerkte Lorenz, dass sich in ihren Pupillen mehrere braune Abstufungen wiederfanden. Der äußere Rand war dunkel und erinnerte ihn an die Farbe von Kastanien. Doch je mehr er sich dem Mittelpunkt ihrer Augen näherte, desto heller wurden sie und schienen wie das Fell eines Rehkitzes. Ihre Stimme war nun fester, das Gespräch schien ihr zu liegen.

»Kräuterkunde ist eine ehrliche Wissenschaft. Bei einem bestimmten Gemisch entsteht jedes Mal dieselbe Wirkung. Sie ist einfach und unverblümt. Literatur und Poesie liegen im Auge des Betrachters. Was für den einen Schönheit sein mag, kann für den anderen abstoßend sein.« Sie stand auf, erfasste einen Zweig mit der Hand und ließ ihre Finger durch die Nadeln der Tanne gleiten. »Doch in der Arznei ist jeder, ob Fürst oder Bettler, gleich.«

Als sie sich zu ihm umdrehte und ihr schwerer, mit Grasspuren übersäter Rock sich im Schwung drehte, erkannte er in ihren Augen etwas, was ihm bis jetzt verborgen geblieben war. Als sie über die Kräuterkunde sprach, schien ein flammender Funke der Begeisterung ein Feuer in ihr zu entzünden. Ihr Lächeln war nicht mehr ängstlich und ihr Blick voller Freude.

»Erzählt mir mehr davon«, bat er.

Lorenz hatte sich noch nie für Kräuter und Arzneien interessiert. Es war für ihn ein notwendiges Übel, zum Arzt in der Gemeinde gehen zu müssen, und die Schriften, welche unter dessen Gläsern und Behältern aufgemalt waren, sahen für ihn alle gleich aus. Doch mit welcher Begeisterung und Inbrunst Antonella von Pflanze zu Pflanze, von Kraut zu Kraut, von Baum zu Baum in ihren Büchern blätterte, war überwältigend. Still nickend beobachtete er sie. Sie zeigte ihm Buchstaben und wie man sie aussprach, dann die lateinischen Namen verschiedener Pflanzen, die er sich sowieso nicht merken konnte. Ihre Leidenschaft für die Wirkung von Heilkräutern und Pflanzen schien sich mit jeder Minute zu vergrößern. Er wollte seine Blicke gar nicht mehr von ihr nehmen. Dabei war es egal, ob sie etwas über Ahornblätter oder Sumpfgras erklärte. Allein ihre Bewegungen, ihre Augen, ihre Stimme, ihr Duft hätten ihn dazu gebracht, ihr ewig zuzuhören.

Die Sonne stand bereits tief am Himmel und tauchte den Garten in ein kräftiges Orange, als sie die schrille Stimme der kleinen, dicken Köchin vernahmen.

»Antonella, komm zu Tisch!«

War es bereits so spät am Abend? Er musste Stunden hier verbracht haben, was ihn sein Magen mit einem Knurren zu bestätigen wusste. Mit dieser Überlegung kamen andere Gedanken in sein Bewusstsein zurück.

»Die Meldung zum Partisanen! Das Feuerholz!« Erschrocken fuhr er hoch.

»Antonella, ich kann gar nicht sagen, wie sehr ich Euch für den heutigen Tag danke. Eure Worte hatten so viel Schönheit …«

Verlegen kicherte sie in ihre Hand und wiederholte seine letzten Worte glucksend. »… Schönheit.«

Verdutzt sah er sie an. »Ich meine das auch so.«

Einige Sekunden vergingen wortlos, bis sie schließlich »Danke schön« hauchte.

Lorenz wusste nicht, ob er zu weit ging, doch diese Gedanken konnten nicht unausgesprochen bleiben.

»Und«, er holte tief Luft, »nicht nur Eure Worte sind voll von Schönheit. Ihr seid es auch.«

Sichtlich überrascht von seinen Worten, schwieg sie einige Sekunden. Dann nahm sie seine Hände.

»Ihr wisst, dass dies nicht wahr ist. Schönheit liegt im

Auge des Betrachters und ich denke, dass andere Leute nicht über mich sagen würden, dass ich schön bin.«

»Es tut mir leid, dass ich Euch widersprechen muss, doch Schönheit ist keine Ansichtssache.«

Erneut schwieg sie einen Moment. »Trefft mich morgen um Mitternacht vor dem Kuhtor.«

Bevor er etwas entgegnen konnte, raffte sie ihre Habseligkeiten zusammen und lief in Richtung des stattlichen Hauses.

»Und lasst Euch nicht von den Wachen erwischen«, rief sie ihm freudestrahlend hinterher. Dann war sie weg und mit ihr der Traum eines Tages.

Ein paar Sekunden verharrte er noch im tiefen Dickicht, dann trafen ihn die Gedanken und Sorgen der letzten Tage wie ein Schlag. Sofort setzte er zum Spurt an, rannte um das Haus in die offene Eingangstür des Bürgermeisters. Darauf bedacht, kein Geräusch von sich zu geben, sah er sich um. Das Letzte, was er brauchte, war eine weitere unliebsame Begegnung mit Elisabeth, oder noch schlimmer, mit ihrem Vater, dem sie sicherlich davon berichtet hatte. Vorsichtig schlich er zum Büro des Sekretärs und klopfte zaghaft an die Tür.

»Herein«, erklang es selbstgefällig von innen.

Lorenz war erleichtert, auch dann noch, als er eintrat und ein weiteres Mal von Baier von oben bis unten abfällig gemustert wurde. Durch die verhangenen Fenster fiel kaum Licht in den kleinen Raum. Mit übereinandergeschlagenen Beinen saß Baier da. Sein Mundwinkel zuckte nach oben, als er Lorenz erblickte.

»Was willst du, Bursche?«

»Mich melden für die Partisanengruppe, mein Herr.«

Sein Scheitel schien heute noch ein wenig strenger gezogen, als Baier ihn aus kühlen Augen fixierte.

»Du bist zu spät«, raunzte Baier.

»Ich bitte Euch, Herr, mein Gesuch trotzdem noch anzunehmen.«

Der Sekretär ließ sich Zeit mit seiner Antwort. Sichtlich die Situation genießend, knirschte er mit den Zähnen. Seine Wangenknochen hüpften auf und ab, während sich sein Oberlippenbart gleichmäßig dazu bewegte. »Willst wohl den Helden spielen? Irgend so eine Göre beeindrucken, richtig?«

Lorenz verschränkte die Arme hinter dem Rücken und ballte seine Hände zu Fäusten. »Ja, Herr, genau so ist es«, kam es widerwillig aus ihm heraus.

Abfällig grunzend, erhob sich Baier, ging zum Fenster und schob mit dem Zeigefinger den Vorhang zur Seite.

»Ach, ihr Tunichtgute seid alle gleich«, sagte er laut, während er seinen Blick schweifen ließ. »Drückt euch vor jeder Arbeit, aber kaum gibt es Geld zu holen, steht ihr alle Gewehr bei Fuß und haltet die Hand auf. Dein nichtsnutziger Bruder war heute schon hier.«

Lorenz fühlte, wie seine Wangen erröteten und ihm das Blut in den Kopf schoss. Die Fäuste presste er so hart zusammen, dass es ihn schmerzte.

»Ja, Herr«, waren die einzigen Worte, die er jetzt noch sagen konnte.

Baier drehte sich langsam zu ihm um. »Ihr Gesindel sucht doch alle nur das eine: ein schnelles Abenteuer und Geld, ist es nicht so?«

Lorenz hob seinen Blick vom Boden und fixierte den Mann. »Ja, Herr.«

»Nun«, schnaubte Baier, als er sich in den großen Sessel fallen ließ. »Dann will ich mal Gnade vor Recht ergehen lassen.«

In geschwungener Schrift notierte er Lorenz' Namen auf einem Blatt Papier. »Die Ausbildung durch den Hauptmann beginnt morgen um sieben Uhr abends hinter den Mauern der Stadt an der Turmmühle. Du weißt, was dir blüht, solltest du Fahnenflucht begehen.«

Die letzten Worte sprach er breit grinsend mit einer nicht zu fassenden Genugtuung.

»Ja, Herr.«

»Gut, dann verschwinde.«

Gerade als Lorenz die Türklinke nach unten drücken wollte, raunte Sekretär Baier: »Hast du nicht etwas vergessen, Bursche? Ein wenig Dankbarkeit für meine selbstlose Tat?«

Lorenz atmete einmal tief durch. Langsam drehte er sich zu dem Mann um und verbeugte sich vor ihm. »Habt Dank, Herr.«

Die Wut in seinem Bauch ließ ihn so schnell rennen wie noch nie zuvor in seinem Leben. Seine Füße stampften sich Schritt für Schritt in den Schlamm des Bodens und der Wind pfiff hell in seinen Ohren. Wie konnte er nur so etwas sagen? Er hatte sich gemeldet, um Kempen zu beschützen, und was hatte Baier für ihn übrig? Nur Spott und Häme, dafür, dass er sein Leben riskierte. Mit jeder Sekunde, die er schnaubend zurücklegte, verflog sein Zorn und die Erinnerungen an den heutigen Nachmittag besänftigten ihn. Schnell durchquerte er das Kuhtor, die Wachen, die gelangweilt an der Mauer standen, würdigte er keines Blickes. Als er den nahe gelegenen Wald erreichte, musste er sich schwer atmend auf die Knie stützen. Doch wo war Maximilian?

»He, Eisenklopper!«

Eine allzu bekannte Stimme drang an seine Ohren. Frivol grinsend, kam Jakob auf ihn zu, auf seiner Schulter lag eine riesige Axt, die er ohne Anstrengung zu tragen schien, während er die Karre mit einer Hand zog. Hinter ihm schoben Maximilian und Gustav den voll beladenen Wagen.

»Kommst du auch noch?«, wollte Maximilian gereizt wissen.

»Ja … es … ja …«, stammelte Lorenz. »Es tut mir leid, ich …«

»Ach!«, mischte sich Ratte ein. »Bei dem Weib sei es dir verziehen. Da hätte jeder von uns seine Chance ergriffen.«

Sein verschmitztes Gesicht sprach Bände. Man konnte beinahe sehen, wie Ratte Elisabeth in Gedanken auszog. Anerkennend klopfte er Lorenz auf die Schulter. »Und wie war es?«

Drei Augenpaare waren nun auf ihn gerichtet.

»Es, es war …«

Er spürte die fordernden Blicke seiner Freunde, wollte sie nicht enttäuschen und gleichzeitig fühlte er sich unwohl. »… es war großartig«, sagte er schließlich.

Ein herzhaftes Lachen und Klatschen hallte im Wald wider, in das selbst sein Bruder nach einiger Zeit mit einfiel. Die Sonne war nun beinahe untergegangen und warf ihre letzten Strahlen in das Gesicht der Jungen.

»Du kannst dich bei den beiden bedanken«, sagte Maximilian schließlich. »Ohne sie wäre uns eine gehörige Tracht Prügel gewiss gewesen.«

Lorenz suchte den Blick seiner Freunde, die bereits mit einer Hand abwinkten. Er verbeugte sich leicht, fast unmerklich. »Habt Dank.«

Ein warmes Gefühl erfüllte sein Herz, als er diese Worte diesmal ehrlich und aufrichtig aussprechen konnte.

Kapitel 6

- Schönheit -

Mit weit geöffneten Augen starrte Lorenz an die Decke seines Zimmers. Der Tag war gerade wenige Stunden alt und trotzdem konnte er nicht mehr einschlafen. Ihr Vater hatte die Brüder direkt nach dem gemeinsamen Essen ins Bett geschickt.

»Hätte mehr sein können«, hatte er noch gesagt, als er am Abend einen Blick in den Holzspeicher warf.

Bis spät in die Nacht hatte Lorenz von seinem Bett aus den flackernden Schein aus der Stube gesehen. Während Maximilian sofort eingeschlafen war, beobachtete er das tanzende Licht durch den Spalt in der Türe. Vater musste noch lange vor sich hingegrübelt haben. Es mussten schwere Entscheidungen sein, die er dort, in der selbst gesuchten Einsamkeit, getroffen hatte. Regelmäßig hatte Lorenz seinen schweren Becher gehört, der dumpf auf der Tischplatte aufschlug. Doch irgendwann war selbst das Licht der Kerze erloschen und Lorenz war in einen wohligen Schlaf geglitten. An den Traum in dieser Nacht konnte er sich nicht erinnern. Eigentlich konnte er nicht einmal sagen, ob er überhaupt geschlafen hatte. Es fühlte sich an, als hätte er in einem Moment die Augen geschlossen und im anderen wieder geöffnet. Nur die ersten, zaghaften Sonnenstrahlen verrieten ihm, dass er mehrere Stunden geruht haben musste. Und nun war er wach und konnte an nichts anderes mehr denken als an den vergangenen Nachmittag. Ob Antonella jetzt ebenfalls schon wach war und an die Decke ihres Zimmers starrte? Vielleicht hatte sie dieselben Gedanken. Er musste lächeln. Eine schöne Vorstellung. Eigentlich sollte er noch ein paar Momente Schlaf finden, um zu Kräften zu kommen. Schließlich hatte er einen anstrengenden und langen Tag vor sich. Doch wie konnte er Ruhe finden, wenn seine Überlegungen ein ums andere Mal bei Antonella haften blieben? Allein die Vorstellung, ihre Hand zu halten, weckte in ihm ein nie gekanntes Gefühl der Vertrautheit und Wärme. Nein, an Schlaf war nicht mehr zu denken. Vielleicht war es das, was die Menschen Liebe nannten.

Um zumindest ansatzweise einen klaren Kopf zu bekommen, verbat sich Lorenz jegliche weiteren Gedanken an den gestrigen Tag.

Vorsichtig schob er die Decke beiseite und schlüpfte aus dem Bett. In der Stube war es frostig. Lediglich die Reste der Glut versuchten tapfer, die einfallende Kühle zu verdrängen. Die Hände schnell aneinander reibend, entfachte Lorenz das Feuer erneut und warf sich eine Decke über. Ein Blick aus dem Fenster verriet, dass der Schnee die Stadt erneut weiß getüncht hatte. Zentimeterhoch lag er, und noch immer fielen Flocken geruhsam zu Boden.

»Großartig«, murmelte Lorenz mit Sorgenfalten auf der Stirn.

Schnell zog er seine ledernen Schuhe über und befeuerte die Öfen in der Schmiede. Als er das Tor nach außen öffnete, wehte ihm die frische Kühle des Morgens ins Gesicht. Er schloss die Augen und genoss die stille Ankunft des herannahenden Tages. Minuten verharrte er in dieser Position, dann drehte er sich um. Wie von

Seilen gezogen, fiel sein Blick auf die Musterwaffen. Wie stumme Zeugen vergangener Kriege hingen dort Musketen, Dolche und Schilder. Sogar ein paar verstaubte Arkebusen und Hakenbüchsen hatte Vater aufgehängt. Still hingen sie an der grauen Steinwand, Reih an Reih, Glied an Glied, genau wie die Soldaten, die sie einmal vor sich getragen hatten. Lorenz konnte sich nur schwerlich vorstellen, wie Männer über Meilen diese altertümlichen Büchsen mitschleppten und versuchten, das 40 Pfund schwere Monstrum beim Schuss zu bändigen. Zur Übung hatte Vater sie mit allen diesen Waffen schießen lassen. Als Lorenz vor dieser Wand aus Eisen und Messing, aus Holz und Zink stand, erinnerte er sich zurück an den Tag, als er zum ersten Mal den Rückstoß der riesigen Waffen gespürt hatte. Er konnte seinen Oberkörper mehrere Stunden nur unter Schmerzen bewegen und die blauviolette Stelle an seiner Brust verschwand erst nach einigen Tagen. Doch Vater ließ sie weiter schießen, immer und immer wieder, bis sie gelernt hatten, dass die Büchse immer eng an der Schulter geführt werden muss, wie es sich anfühlt, zu schießen, und das Gewicht zu bändigen.

»Wer eine Waffe fertigen will, muss sie kennen«, hatte er gesagt.

Ob der Hauptmann sie in den heutigen Abendstunden ebenfalls so eine Tortur durchmachen ließ?

Seine Überlegungen wurden durch das Quietschen der Tür zum Haus unterbrochen, als Maximilian schlaftrunken und in eine Decke gehüllt die Schmiede betrat. Die Brüder begrüßten sich kurz, dann blickten sie einige Momente gemeinsam auf das winterliche Kempen. Würde der dunkle Schleier des Krieges nicht unheilvoll über der Stadt und ihren Menschen hängen, hätte dieser Morgen beinahe etwas Idyllisches, Ruhiges, sogar Zauberhaftes.

»Wir müssen unser Handwerk heute zügig erledigen«, sagte Maximilian mit Blick in die Vorratskammer. Auch Lorenz sah zu dem angebauten Raum. Es brachte ihm Gewissheit, dass sie heute viel Arbeit vor sich hatten. Sie würden schnell arbeiten müssen, um noch rechtzeitig zu ihrer Ausbildung zu erscheinen, und gründlich, um Vater nicht zu verärgern. Dies würde ein langer Tag werden, ein sehr langer.

Die Glut spritzte auf seine gegerbte Schürze, als er auf rotes Eisen einschlug. Spitz schrie es auf, die Funken tanzten, nur um im nächsten Moment erneut zu verstummen. Seine Pupillen glänzten im roten Schein der Feuerstelle. Dann holte Lorenz aus und ließ seinen Hammer erneut auf den Amboss fallen. Sein verschwitzter, nackter Oberkörper glänzte im Schein des Feuers, und wieder fiel der Hammer und ließ das Metall jauchzen. Dann nahm er das glühende Eisen und kühlte es im Wasser ab. Das Feuerrot des Werkstücks wandelte sich innerhalb von Sekunden in ein tiefes Schwarz. Heißer Wasserdampf spie ihm zischend ins Gesicht. Er gönnte sich einen Moment der Ruhe, atmete die vom Schweiß geschwängerte Luft, bis sein Bruder Maximilian ihm auf die Schulter klopfte und ihn zur Arbeit anhielt. Seine schwarzen Haare klebten in seinem Gesicht und lagen glänzend in seinem Nacken. Mit der großen Zange nahm er das Eisen aus dem Wasser, nur um es in der Feuerstelle ein weiteres Mal zu erhitzen und die roten Funken springen zu lassen. Feuer und Wasser, Hammer und

Amboss, dazwischen nur glühendes Eisen, das geformt werden wollte.

Dunkelheit, die den Abend ankündigte, umhüllte die kleine Stadt immer mehr in ihrer Umarmung. Das letzte Stück Eisen zischte, als Josef es in den Wassertrog legte, dann blickte er auf seine Söhne. Ihre Arme waren übersät von Ruß und ihre Gesichter war rot vor Anstrengung. Ein paar Sekunden sah er sie wortlos an, dann zog er seine dicke Schürze aus.

»Gute Arbeit, Jungs«, murmelte er.

Maximilian sah die Gelegenheit als günstig an. »Vater?«

Josef blickte auf.

»Lorenz und ich wollten heute noch ein Met in der Kneipe trinken, wer weiß, wie lange sie noch geöffnet hat.«

Josef ließ sich nur wenige Herzschläge Zeit mit seiner Antwort. Zu ihrer Verwunderung nickte er kurz und stapfte mit großen, scheppernden Schritten in die Stube. Einen Moment lang sahen sich die Brüder verwundert an, dann wuschen sie sich eilig, verpackten ihre Körper in dicke Mäntel und verschwanden in der Nacht.

Den ganzen Tag über hatte der Schnee keine Anstalten gemacht, den Blick auf den Weg freizugeben. Im Gegenteil, die Spuren, die die Bewohner in ihm hinterlassen hatten, hatte er einfach wieder weiß gezeichnet. So hinterließen die Brüder mit jedem Schritt ein knarrendes Geräusch, das, nach dem Lärm in der Schmiede, wohlig in ihren Ohren klang. Zur südlichen Eingangspassage der Stadt, dem Peterstor, hatten die beiden es nicht weit. Es hatte seinen Namen vom Gotteshaus St. Peter, der ältesten Kapelle in der Region. Wenn man durch das Tor einfach gerade herauslief, erreichte man die Kirche in wenigen Minuten. Auch das Haupthaus mit dem massiven gusseisernen Tor war mit Schnee bedeckt. Lediglich an den Stellen, wo Öfen ihre Wärme spendeten, war er nicht liegen geblieben. Die Soldaten grüßten mal mehr, mal weniger freundlich, als die Brüder das Vortor mit seinen beiden Backsteintürmen erreichten. Hier war die weiße Pracht nicht haften geblieben, und die Türme ragten wie Pfeiler trotzig, rötlich braun schimmernd, in den Himmel. Die Zugbrücke vor dem Tor war heruntergelassen worden, eigentlich unüblich zu dieser späten Stunde, wahrscheinlich ein Erlass des Hauptmannes. Nachdem sie einige Zeit den bereits festgetrampelten Pfad an der dicken Stadtmauer entlanggegangen waren, erkannten sie den Treffpunkt sofort. Vor dem Stadtgraben hatten sich circa fünf Dutzend Männer versammelt, die in leise Gespräche vertieft waren. Die Brüder erkannten etliche Gesichter, wobei viele Fremde die Gruppe säumten. Allem Anschein nach war das Angebot des Bürgermeisters auch in den anderen Gebieten verbreitet worden. Sie hatten Fackeln entzündet und diese großzügig in den Boden gerammt. Das ganze Feld war nun in ein gespenstisches, dunkles Rot getaucht. Sogar die friedvolle und Sicherheit spendende Turmmühle wirkte nun wie ein bedrohliches Monster, das alsbald seine Flügel ausstrecken und sie angreifen könnte. Der Umstand, dass sie damals auf einer dreigeschossigen Bastion errichtet worden war und jetzt die übrigen Gebäude Kempens überragte, verschlimmerte diesen Eindruck noch. Das am Tage braune und undurchschaubare Wasser des Stadtgrabens war nun erfüllt von tanzenden Lichtern, die sich klar widerspiegelten. Bei jedem Windhauch schien das Licht zu zucken, als ob es sich nicht entscheiden könnte, ob es brennen oder erlöschen sollte. Selten zuvor hatten die beiden so eine Szenerie erlebt.

Als sie sich der Ansammlung näherten, wurden sie bereits von ihren Freunden in Empfang genommen. Während sich die Brüder in die Mäntel gruben, trug Jakob nur seine geliebte Weste, die er sich allerdings in die Leinenhose gestopft hatte.

»'n Abend, Eisenklopper«, sagte er für seine Verhältnisse leise. Ratte stand hinter ihm und konnte den Blick nicht von der gespenstischen Turmmühle nehmen.

»Also hier werden die Franzosen sicher nicht durchbrechen«, sagte er bei der Begrüßung. Einen Moment verharrten die vier in dieser Position, und tatsächlich sah das Bollwerk so aus, als könnte es jedem Angriff trotzen. Dann wandte auch Ratte das Gesicht zu den Brüdern.

»Ihr seht müde aus.«

»Mussten den ganzen Tag arbeiten«, entgegnete Maximilian kurz angebunden. »Vater hat alle Aufträge angenommen, die er kriegen konnte.«

Ratte streckte sich genüsslich und ließ dabei die Knochen seines Rückens knacken.

»Wir haben bis eben geschlafen«, sagte er halb im Gähnen.

Mit einem Lächeln auf den Lippen schüttelten die Brüder ihre Köpfe.

»Ihr habt echt nur Flausen …«, doch Maximilians Worte wurden schneidend unterbrochen.

»In einer Reihe aufstellen!«, herrschte sie eine raue Stimme an.

Stampfend schritt der Hauptmann der Stadtwache zu der Gruppe und schubste den ein oder anderen, der nicht schnell genug seinen Befehl ausführte, in Position. Seine Stiefel waren mit Dreck überzogen, lediglich die helle Wolle der herausragenden Stulpen war noch sauber. Sein rot-schwarzer Waffenrock wippte bei jedem Schritt über seine Knie, genau wie die dunkle Ledermütze, die er sich halb ins Gesicht gezogen hatte. Mit der linken Hand hielt er den Säbel fest im Griff, während die rechte wild den Mannen ihren Platz zeigte. Begleitet wurde er von drei Soldaten in ähnlicher Kleidung und von noch mal vieren, die einen Karren hinter sich herzogen. Als die Freunde sich einen Platz in der Reihe gesucht hatten, zog der Tross der Soldaten an ihnen vorbei. Die Karre war voll beladen mit Waffen jeglicher Art. Musketen, Säbel und Dolche schepperten in die Nacht hinein und zogen die Blicke der Freiwilligen auf sich. Auf der Höhe der Brüder stoppte der Hauptmann schließlich und ließ seinen Blick über seine Rekruten schweifen. Jetzt konnte auch Lorenz den Mann näher in Augenschein nehmen. Sein akkurat geschnittener Ziegenbart und der kurze Haarschnitt ließen auf eiserne Disziplin schließen. In den dunklen Augen, die tief in den Höhlen vergraben waren, erkannte Lorenz keine Regung. Die Haut unter seinen Augen war grau, beinahe schwarz. Lorenz erinnerte sich daran, einmal gehört zu haben, dass er in der Kaiserlichen Armee gedient hatte, mehr wusste anscheinend niemand über den Hauptmann. Die vielen kleinen Narben in seinem Gesicht schienen diese Annahme still bestätigen zu wollen. Doch längere Zeit mit ihm unterhalten hatte sich offenbar nur der Bürgermeister. Und Vater, am gestrigen Tage. Wenn es keine Prügelei in der Stadt gab, sah man ihn üblicherweise nicht auf den Straßen. Der Hauptmann war ein angesehener, jedoch kein viel gesehener Mann. Ein schneidiger Mann, dem selbst der größte Trunkenbold Respekt zollte und kein Wort widersprach. Er patrouillierte mit seinen Männern, bildete sie aus, oder wies einen von ihnen zurecht. In der übrigen Zeit war er unsichtbar, zog sich in einen der Türme oder in sein Quartier zurück. Und nun stand er vor ihnen. Abschätzend, musternd, abwägend.

»Wenn ihr hier seid«, schrie er so laut und durchdringend, dass man es selbst im Stadtinneren noch hätte hören können, »nur um euren Sold einzustreichen, werdet ihr sterben! Wenn ihr hier seid, nur um eine Muskete abzustauben, werdet ihr sterben!« Mit verschränkten Armen ging er ein paar Schritte die Linie entlang. »Wenn ihr hier seid, nur um ein kleines Abenteuer zu erleben, dann werdet ihr sterben. Nur wenn ihr auf meine Befehle hört und diese ausführt«, der Hauptmann senkte seinen Kopf, ohne die Männer aus dem Blick zu lassen. Seine Augen lagen nun im Schatten, es schien, als würde er jeden Einzelnen von ihnen anschauen, »habt ihr eine Chance, zu überleben.«

Jakob lehnte sich unmerklich zu Lorenz hinüber. »Ups, erwischt.«

Die Brüder mussten sich ein Lachen verkneifen.

»Wir haben nur wenige Tage, um euch auf das vorzubereiten, was ihr noch nicht erlebt habt. Was ihr euch nicht einmal in euren schrecklichsten Träumen vorzustellen vermochtet.«

Er ließ seine Worte einen Moment lang wirken und von den dicken Wällen zurückwerfen.

»Die französischen und schwedischen Bastarde kennen kein Erbarmen, wenn sie diese Schlacht gewinnen, werden kein Kind, keine Frau und kein Greis mehr sicher sein.

Zu allem Überfluss haben sie sich mit hessischem Söldnerpack verstärkt!«

In diesem Moment musste Lorenz an Antonella denken. Selbst der Gedanke, dass ein anderer Mann sie anfasste, ließ Wut in ihm hochsteigen und seinen Kopf erröten. Die Hände, die eben noch flach an seinen Beinen lagen, ballten sich zur Faust.

»Zehntausende Mann sind auf dem Weg hierher. Es liegt nun an General Lamboys Kaiserlichen Truppen, diesen Wahnsinn zu stoppen.«

Der Hauptmann atmete tief und schnellte mit weit aufgerissenen Augen der Linie entgegen. »Und ihr werdet ihm dabei helfen, dieses Gesindel aus unseren Landen zu vertreiben.«

In seinen Augen schien nun das Feuer der Hölle zu lodern. Der pure Hass sprach aus ihm heraus.

»Ist das klar?«, schrie er aggressiv.

»Jawohl, Herr Hauptmann.«

Die Antwort kam vereinzelt und in verschiedener Lautstärke.

»Ich frage, ob das klar ist?« Seine Stimme überschlug sich beinahe. Etwas Spucke schoss bei jedem seiner Worte mit und landete still auf dem Boden.

»Jawohl, Herr Hauptmann!«, erklang es erneut von der Masse.

»IST DAS KLAR?«

Aus Leibeskräften brüllten die Freunde mit. Ihre Stimmen vereinten sich zu einem einzigen lauten Schrei, der über die Felder raunte und noch Sekunden später nachhallte.

»JAWOHL, HERR HAUPTMANN!«

Im kargen Licht der Fackeln stachen die sauber polierten Säbel wie kleine Blitze aus der Nacht hinaus. Sie mussten sich zu zweit aufstellen und den Schlag des jeweils anderen parieren. Maximilian konterte ohne Probleme die Schläge von Jakob, dessen Waffe in seinen Händen eher wie ein Dolch aussah. Lorenz hatte erhebliche Probleme, die Angriffe von Ratte abzuwehren, der zwar klein und schmächtig war, jedoch geschickt mit seiner Waffe umzugehen wusste. Der Hauptmann und seine Soldaten schritten die Gruppen ab und verbesserten hier und dort etwas. Wenn man seine Befehle nicht genau befolgte, schwang er seine hölzerne Rute und ließ sie peitschend auf die Schenkel oder den Nacken sausen. Auch Lorenz spürte mehrmals die Qualen seines geißelnden Stockes.

›Unnützer Bauernjunge‹ oder ›Tölpel‹ waren dabei noch die nettesten Worte, die der Hauptmann benutzte. Jakob hatte unter den Schlägen am meisten zu leiden. Der Hauptmann hatte leichtes Spiel bei dem Jungen, der sich nur mit einer Weste der Kälte stellte und dabei zu viel nackte Haut als Angriffsfläche offenbarte. Immer wieder litten die Freunde mit, wenn einer von ihnen die Rute zu spüren bekam. Nach einiger Zeit hatte der Hauptmann genug gesehen und ließ die Männer hintereinander in drei Reihen antreten. Seine Soldaten stellten in einigen Ellen Entfernung Strohmänner auf und gaben dem Ersten jeder Reihe eine Muskete in die Hand. Maximilian und Lorenz konnten sofort erkennen, dass es sich um ein sehr altes Modell handelte, und lächelten einander an. Nur ein Narr konnte glauben, dass die Stadt gerade gefertigte Waffen an Partisanen verschenkte. Nein, diese Musketen waren alt, aber noch funktionstüchtig. Die vereinzelten Schüsse der Männer waren ungenau und durchschnitten die Nacht mit dunklem Grollen. In der

Luft lag der bleihaltige Geruch von Schwarzpulver, der beißend in die Nasen der Freiwilligen drang. Jedem Einzelnen wurde von den Soldaten die Handhabung und Funktionsweise der Waffen erklärt. Danach durfte auf die Strohfigur geschossen werden. Nach ihrem Schuss trollten sich die Männer, die Schulter reibend, ans hintere Ende der Reihe. Lorenz hörte den Ausführungen des Soldaten genau zu, als er vor ihm stand. Kurz blickte er zu Maximilian hinüber. Auch er stand nun als Erster in der Reihe und bekam eine ähnlich knappe Ausführung.

Monoton rasselte die Stadtwache ihren Text erneut runter: »Komm ran, Bursche.«

Lorenz lächelte ruhig.

»Für einen Schuss wird die Waffe mit Schwarzpulver und der Kugel geladen. Siehst du, so! Dann musst du das Ganze mit dem Ladestock feststampfen.«

Doch der Soldat benutzte nicht genügend Kraft, um die Kugel wirklich im Lauf zu fixieren. Unbemerkt verdrehte Lorenz die Augen.

»Das ist die Zündpfanne, hier schüttest du das Schwarzpulver drauf. Schau her, aber nicht zu viel!«, mahnte der Mann. »Jetzt kannst du das Steinschloss spannen.«

Mit einem Knarren zog er den Auslösemechanismus zurück, bis er schließlich arretierte. »Wenn du jetzt den Abzug hierhin drückst. Nein! Noch nicht, erst, wenn ich es sage. Also, wenn du jetzt den Abzug hierhin drückst, dann schlägt der Hahn, siehst du, das Ding hier, mit dem Feuerstein … du weißt doch, was ein Feuerstein ist, oder?«

Lorenz nickte gelangweilt.

»Gut, also, Bursche, er schlägt mit dem Feuerstein auf die Metallklappe hier und dabei entsteht ein Funke. Dieser entzündet das Pulver und treibt die Kugel hinaus.«

Der Soldat sah Lorenz an.

»Also mit einfachen Worten gesagt, für einen Laien«, sagte er unverhohlen. »Und achte darauf, dass du nicht erst das Schwarzpulver auf die Pfanne streust und dann losrennst, sonst hat der Funke nichts mehr, was er entzünden kann. Hast du das verstanden, Bursche?«

Der Soldat legte unter den wachsamen Augen des Hauptmanns die Muskete beiseite und gab ihm eine ungeladene Waffe. »So, Bursche, und jetzt du!«

Mit der Hand an der Waffe trafen sich verschmitzt lächelnd die Blicke der Brüder. Dann legten sie los. In Windeseile stopften sie die Muskete mit Schwarzpulver und Kugel, so wie sie es etliche Hunderte Male vorher getan hatten. Ihre Bewegungen waren vollendet, jeder Handgriff saß. Der Ladestock sauste in den geraden Lauf und wurde mit derselben Perfektion wieder herausgezogen. Mit offenen Mündern verfolgten die Soldaten und die umstehenden Männer das Wetteifern der Brüder. Geübt schütteten sie genau die richtige Menge an Pulver auf die Pfanne, spannten den Hahn und legten die Waffe an. Ihre Schüsse fielen beinahe zeitgleich. Zum ersten Mal an diesem Abend traf einer der Freiwilligen die Strohpuppen. Selbst im Schein der Fackeln konnte man erkennen, dass beide Kugeln exakt im Kopf der Puppen einschlugen. In der Wolke aus Qualm gingen die beiden etwas näher an ihre Ziele heran.

»Meiner war genauer«, sagte Maximilian schließlich.

»In deinen Träumen«, konterte Lorenz, als sie die Waffen abgaben und sich ans hinterste Ende der Reihe anstellten.

»Angeber«, raunte Jakob ihnen noch leise hinterher, als er seine Waffe in Empfang nahm.

Wortlos hatte der Hauptmann dieses Schauspiel beobachtet. Die Hände hinter dem Rücken verschränkt, trat er nun auf die beiden zu. »Wer seid ihr?«

Es war abermals Maximilian, der als Erster antwortete. »Die Söhne des Schmiedes, Herr.«

Kaum erkennbar nickte der Uniformierte. »Die Söhne von Josef Cox?«

»Ja, Herr«, entgegneten beide im Chor.

Die Augen des Hauptmanns verengten sich zu Schlitzen. »War gestern noch bei mir. Guter Mann, stellt gute Waren her.«

Er wandte seinen Blick wieder zu den Freiwilligen in der vorderen Reihe, wo Jakob die Muskete gerade mit einer Hand abfeuerte und die Puppe weit verfehlte. »Ihr werdet ab morgen die Schussausbildung übernehmen, habt ihr das verstanden?«

»Jawohl, Herr Hauptmann.«

Er nickte ruhig. »Ich werde eurem Vater ausrichten, dass er gute Schützen herangezogen hat.«

Lorenz' Kopf fuhr sofort zu Maximilian herum.

»Herr Hauptmann?«, stieß sein Bruder hervor. »Ich … wir beide wären Euch sehr dankbar, wenn Ihr unserem Vater nichts hiervon erzählen würdet.«

Fragend neigte der Hauptmann sein Gesicht zur Seite und strich mit der Hand über seinen dunklen Ziegenbart. »Er weiß nicht, dass ihr euch zu den Partisanen der Stadt gemeldet habt, richtig?«

Es dauerte einige Sekunden, dann senkten die beiden ihren Kopf.

»Ja«, stammelte Maximilian. »Wir würden es ihm gern selbst berichten.«

Fast ein wenig amüsiert umspielte zum ersten Mal an

diesem Abend ein Lächeln die Lippen des groß gewachsenen Mannes. »Schneid habt ihr, das muss man euch lassen. Ich mag es, wenn Männer eigene Entscheidungen treffen. Aber überlegt euer Handeln sehr genau.« Er schüttelte den Kopf. »Genauso groß wie euer Mut scheint mir eure Torheit zu sein. Also wenn ich in eurer Haut stecken würde, dann müsste mich schon der Teufel persönlich reiten, damit ich so einen Mann wie euren Vater im Unklaren lasse.« Einen Moment blickte er zum Mond, der sichelförmig auf die Männer herabschien. Er atmete schwer. »Nun gut, kein Wort wird über meine Lippen dringen.«

Erleichtert verbeugten sie sich vor dem Uniformierten. »Habt Dank, Herr Hauptmann.«

Dann schritt dieser wortlos an den Anfang der Reihe, um die Schützen zu überwachen.

»Wir müssen es ihm sagen, Max.«

Tief in seinen Gedanken verloren nickte der Bruder. Seine schwarzen Haare fielen ihm ins Gesicht und bildeten einen Vorhang, der nur erahnen ließ, was in diesem Augenblick in ihm vorging.

»Ich weiß«, sagte er abwesend.

»Wann?«

Die Blicke der beiden trafen sich. Zum ersten Mal in seinem Leben hatte Lorenz das Gefühl, dass sein Bruder genauso ratlos war wie er auch.

Den Weg nach Hause über hatten sie geschwiegen. Das Gespräch, was sie eigentlich hätten führen sollen, verdrängten beide wie eine ungeliebte Erinnerung. Bedächtig schlichen sie ins Haus. Als sie endlich ihr Zimmer erreicht hatten, ließ sich Maximilian ins Bett fallen.

»Mir tut jeder Knochen weh. Ich bin froh, dass ich endlich schlafen kann«, murmelte er noch, halb den Kopf im Kissen vergraben.

»Mhhh«, knurrte Lorenz halbherzig, als er sich ebenfalls zur Nachtruhe legte. Es dauerte nur wenige Minuten, dann drang ein allzu vertrautes Schnarchen an seine Ohren. Ein paar Momente wartete er noch ab, dann schlich er aus dem Zimmer. Seine Kleidung legte er in der Stube an und zog den noch von seinem Körper gewärmten Mantel über. Es war gar nicht einfach, von der wohltuenden Hitze der Stube in die Kälte der Nacht hinauszutreten. Kurzerhand warf er sich noch Mutters grauen Umhang über, den sie immer benutzte, um ihre Besorgungen zu erledigen. Auch wenn er seine Hände tief in den Taschen vergrub und die Kapuze des Umhangs über seinen Kopf zog, nistete sich die Kälte des Winters mehr und mehr in ihm ein. Ruhig fielen die Flocken auf das winterliche Kempen und ließen die Schneemassen noch einmal ansteigen. Bei jedem Schritt bildete sein Atem Nebel. Jetzt war niemand mehr auf den Straßen und alle Lichter waren erloschen. Lediglich in den Türmen der Burg und des Peterstores zuckten noch einige Kerzen. Nur mit Mühe konnte er sich seinen Weg zum nördlichen Kuhtor bahnen. Um kurz nach Mitternacht kam das Tor in Sichtweite. Schutzsuchend hatten sich die Soldaten unter die Palisaden gekauert. Lorenz ließ seinen Blick schweifen und entschied sich schließlich, etwas abseits in einer Gasse neben der Stadtmauer zu warten. Minuten vergingen. Durch das Schneegestöber konnte er die Uhr am Kirchturm nicht erkennen, doch es musste nach Mitternacht sein. Langsam forderten die Anstrengungen des Tages ihren Tribut, und Lorenz ließ sich erschöpft auf einer Holzkiste nieder. Mit dem Kopf an der Häuserwand angelehnt, versuchte er seine Augen auf das Tor zu richten. Immer stärker musste er sich befehlen, die Lider nach oben zu ziehen, doch die Verführung des allzu verlockenden Schlafes war alsbald stärker und sein Widerstand schwand. Als sich seine Augen langsam schlossen, war er bereits in die Traumwelt geglitten.

Der Lärm lässt mich schreien. Vor Schmerz werfe ich meinen Körper nach hinten und presse meine Hände gegen den Kopf. Die Lautstärke der Rufe ist ohrenbetäubend und mit jeder Sekunde nimmt sie zu. Ich halte diese Pein nicht länger aus und spüre, wie meine Beine nachgeben, die das Gewicht meines Körpers nicht mehr länger tragen wollen. Ich stürze auf die Knie. Nur kurz schaffe ich es, meine Augen zu öffnen und den Blick nach vorn zu richten. Dort erkenne ich den Ursprung dieses alles übertönenden Molochs. Eine Wand, viele Hektar groß und mehrere Meilen lang, schreit mich unnachgiebig und erbarmungslos an. Sie ruft mich, sie ruft meinen Namen, sie fordert mich. Ich will hier weg, will flüchten, nicht hier sein, doch irgendetwas treibt mich auf sie zu. Mit jedem Schritt erhöht sich der alles zerreißende Schmerz in meinen Ohren. Ich kann nicht mehr klar denken, versuche mich zu wehren, mich umzudrehen, doch es gibt kein Entrinnen. Selbst auf den Knien werde ich weiter auf die Wand aus Lärm und Geschrei gedrückt. Sie tobt, brüllt, wütet. Der Schmerz in meinem Kopf ist schier unerträglich, und ich sehne mich nach der süßen Erlösung des Todes. Doch selbst der Tod lässt mich leiden und foltert mich weiter. Als ich auf die tosende Wand gedrückt werde, habe ich das Gefühl, in die Verrücktheit abzugleiten. Ich presse meine Hände so stark auf die Ohren, dass ich vor Schmerzen schreie. Doch die Wand kennt kein Erbarmen. Auch wenn sie jeden Ton zu verschlucken droht, erkenne ich doch aus der Ferne ein Gekreische. Ich schaffe es nicht mehr, mich aufzurichten, gekrümmt liege ich in meiner Pein auf dem Boden. Für einen Herzschlag hat das Gebrüll noch einmal zugenommen, ich habe das Gefühl, dass mein Kopf explodiert, und bete, dass der Tod nun endlich kommen möge. Das Schreien findet seinen zerreißenden Höhepunkt in einem einzigen, riesigen Knall.

Dann wird es still und Ruhe legt sich über meinen Geist. Endlich, der Tod.

Zärtlich flüstert er meinen Namen.

»Lorenz, Lorenz.«

Ihre Stimme erweckte ihn aus seinem Schlaf. Erschrocken und mit den Armen rudernd fiel er beinahe von der Kiste.

»Antonella, ich …«, sagte er, sich die Augen reibend, »… bin wohl kurz weggenickt. Entschuldige.«

Ihr Gesicht war unter der Kapuze eines Umhangs verdeckt, lediglich ihre rehbraunen Augen und einige Strähnen ihres Haares konnte er im fahlen Licht der Fackeln erkennen. Sie lächelte.

»Du hast geredet im Schlaf«, flüsterte sie.

Schulterzuckend sah er sie an. Das war der Anblick, worum er sich den ganzen Tag gesehnt hatte. Allein ihre Anwesenheit ließen ihn die Tortur des Tages und die Kälte der Nacht vergessen.

Zögerlich streckte sie ihm die Hand entgegen. »Bist du bereit, mich zu begleiten?«

Lorenz nickte. Selbst in die Hölle würde er ihr folgen.

Waren am Tag ihre Schritte unsicher, so wirkten sie bei Einbruch der Nacht fest, beinahe selbstbewusst. Hand in Hand gingen sie zum Tor. Sofort schreckten die Soldaten hoch und nahmen drohend ihre Hellebarden in die Hände.

»Halt, wer da?«, rief es ihnen entgegen.

»Du willst um diese Zeit aus der Stadt raus? Wie kommen wir an den Wachen vorbei?«

Doch Antonella drehte nur kurz ihren Kopf und zog ihn weiter auf das Tor zu. Kurz bevor sie die Stadtwache erreichten, zog sie langsam ihre Kapuze vom Kopf. Ihr braunes Haar glänzte im Schein der Fackeln.

»Ihr seid es«, murmelte einer von ihnen.

Sofort ließen die Männer ihre Waffen sinken und trollten sich unter das schützende Dach des Tores. Mit gierigen Augen baten sie ihr sofort einen Platz an der Feuerstelle an. Wortlos gesellte sich Antonella zu ihnen und kramte in den Seitentaschen ihres schweren, gegerbten Rockes.

»Der Ausschlag meiner Frau ist viel besser geworden«, sagte ein älterer Soldat mit dickem Schnauzbart dankbar. »Doch habt Ihr noch etwas gegen diese ständigen Kopfschmerzen?«

Eifrig hob Antonella die verschiedenen Ampullen ins Licht und studierte mit geübtem Blick die Schriftzüge. »Diese Blätter soll sie in Tee aufkochen und dreimal täglich trinken«, sagte sie leise, während sie dem Mann ein Behältnis mit graugrünen Blättern überreichte. Wie einen Schatz nahm er es mit beiden Händen entgegen. Anschließend trat ein Junge mit Milchgesicht und gesenktem Blick an sie heran. Er sah bei Weitem jünger als Lorenz aus, war beinahe noch ein Kind. Der Junge räusperte sich und blickte sich verlegen um.

»Habt Ihr, wonach ich gebeten hatte?«, quiekte er hell.

Nickend drückte Antonella ihm eine Phiole in die Hand. »Tragt es vor dem Zubettgehen auf. In wenigen Tagen müsste es weg sein.«

Sich überschwänglich bedankend führte er die beiden in einen Nebenraum des Tores und öffnete mit tiefer Verbeugung eine massive Tür, dann eine weitere, die schließlich aus der Stadt führte. Verwundert blickte sich Lorenz um, als sie das Gemäuer verließen. Sich erst heftig im Schritt kratzend, öffnete der Junge sofort die Phiole und roch an dem Gemisch, dann schlug er die Tür zu.

»Es ist nicht das erste Mal, dass du dich nachts aus der Stadt herausschleicht, oder?«

»Nein«, antwortete sie lächelnd.

»Du scheinst den Soldaten eine große Hilfe bei …«, Lorenz drehte sich kurz zur Stadt, »… bei ihren Problemen zu sein.«

»Nun, siehst du, viele können sich keinen Arzt leisten. Die Kräuterkunde ist meist die einzige Hilfe, die sie bekommen. Auch wenn sie sehr verrufen ist.«

»Wie meinst du das?«, wollte Lorenz wissen.

Gemeinsam stapften sie auf den Pfad, der in wenigen Meilen zur nächsten Gemeinde führte. Der Schnee türmte sich mittlerweile einige Zoll, so mussten sie ihre Knie bei jedem Schritt anheben.

»Nun, einige Menschen sehen nicht gern, dass man sich mit solchen Dingen beschäftigt«, sagte sie leise in die Nacht hinein.

»Wie der Bürgermeister, nehme ich an.«

Sie nickte.

»Ist das der Grund, warum du dich nachts herausschleicht, um deiner Leidenschaft nachzugehen?«

Lorenz sah sie an. Sie ließ sich Zeit mit ihrer Antwort.

»Man sagt, dass die Kräuterkunde das Handwerk der Hexen sei«, flüsterte sie, als ob die beiden auf den Feldern nicht die Einzigen weit und breit wären. »Viele Menschen haben diesen Glauben, dabei bringt sie weder Verderben noch den Tod. Im Gegenteil, sie kann dazu beitragen, den Menschen zu helfen und sie zu heilen.«

Er nickte verstehend. Aber auch Lorenz hatte die Gerüchte gehört. Kräuterkunde wurde als schwarze Magie verschrien, als Handwerk, das nur eine Hexe beherrschen konnte.

»Hast du von Anna aus Crefeld gehört?«, fragte sie schließlich, als sie ein kleines Wäldchen erreichten.

»Natürlich.«

»Armes Ding. Hat so vielen Menschen geholfen mit ihren Mixturen und ihrem Wissen, und was war der Dank dafür?«

Abrupt blieb sie stehen. Verbitterung sprach aus jedem ihrer Worte. Eine weitere Facette, die er nicht für möglich gehalten hatte. Doch ihre Leidenschaft für die Kräuterkunde und für die Heilung der Menschen schien ihm beinahe edel.

»Verstehst du jetzt, warum es gefährlich ist, sich offen zu dieser Art von Medizin zu bekennen?«

Lorenz verstand.

»Dann musst du viel Vertrauen in mich haben, dass du mich nach so kurzer Zeit mitnimmst.«

Nicht der Hauch eines Windes wehte durch die Nacht, als sie ihn verlegen anlächelte. Schneeflocken fielen langsam auf ihre Stirn und verwandelten sich sofort zu Wasser. Inmitten dieser dichten Bäume, auf diesem kleinen, verschlungenen Weg, nahm sie wortlos seine Hand. Lorenz spürte die Wärme, die von ihr ausging. Der sichelförmige Mond schickte seinen Glanz durch das dichte Nadelgewächs und ließ ihre helle Haut schimmern. Er hörte sich selbst atmen und spürte sein Herz wild gegen die Brust hämmern. »Komm mit«, wisperte sie schließlich.

Antonella verließ den Pfad in den Wald hinein und musste mit jedem Schritt die Beine noch weiter anheben, als es auf dem bisherigen Weg nötig gewesen war. Hier lag der unberührte Schnee noch einige Zoll höher. Lorenz' Beinkleider waren feucht und seine Schuhe mittlerweile durchnässt, trotzdem versuchte er, Schritt zu halten mit ihr, die ihn immer tiefer in den Wald zog. Es war ihm egal, solange sie seine Hand hielt.

»Schau!«, forderte Antonella ihn schließlich auf und ließ seine Hand los.

Lorenz blickte sich um. Kein Geräusch, kein Ton, kein Laut schien an diesem Ort zu existieren. Sie standen inmitten einer Lichtung, die von großen Tannenbäumen gesäumt war. Vor ihnen lag ein kleiner, zugefrorener Weiher, aus dessen Mitte ein Hügel mit einem einzelnen Baum herausragte. Sein Blättergewand hatte er abgelegt, so thronte der König der Lichtung ohne seinen Schmuck über dem Wasser. Die abstehenden Äste ragten gespenstisch in alle Richtungen. Und über allem hing die helle Sichel des Mondes, der sein fahles Licht nur auf diese kleine Lichtung zu werfen schien. Ein gespenstischer und doch magischer Ort.

»Hier gibt es die besten Kräuter für die wirksamsten Mixturen«, flüsterte sie.

»Es ist … atemberaubend.«

Lorenz konnte sich gar nicht sattsehen an dem Anblick, den das glitzernde, zugefrorene Gewässer bot. Am Rande des Gewässers stand eine kleine Hütte. Sie war aus Holz und Lehm gefertigt und wirkte wie ein Fremdkörper in der Idylle. Zusammen schritten sie auf die mit Tannenästen verdeckte winzige Bleibe zu. Nur widerwillig öffnete sich knarrend die Tür.

»Was ist das?«, fragte Lorenz, seinen Blick schweifen lassend.

»Mein Refugium«, antwortete Antonella leise.

Fragend und mit Falten auf der Stirn blinzelte Lorenz sie an.

»Es ist mein Zufluchtsort«, schob sie nach. »Hier stelle ich die Arzneien und Mixturen her. Es ist zu gefährlich in Vaters … des Bürgermeisters Anwesen.«

Als würden Zwerge diese Hütte bewohnen, schien in ihr alles winzig zu sein. Ein winziger Tisch mit einem einzigen Dreibeinhocker, ein kleines Bett und ein Ofen, der behelfsmäßig zusammengeflickt war. Lediglich durch ein Fenster konnte man nach draußen sehen. Lorenz musste sich bücken, um nicht mit dem Kopf gegen die Decke zu stoßen. Überall drangen Pflanzen und Sträucher in die Hütte ein und verschlangen bereits einige kleine, übereinandergestapelte Kisten. Phiolen und kleine Schalen lagen allerorts verstreut, sogar der Boden war mit ihnen bedeckt. Doch Antonella lächelte ihn aus großen Augen an, als würde sie ihm gerade ein Märchenschloss zeigen.

»Es ist wunderschön«, sagte er. »Ich fühle mich geehrt, dass du mir dein so wohl gehütetes Geheimnis anvertraut.«

Antonella kicherte. »Nun ja, so gut gehütet ist es dann wohl doch nicht. In Kindertagen haben Elisabeth und ich uns oft hierhin weggeschlichen. Wir haben gespielt und Kräuter gesammelt, wollten den Menschen helfen und sie heilen.« Plötzlich versteinerte sich ihre Miene. Ein Hauch von Enttäuschung lag in ihrer Stimme. »Doch irgendwann hat sie andere Interessen entwickelt.«

Gemeinsam traten sie aus der Hütte hinaus. Lorenz machte einige Schritte in Richtung des einzelnen Baums, wollte ihn näher sehen, berühren. Doch schon nach wenigen Schritten verlor Lorenz auf der rutschigen Fläche das Gleichgewicht. Mit den Armen rudernd, versuchte er sich noch zu fangen, doch es war zu spät. Mit einem dumpfen Knall landete er auf dem Hosenboden.

Antonellas helles Lachen schien den ganzen Wald zu erfüllen, sie konnte sich kaum mehr halten. Lorenz verdrängte den Schmerz seines Hinterteils und musste nach wenigen Sekunden mitlachen.

»Na warte«, rief er, als er schon auf dem Weg zu Antonella war.

»Nein!«, schrie sie noch lachend, doch schon hatte er ihre Hand ergriffen und sie auf die Eisfläche gezogen. Ein weiteres Mal verlor er das Gleichgewicht und fiel, einige Meter schlitternd, auf die Brust. Als er den Kopf hob, hatte sie grinsend die Hände hinter dem Rücken verschränkt. Grazil nahm sie ein paar Schritte Anlauf und ließ sich rutschen. Ihr Haar wehte dabei wie ein Schweif hinter ihr her und glitzerte mit der Eisfläche um die Wette. Gerade als Lorenz sich wieder aufgerappelt hatte, bekam er einen Schneeball mitten ins Gesicht. Ein weiteres Mal zog ihr helles Lachen durch die Nacht, doch diesmal so heftig, dass sie beinahe keine Luft mehr bekam und sich den Bauch halten musste. Lorenz erkannte die Gunst der Stunde und versuchte sie zu fangen, doch abermals rutschte er aus und landete ein weiteres Mal auf dem Eis, alle viere von sich gestreckt.

»Du machst das nicht zum ersten Mal, oder?«

»Nein«, gluckste sie, sich immer noch vom Lachanfall erholend. Anmutig rutschte Antonella ihm entgegen, half Lorenz auf die Beine und stützte ihn.

»Komm!«, forderte sie ihn auf.

Sich an der Hand haltend, schlitterten sie gemeinsam. Er konnte den Blick nicht von ihren Augen nehmen, aus denen so viel Hingabe sprach, dass es Lorenz beinahe die Sprache verschlug. Etliche Minuten rutschten sie händchenhaltend und johlend um den Weiher. Dann zog er sie zärtlich an sich heran.

»Danke, dass du mir diesen Ort gezeigt hast.«

Mit den Zähnen biss sie sich auf die Unterlippe. »Eigentlich wollte ich dir etwas anderes zeigen.«

In kleinen, tippelnden Schritten näherte sie sich dem Hügel in der Mitte des Gewässers. Mit der Hand deutete sie auf die Rückseite des Baumes.

»Du sagtest, dass Schönheit nicht im Auge des Betrachters liegt und keine Sache der Ansicht sei.«

Lorenz nickte schweigend.

»Sieh dieses Kraut, würdest du es als schön bezeichnen?«

Er musste seinen Blick schärfen, um überhaupt etwas zu erkennen. Von Frost und Schnee bedeckt, ragten einige Sträucher aus dem Weiß heraus. Lorenz konnte an dem grauen, circa zwei Fuß großen Gewächs nichts ausmachen, was ihn auch nur ansatzweise an Schönheit erinnerte. Eher im Gegenteil, die Sträucher schienen ihre kleinen, buschigen Wülste nicht tragen zu können. Die Pflanze schien bereits zu sterben.

»Nein, tut mir leid, Antonella, schön ist diese Pflanze nicht.«

»Und was sagst du jetzt?« Mit einer Hand zog sie den untersten und dicksten Strauch ins Mondlicht. Lorenz konnte nicht glauben, welches Schauspiel sich seinen Augen bot. Nun waren die Sträucher nicht mehr trauernd und hängend, nein, sie schienen im Licht des Mondes zu tanzen und den frostigen Mantel abschütteln zu wollen. Schneeflocken wanderten langsam an den Sträuchern herunter, als ob sie diese streicheln wollten. Die vormals graue Farbe verwandelte sich in ein schimmerndes Silber, das aus der Dunkelheit der Nacht herausstrahlen wollte.

»Es ist silberblättriges Heiligenkraut. Die Menschen nehmen es nicht wahr, wenn es am Rande des Weges nur knapp über dem Boden wächst und in seinem Grau mit dem Boden zu verschmelzen droht. Doch im Mondschein, im hellen Schimmer, wirft es seinen Mantel ab und es scheint, als würde es silbrig strahlen.«

Dann ließ sie die Pflanze zurück in den Schatten des Baumes gleiten.

»Was für manche unscheinbar und verborgen, ist für andere schimmernd und wunderschön«, flüsterte sie.

Lorenz' Blick blieb noch einen Moment auf dem kleinen Strauch haften, dann drehte er sich zu Antonella. Nun fiel das Mondlicht auch auf ihr Gesicht und schimmerte im selben silbrigen Ton. Mit der rechten Hand berührte er ihre Wange und fuhr langsam bis zu ihrem Hals. Antonella folgte seiner Hand mit ihrem Gesicht. Fast ein wenig verängstigt und unsicher sah sie ihn an. Langsam, ganz langsam hob er seine linke Hand und strich ihr eine Strähne aus dem Gesicht, streichelte über Antonellas Haar und berührte ihren Nacken. Mit beiden Händen fühlte er die Kälte ihrer Wangen und die Wärme ihres Atems auf seiner Haut. Dann berührte er zärtlich ihre weichen Lippen. Anfangs starr, erwiderte sie nach wenigen Sekunden den Kuss und schmiegte sich an ihn. Die Kälte hatte in dieser eisigen Nacht noch einmal zugenommen, doch dies war ihm gleichgültig. Denn innerlich brannte er.

Der Rückweg war wie ein einziger Traum. Während er Antonella im Arm hielt, stapften sie kichernd durch die winterlichen Felder und beobachteten die Sternenbilder, die sich ihnen klar darboten. Sie machten sich einen Spaß daraus, in ihre eigenen, gut sichtbaren Spuren hineinzutreten und sich gegenseitig mit Schnee zu bewerfen. Schon von Weitem sahen sie den hellen Schein der Fackeln des Kuhtores. Die Wächter öffneten ihnen lächelnd und boten ihnen sogar Tee an, den sie dankend ablehnten. Vor dem Haus des Bürgermeisters umarmten sie sich innig. Hatten sie eben noch herzlich gelacht, wurde Lorenz nun ernst, als er Antonella intensiv anblickte.

»Danke für die schönsten Tage meines Lebens.«

Ihre rosigen Wangen schienen noch eine Nuance roter zu werden. Sie stellte sich flink auf die Zehenspitzen, um ihm einen Kuss auf die Lippen zu drücken.

»Ich wünschte, das würdest du ab jetzt jede Nacht zu mir sagen können«, flüsterte sie.

Lorenz lächelte. »Sehen wir uns morgen? Um die gleiche Zeit?«

Antonella legte ihre Hände um seinen Körper und ihren Kopf auf seine Brust. Ihre Worte waren lediglich ein Hauchen. »Unbedingt.«

Nur mit großer Willenskraft konnte Lorenz ihre Hand loslassen. Sein Blick begleitete sie noch bis in das Haus hinein. Einige Sekunden verharrte er, verzaubert von dem Duft ihres Haars, von dem Glanz in ihren Augen, von der Berührung ihrer Lippen.

Langsam trottete er durch die schmalen Gassen der Stadt. Kein Mensch war mehr zugegen, kein Licht war mehr zu sehen, kein Laut drang an seine Ohren, er war allein mit sich und seinem Glück. Ein Blick auf die Uhr, hoch oben am Kirchturm, verriet ihm, dass es mittlerweile nach drei Uhr war. Den letzten Rest des Weges legte er fast wippend, beinahe tanzend zurück. Erst am Haus seiner Eltern stoppte sein ausschweifender Gang. Bedächtig schlich er sich in das immer noch warme Gebäude. Maximilian fand er in derselben schnarchenden Position wieder, wie er ihn verlassen hatte. Erschöpft legte er seine Kleidung ab und kuschelte sich unter die Bettdecke. Erschöpft, aber glücklich. Erst jetzt, in einem Moment der Ruhe, spürte er die Kälte, die sich stundenlang in seinen Körper hineingefressen hatte, und die Müdigkeit, die mehr und mehr Besitz von ihm ergriff. Doch dies alles war ihm gleichgültig, da er immer noch Antonellas weiche Lippen auf seinen spürte.

Kapitel 7

- Gefallene Helden -

Die Nacht war viel zu kurz, um bereits beendet zu werden. Nur widerwillig schlug Lorenz die Augen auf und blickte in das wache Gesicht seines Bruders. Maximilian war bereits angekleidet und gewaschen. Er fühlte die Hand seines Bruders unnachgiebig an seiner Schulter rütteln.

»Lorenz, du musst aufstehen. Was ist denn los? Du bist doch sonst nicht so faul.«

»Mhh«, knurrte er und zog sich die Decke über das Gesicht.

Aus der Stube vernahm er das Klirren von Besteck und helles Kinderlachen, die ganze Familie war bereits erwacht. Der Duft von gekochtem Tee stieg ihm in die Nase, zumindest ein Grund, die Augen erneut zu öffnen. Lorenz drehte sich gegen die Wandseite seines Bettes und erhoffte sich zumindest noch für ein paar Sekunden Erholung. Doch seine Hoffnung blieb ein frommer Wunsch, als Siegfried zum Sprung ansetzte und auf dem Becken seines großen Bruders landete.

»Guten Morgen!«, quiekte er fröhlich.

Von oben blickte er auf seinen Bruder hinab und tat so, als würde er ihn mit dem kleinen Holzschwert bedrohen.

»Steh auf, sonst bist du des Todes!«

Woher er nur diesen Spruch hatte …

»Gleich«, murmelte Lorenz. »Nur noch ein paar Minuten.«

Doch schon bald standen seine beiden Schwestern, Amelie und Marie, neben dem Bett und zogen an seinem Arm. Gemeinsam schafften es die drei Kleinen, ihn aufzurichten. Schlaftrunken vergrub er die Hände im Gesicht und stützte sich auf die Knie.

»Lorenz, warum bist du so müde?«, wollte Siegfried wissen.

Er lächelte seinen kleinen Bruder an. »Kennst du das Gefühl«, sagte er gähnend, »wenn du aufwachst und trotzdem weiterträumst?«

Der Kleine legte seinen Finger an den Mund. »Nee.«

»Das scheint mir gerade zu passieren.«

Siegfried überlegte. Seine stahlblauen Augen wanderten von einem Punkt des Zimmers zum nächsten, schienen keine Ruhe zu finden, bevor er verstand, was sein großer Bruder ihm gerade erzählt hatte. »Und so was macht müde?«

»Nein«, lachte Lorenz. »Aber glücklich.«

Zärtlich wuselte er Siegfried durch die langen, schwarzen Haare. Jetzt grinste auch er.

»Nun aber raus aus den Federn, Bursche!«, forderte ihn der Vater auf, als er die klägliche Gestalt seines Sohnes begutachtete. »Bist wohl keine harte Arbeit mehr gewohnt, was?«

Damit war die süße Erholung des Schlafes für diesen Tag beendet und Lorenz gesellte sich zu den anderen in die Stube.

»Ein hübsches Mädchen hat gestern nach dir gefragt. Sie war bereits schon einmal hier«, sagte Mutter lächelnd, während er einen großen Schluck Milch trank.

Sofort verschluckte sich Lorenz und prustete das

Getränk auf den Fußboden. Die Kleinen quiekten vor Freude. Wussten sie von Antonella?

»Es war diese Blonde, die Tochter des Bürgermeisters, soweit ich weiß. Wollte mit dir einen Spaziergang machen.«

Lorenz nickte und machte sich wortlos daran, die Lache auf dem Boden aufzuwischen.

»Ein wirklich hübsches Ding, dieses Mädchen«, bohrte sie weiter. »Du solltest dich mit ihr mal unterhalten. Sie schien so nett und freundlich.«

Nur Maximilian sah, dass Lorenz die Augen verdrehte, als er gequält »Ja, Mutter« hervorstieß.

Er hoffte, dass dieses Gespräch nun ein Ende finden würde, doch diese Hoffnung wurde schnell begraben, als Marta erneut begann.

»Sie sagte, dass sie sich freuen würde, wenn du zu ihr kommen und ihr beim Umstellen des Hausrats helfen könntest. Du wüsstest schon Bescheid.«

Nun konnte Maximilian sich sein Lachen nicht mehr verkneifen. Laut prustend verschluckte er sich an der Milch, die ihm sogar aus der Nase wieder herauslief. Helles Kinderlachen erfüllte den Raum, bis Vater seine Pranke auf den Tisch schmetterte und so für Ruhe sorgte. Der Tag konnte nicht schlimmer beginnen, dachte Lorenz.

Seine Knochen ächzten bereits, als er die schwere Schürze anzog und den Stahlhammer auf seine Schulter legte. Ganz zu schweigen von seinem Hinterteil, das immer noch gehörig schmerzte. Ein Wunder, dass niemand am Frühstückstisch bemerkt hatte, dass er ständig von einer Backe auf die andere rutschte. Eine gute Ausrede wäre ihm nur schwerlich eingefallen.

»Was ist los mit dir am heutigen Morgen? So anstrengend waren die gestrigen Übungen nun auch nicht.« Maximilian sah ihn fragend an. Eigentlich wollte Lorenz keine Geheimnisse vor seinem Bruder haben, doch um ihn ins Bild zu setzen, dafür benötigte es den rechten Zeitpunkt. Und dieser war bestimmt nicht, wenn Vater wenige Ellen neben ihnen stand und die Musketen justierte.

»'n bisschen aus der Übung«, war das Einzige, was er erwidern konnte.

Die Zeit schien langsam zu vergehen, ja beinahe stehen zu bleiben. Egal, wie oft er an diesem Morgen auf die Uhr des Kirchturms blickte. Die Zeiger wanderten nur allzu gemächlich um das Ziffernblatt. Auch die Sonne reihte sich in den Trott ein. Wolkenverhangen hatte sie sich an diesem Tage kaum gezeigt und wenn, dann nur um Lorenz anzudeuten, dass sie immer noch nicht weitergewandert war. Es kam ihm vor, als gäbe ihnen Vater heute besonders schwere Aufgaben. In einer kurzen Trinkpause sprach ihn Maximilian an.

»Wir müssen es Vater heute sagen«, flüsterte er.

»Und wie?« Lorenz' Stimme war schwach, beinahe brüchig. Nicht mal ansatzweise konnte er sich vorstellen, dass Vater in ihr Vorhaben einwilligte. Es war abermals Maximilian, der einen ersten Versuch wagte.

»Die Musketen sind für den Hauptmann, oder, Vater?«

»Mhh«, stimmte der seinem Sohn knurrend zu.

»Sind es die Waffen, die an die Freiwilligen ausgehändigt werden?«

Jetzt blickte Josef hoch und ließ die Schusswaffe langsam auf den Tisch gleiten. »Warum interessiert dich das?

Wir bekommen gutes Geld dafür, das ist das Einzige, was du wissen musst.«

Doch so leicht wollte sich Maximilian nicht abspeisen lassen. Betont lässig legte er den schweren Hammer zur Seite und trat ein paar Schritte neben seinen Vater, begutachtete den polierten Lauf der Muskete.

»Weil es mich wundert, dass die Freiwilligen solche Waffen ausgehändigt bekommen.«

Der Schmied zog einen Mundwinkel nach oben und versuchte, mit einer Hand die Zündpfanne in die richtige Position zu richten. »Du hast recht mit deinem Zweifel. Der Hauptmann will die neuen Waffen für seine Leute, für die Verteidigung der Stadt haben. Die alten Waffen der Wache, die sind für die todgeweihten Partisanen gedacht.« Er zog die Nase hoch und hatte allem Anschein nach Probleme mit der Befestigung des Mechanismus. »Hat sich Bürgermeister Dannen gemeinsam mit dem Hauptmann ausgedacht. Gerissene Köpfe, die beiden. Auch wenn sie damit etliche junge Burschen in den Tod schicken, die dumm genug waren, sich für ein solches Unterfangen zu melden.«

Maximilian beugte sich zu dem Abschussmechanismus der Waffe hinunter. Mit flinken Händen zog er die Zündpfanne fest und strich mit einem Lappen über die nun fertiggestellte Muskete. »Wieso meinst du, dass diese Männer dort den Tod finden werden? Immerhin ist es eine Ehre und zudem eine Pflicht, seine Heimat zu verteidigen.«

Josef überprüfte mehrere Male die Vorrichtung, doch so sehr er sich auch bemühte, er konnte keinen Makel feststellen. »Wisst ihr, meine Söhne, Ehre ist eine Sache, Pflicht eine andere. Natürlich wäre es ehrenvoll, wenn ich mich mit so einer Waffe hier diesem französischen Gesindel stellen würde. Nur allzu gern würde ich Marschall Guébriant persönlich einen Schuss zwischen die Augen setzen.« Fast zärtlich streichelte er den Lauf der Waffe. »Doch was passiert, wenn ich falle? Habe ich nicht die Pflicht, meine Familie zu ernähren? Habe ich nicht die Pflicht, euch ein gutes Leben zu bieten?« Langsam baute sich der riesige Mann auf. »Ihr seht, am Tod ist nichts Ehrenvolles. Aber die Erfüllung seiner Pflicht ist es schon.«

Ruhig sah er die beiden an. Bedächtig hatte er seine Worte gewählt und sie verfehlten ihre Wirkung nicht.

»Außerdem würde sich nur ein Narr zu den Partisanen melden.« Diese Worte verließen seinen Mund beinahe verbittert, fast traurig.

»Wie meinst du das?«, fragte Lorenz, sich am Wassertrog abstützend.

Schwer atmend rieb sich Josef das Kinn. Sein Blick schnellte nach draußen, in die von Wolken verhangene Ferne, dort wo Guébriant und seine Truppen mit jeder Minute näher kamen.

»Es sieht nicht gut aus«, flüsterte er schließlich.

Selten hatten sie ihren sonst so zielstrebigen Vater nachdenklich, beinahe verängstigt erlebt.

»Weißt du das aus dem Gespräch mit dem Hauptmann? War das der Grund für deine Niedergeschlagenheit nach der Unterredung?«, hakte Lorenz mit fester Stimme nach.

»Ich hätte wissen müssen, dass dir dies nicht entgangen ist«, sagte er mit weichem Blick. »Aber ja. Wir müssen einfach zum Allmächtigen beten, dass er diese Stadt verschonen möge.« Als er diese Worte aussprach, lächelte er gequält.

Lorenz trat ein paar Schritte auf seinen Vater zu, er fixierte ihn nun wissbegierig. »Vater, bitte sag, was du weißt. Es könnte für uns wichtig werden, wenn …«

»Warum sollte es für euch wichtig sein? Sag es mir, Lorenz!«, herrschte er ihn an. Innerhalb von wenigen Herzschlägen wandelte sich sein weicher Blick zurück in den stechenden, durchdringenden Ausdruck, den Josef sonst immer besaß. »Sobald die Schlacht beginnt, werden wir uns hier in den Mauern der Stadt aufhalten.« Er schrie nun so laut, dass es die gesamte Schmiede erfüllte. Die Brüder zuckten zusammen. »Wir werden beten, dass sie uns verschonen mögen, und notfalls die Stadtwache, so gut es geht, mit Waffen und Munition versorgen. Dies und nur dies wird eure Aufgabe sein.«

Er atmete schwer. »Habt ihr beiden das verstanden?«

»Ja, Vater«, sagten die Brüder im Chor.

»Und jetzt, da ihr etwas über Pflicht gelernt habt, könnt ihre eure Arbeit weiter erledigen.«

Damit war das Gespräch beendet. Als sie sich wieder ihrem Handwerk zuwandten, tauschten Lorenz und Maximilian einen verstohlenen Blick aus. In diesem Moment wussten beide, dass sie dasselbe dachten: »Was nun?«

Auch wenn es Lorenz wie eine Ewigkeit vorgekommen war, so hatte dieser Arbeitstag endlich ein Ende. Das Abendessen verlief ruhig, fast schweigend. Sogar die Kleinsten spürten, dass sich etwas zusammenbraute. Nachdem sie Mutter beim Abräumen des Tisches geholfen hatten, machten sie sich auf den Weg zu ihrer Ausbildung. Da dieser Tag nie wirklich hell geworden war, hatten die Bewohner der Stadt bereits nach dem Mittagessen begonnen, Fackeln zu entzünden. Es schien, als würde sich das Wetter der Stimmung anpassen, die nun immer bedrückender wurde. Gemeinsam stapften Lorenz und Maximilian durch den hohen Schnee, darauf bedacht, nicht allzu viel Kraft zu verschwenden. Lorenz tat die Kühle des Abends gut, zumindest verdrängte sie die Müdigkeit seines Geistes, auch wenn der Preis dafür ein ständig währendes Zittern seiner Unterlippe war. Doch nicht die Kälte der Nacht machte ihm Sorgen, sondern die Tatsache, dass sie es nicht geschafft hatten, Vater auch nur ansatzweise von ihren Plänen zu unterrichten.

»Wann sagen wir es ihm?«, fragte Lorenz, sich tief in den Mantel vergrabend.

»Ich weiß es nicht.«

»Wie meinst du, wird er reagieren?«

»Ich weiß es nicht, Lorenz«, entgegnete Max genervt.

»Aber was sollen wir jetzt …«

»Lorenz!«, schrie Maximilian auf. Einige Betrunkene sahen sich kurz um, nur um sich danach erneut ihren Krügen zu widmen. »Ich weiß nicht, wie wir es Vater sagen sollen«, zischte er. »Die ganze Zeit schon zermartere ich mir den Kopf, doch wie man es dreht und wendet, es sieht nicht gut für uns beide aus.« Maximilian holte tief Luft, seine Stimme wurde ruhiger. »Gott allein weiß, was passiert, sollten wir es Vater sagen, und wenn wir unseren Dienst nicht antreten, dann gelten wir als fahnenflüchtig.«

»Also müssen wir es ihm sagen. Doch wann ist der richtige Zeitpunkt?«

Maximilian nickte, dann suchte er den Blick seines jüngeren Bruders. »Wir werden es ihm sagen, gleich morgen früh. Für manche Dinge gibt es halt keinen richtigen Zeitpunkt.«

Auch wenn der schwierige Teil ihnen noch bevorstand, so fühlten sie sich beide augenblicklich besser, als die Entscheidung getroffen war. Gemächlich trotteten sie durch das Peterstor, dann an der Stadtmauer entlang. Doch es gab noch eine Entscheidung, die Lorenz getroffen hatte und die keinen Aufschub duldete.

»Max, du erinnerst dich doch noch an Antonella.«

»Natürlich«, war seine Antwort, wobei Lorenz sah, dass er mit den Gedanken nicht an diesem Ort war.

»Nun, wir treffen uns regelmäßig, und ich glaube …«

In diesem Moment stoppte Maximilian und funkelte seinen Bruder an. »Bitte sag mir nicht, dass sich bei euch etwas anbahnt?«, fauchte er.

Von der plötzlichen Aggression war Lorenz erst überrascht, doch dann erwiderte er Maximilians frostigen Blick. »Und wenn es so wäre?«

Abfällig legte Maximilian die Stirn in Falten. »Du verstehst gar nichts, oder? Das Letzte, was unsere Familie in dieser Zeit gebrauchen kann, ist, dass du mit ihr anbandelst.«

Wie von Seilen gezogen, ging Lorenz ein paar Zoll auf seinen Bruder zu. Jeder von ihnen war bereit, den ersten Schlag auszuführen. Aus verengten Augen blitzten sie sich an.

»Was willst du damit sagen?« Lorenz sprach diese Worte langsam.

»Na was wohl, kleiner Bruder. Es wäre besser, wenn du mit dieser Elisabeth etwas angefangen hättest. Für dich und für unsere Familie hätte es keine bessere Partie gegeben. Sie ist hübsch, kommt aus gutem Hause und vielleicht hätte der Bürgermeister etwas für uns tun können. Aber das ist dir wieder viel zu einfach. Natürlich. Denn wen musstest du wählen?«

Lorenz antwortete nicht, er spürte nur die Wut in sich hochkochen und den Schleier aus Rage, der seinen Bruder nicht mehr wie einen Bruder, sondern wie einen Feind aussehen ließ.

»Hast du die Gerüchte nicht gehört, Lorenz? Vom Mädchen, das sich nachts aus der Stadt herausschleicht, um was weiß ich zu tun? Ts …« Maximilian schaute zur Seite und ließ seinen Blick schweifen. »Wenn Einzelne in einer Menge ein Wort rufen, wird es verschluckt, doch wenn die Menge ein Wort ruft, wird es zum Gesetz.«

Noch einmal sah er seinen Bruder direkt an, dann ließ er ihn stehen und stapfte zu den Freiwilligen, die im Schein der Fackeln warteten.

Mit tief in den Höhlen liegenden Augen funkelte der Hauptmann die Freiwilligen herausfordernd an. Die Ringe unter seinen Augen schienen noch eine Spur dunkler geworden zu sein und waren Zeugen mangelnden Schlafes. Trotzdem war seine Stimme nicht müde, im Gegenteil, sie wirkte konzentriert und fest.

»Ich weiß«, brüllte er, »dass ihr noch lange nicht bereit seid, um in die Schlacht zu ziehen. Ich weiß, dass einige von euch den nächsten Monat nicht erleben werden. Und ich weiß, dass ihr Angst habt, auch wenn ihr es unter eurem freudigen Gejohle zu verstecken versucht.«

Der Hauptmann ging ein paar Schritte auf seine Männer zu. »Schon morgen Abend werdet ihr General Lamboys Truppen überstellt. Ihr werdet nach Crefeld ziehen, wo eure Ausbildung fortgesetzt wird. Ihr werdet dort, mit anderen Freiwilligen und Söldnern, die Partisanengruppe des Kaiserlichen Heeres verstärken.«

Dann schaute er kopfschüttelnd zur Seite. Lorenz meinte ihn »Das ist doch Wahnsinn« murmeln zu hören.

Die Freiwilligen starrten sich zaghaft und mit offenen Mündern an. Niemand schien etwas sagen zu wollen. Das Knistern der Fackeln, das sie bisher noch nicht einmal wahrgenommen hatten, schien alles zu übertönen. Auch Lorenz konnte die Worte, die er eben vernommen hatte, nur schwer begreifen. Schon morgen Abend sollten sie aufbrechen? In diesem Moment wollte er Hilfe suchend in das Gesicht seines Bruders sehen. Doch Maximilian erwiderte seinen Blick nicht, seine Augen waren mutlos zu Boden gerichtet. Die Blicke seiner Freunde waren leer, ihnen hatten die Worte des Hauptmanns jeglichen Schein genommen. Selbst Jakobs sonst immer so glänzende Augen fixierten nachdenklich eine Fackel am anderen Ende des Feldes.

»Eure versprochene Muskete und der Sold für einen Monat wird euch vor dem Marsch ausgehändigt. Decken bekommt ihr gestellt.« Mit langsamem Gang und verschränkten Armen ging der Hauptmann die Reihe ab. Bei jedem Schritt durchzog das Klimpern seines Säbels die Stille dieser Nacht. Was für einen traurigen Anblick sie abgeben mussten. Fünf Dutzend Jungen und Männer, einige hatten zu viele Winter gesehen, um an einer Schlacht teilzuhaben, und einige zu wenige. Alle standen sie in dieser Reihe und aus ihren Augen sprach nur eins: Furcht.

Nachdem er jedem Einzelnen ins Gesicht geblickt hatte, baute der Hauptmann sich abermals vor den Männern auf. Aus der Innentasche seiner Uniform holte er ein Stück Papier und reckte es für jeden gut sichtbar in die Höhe. »Derjenige, dessen Name auf diesem Blatt Papier steht und der morgen um sieben Uhr abends nicht auf dem Markplatz erscheint …«

Jeder wusste, was jetzt kommen würde.

»… gilt als fahnenflüchtig, wird gejagt und schließlich zum Tode verurteilt.«

Lorenz atmete schwer. War es für einige hier am gestrigen Tage noch ein großer Spaß, ein Abenteuer, ja vielleicht sogar eine Möglichkeit zu einem besseren Leben gewesen, so wurde ihnen jetzt schlagartig das drohende Ausmaß ihrer Entscheidung bewusst. Morgen in der Nacht würden sie bereits Crefeld erreicht haben. Dann wären sie ein Teil dieses jahrelangen Krieges, ein Spielball der Fürsten und Monarchen, eine Figur auf dem Schachbrett der Politik. Wenn sie morgen in die Truppen eingegliedert würden, wären sie keine Schmiede, Bauern oder Zimmerleute mehr, dann wären sie Soldaten. Alle gleich im Leben und vor allem gleich im Tod. Lorenz lief ein Schauer über den Rücken. Der vormals so starke und unwiderstehliche Drang, sein Land zu verteidigen, hinaus in die Welt zu gehen und etwas zu bewirken, wurde nun von einem hässlichen und alles in sich aufsaugenden Gefühl der Angst verdrängt. Schon in wenigen Stunden würde er vielleicht das letzte Mal in seinem Bett aufwachen. Schon in wenigen Stunden würde er vielleicht das letzte Mal seine Familie in den Arm schließen können. Schon in wenigen Stunden würde er vielleicht das letzte Mal Antonella …

Dann stoppten seine Gedanken. In diesem Moment schloss er die Augen. Lorenz spürte ihre weichen Lippen auf seinen. Allein die Vorstellung ihres Gesichts, wie es näher kam, sie langsam die Augen schloss und ihre Münder sich schließlich berührten, nur diese Vorstellung ließ die Angst in ihm schwinden und die Hoffnung wachsen. Nein, ich muss überleben. Ich muss sie wiedersehen. Ich muss …

Die Ausbildung mit dem Säbel verkam zum Trauerspiel. Zu müde und lustlos, zu starr und ängstlich hielten die Männer ihre Waffen. Der Hauptmann selbst hielt sich mit Schlägen zurück und versuchte fast väterlich, seine Rekruten zu verbessern. Vom wilden Wettkampf des gestrigen Tages war nicht einmal mehr ein Hauch übrig. Obwohl die Brüder beobachten konnten, dass die Freiwilligen immer besser ihre Geschosse ins Ziel brachten, wollte doch kein Hochgefühl in ihnen aufkommen. Sie teilten die Männer in zwei Gruppen. Erst zeigten Lorenz und Maximilian ihnen die genaue Handhabe mit der Muskete, dann sollten die Freiwilligen auf das Ziel schießen. Die Brüder vermieden dabei Blickkontakt, versuchten sogar die erklärenden Worte des anderen zu überhören. Selbst Jakob und Ratte waren zu keinem Scherz mehr aufgelegt. Stoisch nahmen sie ihre Waffe entgegen und versuchten mit ehrlichem Interesse, den Umgang mit der Muskete zu erlernen. Als die Fackeln abgebrannt waren, beendete der Hauptmann die Übungen des Tages in dem Wissen, dass dies ihre letzten vor der Abreise sein würden. Nachdem alle Waffen verstaut waren, war es Maximilian, der sich, ohne sich zu verabschieden, auf den Weg in die Stadt machte. Lorenz blieb noch einige Minuten, um den verbliebenen Männern eine Extralektion zu erteilen. Als diese beendet war, blieb sein Blick kurz auf dem Hauptmann hängen, der in den wolkenverhangenen Himmel starrte und mit sich selbst zu reden schien. Erst dachte Lorenz, dass es der Wind wäre, der sich mit ihm einen Scherz erlaubte, doch als auch die Soldaten gegangen waren und nur der Hauptmann und er noch auf dem Feld verweilten, vernahm er die Worte ganz genau.

»Zwei Tage ... nur zwei Tage ... nur zwei Tage.«

»Gibt es keine Möglichkeit, dass du hierbleibst?«, fragte sie besorgt.

Eingekuschelt in mehrere Decken, starrten die beiden ins knisternde Feuer des Wärme spendenden Ofens.

»Nein, ich muss und auf irgendeine Weise will ich auch«, entgegnete er leise, sich noch näher an Antonella heranschmiegend. Zusammen hatten sie sich auf das kleine Bett in ihrem Zufluchtsort gequetscht und spürten das entspannte Atmen ihrer eingepackten Körper. Er streichelte ihre Hand.

»Warum willst du? Was erwartet dich dort?« Ihre Worte waren zaghaft und doch voller Verbitterung. Ruhig hatte sie die Nachricht aufgenommen, dass sie morgen schon marschieren würden. Lorenz hatte beinahe das Gefühl, dass sie damit gerechnet hatte.

»Dort erwartet mich nichts, aber hier gibt es zu viel, was ich nicht verlieren möchte.« Kurz zögerte er, dann strich er mit der rechten Hand über ihre Wange. »Viel zu viel.«

Sie legte ihre Hand auf seine und lächelte ihn an. »Wäre es dann nicht besser, wenn du hier wärst und verteidigst, was dir lieb ist?«

»Ich würde mir wünschen, dass es so einfach wäre. Aber so weit will ich es nicht kommen lassen. Der Feind muss in der Ferne gestoppt werden, damit kein Unheil über die Stadt hereinbricht. Stehen die Truppen erst mal vor Kempen, könnte es Jahre dauern, bis sie abziehen.«

Sie kannte die Antwort bereits, bevor er sie ausgesprochen hatte. Zärtlich legte sie eine Hand um seinen Nacken und zog Lorenz zu sich heran. Kurz bevor sich ihre Lippen trafen, stoppte sie.

»Wenn es einen Gott gibt, dann schickt er dich zu mir zurück.«

»Er wird mich zu dir zurückschicken, dessen bin ich mir sicher.«

Ihre Lippen waren wie Balsam auf seiner Seele. Jeder Gedanke an den Krieg, das Schreckliche, was kommen mochte, wurde in diesem Moment verdrängt. Lorenz lehnte sich an ihre Schulter, und während sie gedankenverloren in die Glut starrte, blickte er in die Spiegelung des Feuers in ihren Augen, die das Braun rötlich schimmern ließ. Auch wenn die Müdigkeit ihn immer tiefer herab in ihren Schoß zog, blieb er wach, nur um sich ihr Antlitz weiter einzuprägen.

»Wenn es einen Gott gibt, dann darf ich diesen Anblick sehen, bis ich sterben muss«, flüsterte er schließlich.

»Wenn du zurückkommst, dann wird er dir diese Bitte gewähren.«

Ihre Blicke trafen sich erneut. Sanft strich sie über seine Haare. »Und wenn nicht, dann haben wir noch die Ewigkeit des Himmels vor uns«, wisperte Antonella. Dann wandte sie ihre Augen zurück auf den kleinen Ofen. »Schließlich kann nicht jeder Mensch im Leben glücklich sein. Aber vielleicht im Tod.«

»Ich bin es jetzt bereits«, wisperte Lorenz.

Er brachte sie noch bis zum Haus des Bürgermeisters und genoss jede Sekunde, in der er mit ihr zusammen war. Erst, als der Duft ihrer Haare auch in seiner Nase verflogen war und der Geschmack ihrer Lippen vom eisigen Wind weggeweht wurde, kamen die Gedanken an den heutigen Tag zurück. Absichtlich ließ er sich Zeit mit dem Weg nach Hause. Der Boden war nun so aufgeweicht, dass die Steine des Kopfsteinpflasters wahllos durcheinander lagen. Er machte einen Umweg über den Marktplatz, an dem immer noch die riesige Bühne aufgebaut war. Dann fiel sein Blick auf die Kirche mit ihren verzierten Gläsern und geschwungenen Ornamenten. Lorenz senkte den Kopf und schloss die Augen. Im stillen Gebet dachte er über die gesprochenen Worte nach. Nein, nicht jeder Mensch konnte glücklich sein auf dieser Welt. Es wird immer Bettler und Könige, arm und reich, glücklich und unglücklich geben. Wieso sollte der Allmächtige ausgerechnet ihn auswählen, ein glückliches Leben zu führen? Er konnte sich diese Frage nicht beantworten. Es war wieder einmal Antonella, die ihm Hoffnung schenkte. Wenn nicht in diesem Leben, dann in der Ewigkeit. Auch wenn er sich bewusst war, dass er sich an diesen Gedanken klammerte wie ein Bergsteiger an einen Felsvorsprung, gab er ihm doch Hoffnung. Langsam öffnete er die Augen und blickte hoch. Dorthin, wo die Ziegel des Kirchendaches spitz zuliefen und ein Kreuz den höchsten Punkt der Stadt markierte, dorthin, wo die dunklen Wolken flüchtig vorbeiliefen, dorthin schickte er seinen frommen Wunsch, dass er mit Antonella zusammenbleiben dürfe. Entweder auf dieser Welt oder in einer anderen.

Die Stille, die sich über den Marktplatz gelegt hatte, wurde durch ein Klirren unterbrochen, das von den eng anliegenden Fachwerkhäusern hallend zurückgeworfen wurde. Als

Lorenz sich umblickte, sah er eine Gestalt in der Dunkelheit, die sich aufzurichten versuchte. Schimpfend schlug sie mit der Faust in die zerbrochenen Scherben eines Kruges. Nur Sekunden später entdeckte ihn die Gestalt.

»He, du da! Ihr habt nicht noch zufällig ein paar Humpen Met für mich?«, lallte es ihm entgegen.

Diese Stimme kam ihm bekannt vor. Doch gewöhnlich war diese Stimme fest, hart, beinahe schneidend. Jetzt klang sie eher kläglich und mitleiderregend. Seinen Blick schärfend, ging er vorsichtig auf die Person zu.

»Herr Hauptmann?«

Es dauerte einige Zeit, bis die Person sich komplett aufgerichtet hatte und ihn erkannte. »Lorenz! Ihr seid Lorenz Cox, der Sohn des Schmiedes!«, sagte er freudig erregt.

»Ja, Herr.«

Der Waffenrock hatte sich mehrmals verdreht und gab den Blick auf ein offenes, schmutzig weißes Hemd preis. Sogar seine feinen Wollstulpen waren voller Dreck. Ohne seinen Degen und seine Mütze grinste ihm der Hauptmann entgegen, wollte auf ihn zugehen und verlor das Gleichgewicht. Es war nur Lorenz' schneller Reaktion zu verdanken, dass er nicht ein weiteres Mal hinfiel. Eine scheußliche Wolke aus Bier und Erbrochenem schlug ihm entgegen.

»Ihr seid ein guter Junge, ein guter Junge«, murmelte er.

Ächzend unter der Last des schweren Mannes, zog Lorenz ihn auf ein paar gestapelte Jutesäcke. Schwer atmend konnte der Hauptmann sich an die Häuserwand anlehnen.

»Herr Hauptmann, was ist geschehen?«, wollte Lorenz wissen, ihn immer noch ungläubig von oben bis unten musternd. Doch allem Anschein nach löste seine Frage bei dem Mann nur Gelächter aus. Ein helles, beißendes Lachen, das Hunde bellen ließ.

»Nichts ist geschehen, Bursche. Der Krieg ist geschehen. Ist das nicht ein guter Grund, um zu trinken?«

Seine eigene Aussage offenkundig für witzig haltend, lachte er erneut los, doch diesmal leiser, nachdenklicher. Abrupt stoppte er und blickte Lorenz direkt an.

»Du bist ein Narr, Lorenz Cox«, keuchte der Mann. »Du bist ein Narr, dich freiwillig zu melden.«

Innerhalb von wenigen Herzschlägen wurde die Stimme des Hauptmanns lauter. »Warum? Sag mir, warum bist du so dumm gewesen?«, brüllte er. Verdutzt schaute Lorenz zu dem gekrümmten Mann auf den Säcken vor ihm hinunter.

»Herr?«

»Sag mir, warum?«, schrie er.

Einige Sekunden vergingen, in denen nur der rasselnde Atem des Hauptmanns zu hören war.

»Ihr wart Soldat, solltet Ihr das nicht am besten wissen? Ich will den Feind zurückschlagen, Kempen verteidigen und die beschützen, die mir am Herzen liegen.«

»Natürlich«, gluckste der Soldat. »Was für ein edler Junge du doch bist.«

Sichtlich erschöpft, versuchte er sich an der Häuserwand hochzuziehen, doch schon nach wenigen Sekunden verließen ihn die Kräfte und er schlug erneut auf die Säcke auf. »Ich will dir mal etwas über den Krieg erzählen. Ja, ich war Soldat in der Kaiserlichen Armee. Ich war mal genau wie du. Ein kleiner Soldat mit genügend Träumen und Flausen im Kopf, dass es für fünf gereicht hätte. Also ging ich in die Kaiserliche Armee. Der Sold war gut.

Ich wollte ein paar Jahre dienen und mir so eine Schenke zusammensparen. Kannst du dir das vorstellen? Ich wollte einmal Wirt werden!«, kicherte er leise.

Der Wind hatte in dieser Nacht noch einmal zugenommen und die Schläfrigkeit schrie ihn an, nach Hause zu gehen und sich in sein warmes Bett zu kuscheln. Der nächste Tag würde schließlich noch früh genug kommen. Doch etwas im Gesicht des Mannes, etwas in seinen dunklen, mit schwarzen Ringen untermalten Augen, hinderte ihn daran.

Mit gebrochener Stimme fuhr der Hauptmann fort: »Voller Vorfreude auf die bevorstehende Schlacht lechzten wir dem Feind entgegen. Ich bin meilenweit gereist, um meinen Dienst anzutreten. Jahrelang hatte ich mir ausgemalt, wie es sein würde, große Schlachten für den Kaiser zu erringen, als Kriegsheld nach Hause zurückzukehren und von leichten Mädels umgarnt zu werden. Wer wollte nicht schon einmal eine glorreiche Schlacht befehligen?«, flüsterte er.

Den Blick des Hauptmanns zog es hoch in den Himmel, dort wo die Wolken schnell vorbeizogen, als müssten sie hastig zum nächsten Ort.

»Es war eine Nacht wie die heutige. Ungefähr sechs Jahre ist es nun her. Wir marschierten zum Scharfenberg, dort bei Wittstock. Wollten unsere Heere noch verstärken, doch es kam anders.« Der Blick des Mannes war nun völlig nach oben gerichtet. Er sprach die Worte leise, mit Bedacht aus, und doch schwang in jedem Satz Schmerz und Trauer mit. Im Geiste, dachte Lorenz, ist er dort. Unten am Scharfenberg.

»Wir waren guter Dinge, die Schlacht für uns entscheiden zu können. Immerhin zogen wir mit 22.000 Mann gegen die 16.000 Schweden. Ich wurde ins Zentrum von Feldmarschall Hatzfelds Truppen beordert. Mutig schritten wir voran, dachten, wir könnten Baniers Flügel aufreißen. Doch seine Männer behaupteten sich.«

Seine Stimme war nun wieder klar. Kein Lallen war mehr in den Ausführungen des Betrunkenen zu erkennen. Die Zähne aneinandermahlend, fixierte er Lorenz. »Kannst du dir vorstellen, was das für ein Gefühl ist, wenn du einen Hügel hinaufschreitest, und wenn du ihn erklommen hast, erkennst du, so weit das Auge reicht, Tausende von Soldaten, Pferden und Kanonen? Kannst du dir vorstellen, welch alles zerreißenden Lärm dieser Wall aus Feinden macht? Kannst du dir vorstellen, wie es ist, vor einer Wand aus Soldaten zu stehen, die nur ein Ziel hat: dich zu töten?«

Lorenz wusste nicht, ob der Hauptmann eine Antwort auf diese Frage haben wollte. Seine Worte kamen ohne Stimme über seine Lippen.

»Nein, Herr.«

Der Hauptmann nickte. »Gegen Abend verzog sich die Helligkeit des Tages und der Himmel schien sich genau wie heute zu verfinstern. Die Wolken waren ruhelos und ließen keinen Schimmer des Mondes durch, als die rechte Flanke uns im Rücken traf.«

Nun fiel sein Blick zu Boden, seine Augen waren starr, seine Lider weit aufgerissen. »Die Artillerie spuckte ihre Geschosse gegen unsere Reihen, sie schien Hunderte von Donnerschlägen gleichzeitig zu schicken. Und dann bewegte sie sich, diese Wand aus Feinden. Unbarmherzig erklangen die Trommeln und Fideln, diese Symphonie des Krieges, und mit jedem Schritt wuchs die Angst und schwand die Hoffnung. Als die beiden Heere aufeinandertrafen, brach Chaos aus. Überall waren Blut und tote Körper zu sehen. Man konnte Freund und Feind in diesem Tollhaus der Gewalt nicht mehr unterscheiden. Säbel und Piken blitzten in der Nacht auf und du weißt, dass jeder Atemzug, jedes Gesicht, jeder Laut das Letzte sein könnte, was zu vernehmen und zu sehen dir vergönnt sein wird.«

Nur mit Mühe konnte sich der Hauptmann aufrichten, Lorenz fasste seinen Arm und half ihm, sich zu erheben. »Ich habe meinen Dienst nicht beendet. Bin hierher zurückgegangen, wollte ein ruhiges Leben haben. Ein paar Trunkenbolde zurechtweisen, Diebe von der Stadt fernhalten, solche Dinge halt. Weit weg vom Krieg und den Gedanken daran. Und jetzt kommt er hierher, scheint mich zu verfolgen, mich einzuholen und mich letztendlich doch noch zu kriegen.«

Der Hauptmann lächelte gequält, er musste sich auf Lorenz' Schulter abstützen. »Sei nicht dumm, Junge, geh nach Hause, schnapp dir ein schönes Mädchen und verschwinde für ein paar Monate aus der Stadt. Wenn du zurückkommst, interessiert es keinen mehr, wie heldenhaft du warst, aber an die Toten wird sich jeder erinnern.«

Als der Hauptmann schon im Begriff war, davonzutorkeln, richtete nun Lorenz das Wort an ihn. »Ihr meint, ich sollte Fahnenflucht begehen?«

Erst jetzt fiel ihm auf, dass er ihm die Worte etwas zu laut hinterhergerufen hatte. Aufmerksam sah er sich um, doch keine Kerze wurde entzündet.

»Ich meine, dass du dein Leben leben solltest.«

»Und was ist, wenn ich beides schaffe, meine Pflicht zu erledigen und mein Leben zu leben?«

Gemächlich drehte sich der Hauptmann zu ihm um,

sein Gang war gebeugt, und doch schoss er schnell auf Lorenz zu. »Tausende Soldaten sind auf dem Weg hierher, Junge«, fauchte er. »In wenigen Tagen werden sie die Stadtgrenze erreicht haben. Sollten die Kaiserlichen Truppen scheitern, werden sie alles nehmen, was sie kriegen können. ALLES! Sie werden Kempen und alle umliegenden Dörfer plündern, die Männer töten und die Frauen vergewaltigen.«

Lorenz sah in das Gesicht des Mannes. Zum ersten Mal konnte er ihm tief in die Augen sehen. Sein Blick schien wirr, schien vor Zorn zu brennen. Des Hauptmanns abstoßender Atem stieg Lorenz in die Nase, nur mit Mühe konnte er widerstehen, sich abzuwenden.

»Das passiert in jedem Krieg, Junge.« Seine Worte waren nun versöhnlicher. »Der Gewinner bekommt die Kriegsbeute.«

Die Hand des Hauptmanns schnellte auf seinen Bauch. Kurz blickte er nach unten, dann übergab er sich keuchend vor Lorenz' Füßen. Klatschend landete der Met der vergangenen Stunden auf dem aufgewühlten Kopfsteinpflaster. Nach nur wenigen Augenblicken hatte er sich gefangen und schritt, ohne ein weiteres Wort zu sagen, vom Marktplatz.

»Ist das nicht ein weiterer Grund, sie aufzuhalten? Damit genau das dieser Stadt nicht widerfährt?«, rief Lorenz ihm hinterher.

Bereits in der Seitengasse drehte der Hauptmann sich ein letztes Mal zu Lorenz um.

»Tu, was du nicht lassen kannst, Junge. Aber ich sage dir, der Krieg gebärt keine Helden, nur Tote!«

Kapitel 8

- Schattenspiele -

»WIE KÖNNT IHR ES WAGEN!«

Mit einem mächtigen Fußtritt hatte Josef die Tür zum Zimmer der Brüder aufgetreten. Scheppernd fiel sie zu Boden. Durch Staub und Holzsplitter schoss der Hüne in einem Sturm aus Wut und Enttäuschung auf die schlafenden Brüder zu, packte erst Maximilian, dann Lorenz am Hals und wuchtete sie gegen die Wand.

»Josef!«

Nur Sekunden später setzte Marta ihrem Mann nach und zerrte verzweifelt an seinem muskulösen Oberarm. Mit aufgerissenen Augen blickten die Brüder ängstlich in das Gesicht ihres Vaters. Die Adern an seinem Hals pulsierten. Zornig blitzte er sie an, und seine Zähne schlugen aufeinander.

»Wie könnt ihr es wagen!«, wiederholte er brüllend.

Maximilian wollte etwas antworten, doch die mächtige Pranke an seinem Hals erstickte jeden Laut. Innerhalb von Sekunden schoss das Blut in ihre Köpfe, verzweifelt sahen sie ihren Vater an und spürten, wie die Ohnmacht sich langsam, aber unaufhörlich über ihren Blick herabsenkte. Mit hochroten Köpfen versuchten sie, Vaters Hände zu lösen. Doch sie waren hart wie Stein. Unerbittlich drückte er ihnen weiter die Kehle zu. Ihre Blicke wurden glasig. Hatten ihre Augen eben noch voller Panik in ihres Vaters Gesicht geblickt, wurden ihre Lider nun schwerer und begannen zu zittern.

»Josef!«, durchzog ein weiteres Mal der schrille Schrei der Mutter den Raum. Von seinem Arm schnellten ihre Hände hinauf zum Kopf des Hünen und zwangen ihn, sie anzusehen. Aus ihren blauen Augen funkelte sie ihren Ehemann an. Ihr Gesicht zeigte keine Regung. Das verrückte Rasen seiner Pupillen wandelte sich innerhalb von Sekunden in eine Milde, die nur sie zu kennen schien. Allmählich verlor sein Griff an Kraft. Keuchend fielen die Brüder zu Boden und rieben ihre malträtierten Kehlen. Während sie heftig Luft in ihre Lungen zogen, krochen sie gemeinsam auf Maximilians Bett. Lorenz spürte, wie sich mit jedem Atemzug der Schleier ein Stückchen weiter erhob, bis er schließlich die Umrisse seines Zimmers erkennen konnte. Lediglich ein leichtes Flackern von tanzenden Punkten schien seine Sicht noch zu verzerren. Obwohl seine Eltern direkt neben ihm standen, schien es doch so, als würde Lorenz die Worte, die an sein Ohr drangen, durch eine dicke Glasscheibe wahrnehmen.

»Was hat dich geritten, Josef?«, zischte Marta.

Die Stimme, mit der Josef zu seiner Frau sprach, war liebevoll, beinahe zärtlich, und kein Vergleich zu dem donnernden Brüllen, womit er in das Zimmer gestürmt war.

»Weißt du, was die Burschen gemacht haben? Sie haben sich freiwillig gemeldet, für die Partisanen des Kaisers. Soeben wurde mir vom Wirt gratuliert, wie stolz ich auf die beiden sein könne. Dann vom Zimmermann und dann noch vom Kürschner. Sie alle wussten es, sie alle«, sagte Josef leise.

Jetzt fiel auch der eiskalte Blick ihrer Mutter auf die Brüder nieder. Gemächlich trat sie einige Schritte an das Bett heran und kreuzte die Arme vor der Brust.

»Ist das wahr?«, wollte sie nach einigen Sekunden wissen.

Lorenz erhoffte sich, dass wie so oft Maximilian das Antworten für sie beide übernehmen würde, doch er blieb stumm.

»Ja, Mutter, es ist wahr«, keuchte Lorenz schließlich.

Als die Worte seine Lippen verließen, konnte er ihr nicht in die Augen sehen. Sein Gesicht blieb vor Scham auf den Boden gerichtet.

»Was denkt ihr euch dabei?« Ihre Stimme war leise, beinahe flüsternd und gebrechlich.

»Ich habe euch nicht großgezogen, damit ihr euch abschlachten lasst«, wimmerte sie.

Nur kurz blickten die Brüder hoch und wünschten im selben Moment, dass sie das nicht getan hätten. Von einem zum anderen blickend, kullerten dicke Tränen Mutters Wangen herunter. Mit halb geöffnetem Mund setzte sie sich auf das Bett.

»Lorenz, Max, bitte, sagt mir warum …«, flehte sie. »Ich verstehe es nicht, bitte sagt es mir.«

Keine Wut schwang in ihren Worten mit, nur bittere Enttäuschung und Unverständnis. In diesem Moment wünschten sie sich die harte Hand ihres Vaters an ihren Kehlen und seine brüllenden Worte zurück. Mutters flehendes Gesicht und ihre Stimme, aus der Angst und Trauer sprachen, waren Hunderte Male schlimmer als das, was sie vom Vater zu erwarten hatten. Auch Josef schwieg nun, den Kopf gesenkt und tief in seine Gedanken versunken. Man konnte nur erahnen, was gerade in ihm vorging.

»Sagt es mir …«, bettelte sie erneut. Ruhig legte sie ihre Hände auf die Knie der Brüder.

»Wir wollten …«, stammelte Maximilian endlich, »wir

wollten helfen, die Angreifer abzuwehren, sie bereits vor der Stadt stellen.«

Diese Worte ließen erneut das Wasser in Martas Augen schießen.

»Nein, das kann nicht sein«, sagte sie trotzig und schüttelte den Kopf. »Ihr werdet mit eurem Vater zum Bürgermeister gehen und sagen, dass dies alles ein großer Irrtum war, ihr werdet ...«

»Sie können nicht, Marta«, warf Josef mit fester Stimme ein. »Die Meldung zum Freiwilligen war bindend. Wenn sie jetzt davon zurücktreten, dann gelten sie als fahnenflüchtig und werden getötet.« Vaters Körper blieb starr, seine Augen auf einen Punkt fixiert.

»Mutter, wir möchten ja kämpfen und die Feinde zurückschlagen.« Lorenz versuchte, die Worte laut und entschlossen klingen zu lassen, doch das, was seinen Mund verließ, hörte sich eingeschüchtert und ängstlich an.

»Ihr seid doch noch nicht einmal Soldaten«, wisperte sie.

Ihr hochroter Kopf und das von Tränen aufgedunsene Gesicht ließen sie älter aussehen, als sie tatsächlich war.

»Ab heute Abend werden sie es sein«, sagte Vater, der allem Anschein nach zu alter Härte zurückgefunden hatte. Ohne die Brüder eines weiteren Blickes zu würdigen, stand er auf und verließ das Zimmer.

»Mutter, wir ...«, doch Lorenz' Worte stoppten, als er sah, dass Marta es nicht mehr aushielt. Minuten hatte sie das zurückgehalten, was nun aus ihr herausbrach. Die Hände vor das Gesicht haltend, stürzte sie aus dem Zimmer. Ihr Wehklagen war so laut und herzzerreißend, dass es in ihren Ohren wehtat und ihre Herzen zu bluten begannen.

»Was haben wir getan?«, flüsterte Lorenz leise.
»Wir dachten, dass wir das Richtige tun.«
»War es das Richtige, Max?«
Er wusste darauf keine Antwort.

Schweigend stierten sie vor das Bett. Erst nach etlichen Minuten trauten sich die Brüder aus ihrem Zimmer hinaus. Die Stube war gut befeuert und warm, doch selbst die größte Hitze hätte das Eis, das sie in sich trugen, nicht zum Schmelzen bringen können. Unsicher blickten sie sich um. Weder in der Schmiede noch im Schlafzimmer der Eltern oder der Kleinen war jemand zugegen. Sie waren allein. Das flaue Gefühl im Magen verbot ihnen jeglichen Appetit und doch stopften sie wortlos ein paar Brote in sich hinein. Kurz überlegten sie, einfach mit ihrer Arbeit zu beginnen, doch selbst dazu fehlte ihnen die Kraft. Das Wetter schien sich mit ihrer Gefühlslage verbinden zu wollen, und so wurde auch dieser Tag nicht richtig hell. Bleigrau und wolkenschwer ragte der Himmel bis zum Horizont. Neuer Schnee war nicht gefallen, allerdings wäre er im ständig währenden Nieselregen untergegangen. Das graue Plätschern auf dem Dach des Hauses wirkte beinahe einschläfernd, melodisch. Doch Lorenz verbat sich jeden Gedanken an die Müdigkeit. Und so starrten die beiden aus dem Fenster, wartend, ausharrend, leidend. Die Uhr am Kirchturm schlug bereits zur ersten Stunde des Mittags, und immer noch fehlte von ihren Eltern und Geschwistern jede Spur. Langsam, schleichend vergingen die Minuten. Nervös im gesamten Haus herumwandernd, stierten sie immer und immer wieder aus den Fenstern, in der Hoffnung, bald in ein bekanntes Gesicht blicken zu können. Doch von ihrer Familie war nichts zu sehen, generell schien es heute so, als würde sich niemand auf die Straße trauen. Schon früh zündeten die Leute Kerzen in ihren Häuser an, um sich zumindest ein bisschen Helligkeit zu verschaffen. Flackernd wurde das Licht schon nach wenigen Metern gebrochen und verschwand in den dunklen Abendstunden.

»In zwei Stunden müssen wir uns auf dem Marktplatz melden«, sagte Maximilian, ohne seinen Blick vom Regen abzuwenden.

»Wir gehen hin?«

»Siehst du eine andere Möglichkeit?«

Lorenz ließ sich Zeit mit seiner Antwort. Sich mit der Hand am Kinn reibend, stellte er sich neben seinen Bruder. Auch sein Blick ging aus dem Fenster, weit in die Ferne. »Was wäre, wenn wir die Stadt verlassen? Nur für ein paar Monate.«

Ein Schmunzeln huschte kurz über das Gesicht von Maximilian. »Daran habe ich schon gedacht, kleiner Bruder.«

»Und?«

Beinahe unmerklich schüttelte er den Kopf. »Jeder in der Stadt weiß, dass wir uns gemeldet haben. Du hast doch Vaters Worte gehört. Wenn wir Kempen als Fahnenflüchtige verlassen, dann können wir nie wieder zurückkehren.« Er seufzte. »Und du weißt nicht, was mit unserer Familie geschieht, wenn wir tatsächlich flüchten sollten.«

»Sie würden ihnen doch nichts antun?«, entfuhr es Lorenz sofort.

»Weißt du das?«

Seine Antwort war ruhig und überlegt. Lorenz konnte erkennen, dass Maximilian sich viele Gedanken gemacht hatte. Vielleicht sogar mehr als er selbst.

»Nein, Lorenz, wir müssen in die Schlacht ziehen. Wir haben uns so entschieden und jetzt müssen wir gehen.«

Ein weiteres Mal erkannte Lorenz in Maximilian den Vater wieder.

»Wir haben also keine Wahl mehr«, sagte er flüsternd.

»Eine Wahl hatten wir vor ein paar Tagen, jetzt haben wir nur noch eine Pflicht.«

Im Gegensatz zum Tag, der langsam vorübergegangen war, brach die Nacht schnell und ohne Ankündigung über die Stadt herein. Es schien, als hätte es keine Dämmerung gegeben, so plötzlich wurde es stockdunkel. Lorenz' und Maximilians Sorge um ihre Familie wuchs, doch um sechs Uhr abends hörten sie auf, in die dunkle Nacht hinauszuspähen und gingen in ihr Zimmer, um einige Habseligkeiten einzupacken.

»Max, meinst du, ob wir sie jemals …«

»Nein!«, unterbrach ihn sein Bruder mit lauter Stimme. »Sprich diese Worte nicht aus!«

In diesem Moment schepperte die Eingangstür zur Stube und sie vernahmen ein allzu bekanntes Tippeln von kleinen, wuseligen Schritten. Sofort stürzten die Brüder der Familie entgegen, nahmen ihre Geschwister auf den Arm und herzten die Kleinsten.

»Siegfried, Amelie, Marie, geht in euer Zimmer und ruht euch aus. Ihr hattet einen langen Tag«, befahl die Mutter den Jüngsten.

Sie spurten umgehend.

»Mutter, wir …«

»Kein Wort mehr über den Krieg.« Marta lief auf die

beiden zu, drückte ihre Söhne und küsste sie mehrmals auf die Wangen.

»Wir haben lange darüber geredet, haben den Kleinen gesagt, dass ihre Brüder eine Lehre in Crefeld beginnen und bald zurück sein werden. Und jetzt bitte ich euch«, ein weiteres Mal füllten sich ihre Augen mit Tränen, »kommt zurück. Lasst euch als Köche einteilen, als Hufschmiede, meinetwegen als Latrinenputzer, aber bitte kommt zurück«, flehte sie.

Noch einmal drückte sie ihre Ältesten so fest an sich, dass ihnen beinahe die Luft wegblieb. Ein wunderschönes Gefühl. Nur langsam ließ Marta von ihren Söhnen ab und ließ sich erschöpft auf den Stuhl fallen, während sie ihre Tränen trocken tupfte. Den Blick auf ihre gequält lächelnde Mutter heftend, sahen sie aus den Augenwinkeln, dass ihr Vater ihnen etwas zuwarf. Gerade noch rechtzeitig konnten sie das große Paket fangen. Dann schritt der Mann auf sie zu.

»Wir sind den ganzen Tag von Dorf zu Dorf gegangen, um euch diese Sachen zu besorgen. War nicht einfach«, sagte der Hüne.

Lorenz untersuchte das Paket. Er und sein Bruder hielten neue Rucksäcke in ihren Händen, vollgestopft mit Schinken, Käse und mehreren Laiben Brot, dazu feine Wolldecken, die bestimmt keine Kälte an den Körper heranlassen würden. Mehrere dicke Paar Socken und Unterhemden fanden sie in den Seitentaschen. Mit großen Augen starrten die beiden ihren Eltern entgegen.

»Danke« war das einzige Wort, was ihnen jetzt noch über die Lippen kommen wollte.

»Verabschiedet euch von euren Geschwistern und kein Wort vom Krieg«, mahnte ihre Mutter.

Sofort gingen sie in das Zimmer und drückten die Kleinen heftig. Als sie in die strahlenden Gesichter blickten, mussten sie beide mit den Tränen kämpfen.

»Wann kommt ihr zurück?«, fragten die Geschwister mit leuchtenden Augen.

»Schon bald«, sagten die Brüder.

»Wird es in Crefeld gefährlich sein?«

Gemeinsam wuschelten sie den Kleinen durch die Haare.

»Ach, wo denkt ihr hin«, logen sie.

Ihre Hälse fühlten sich wie zugeschnürt an. Unter Tränen stand Marta am Türrahmen und beobachtete den Abschied. Dann drückte auch sie die beiden ein letztes Mal an sich.

»Ich werde jeden Tag zum Allmächtigen beten, dass er dich mir zurückschickt«, flüsterte sie jedem ihrer Söhne ins Ohr. Gebeugt verschwand sie in ihr Schlafzimmer und verschloss die Tür.

»Kommt mit, Burschen«, sagte Vater ruhig.

Gemeinsam gingen sie in die dunkle Schmiede, die nur von einer kleinen Kerze erleuchtet wurde, deren Flamme im Wind der Nacht zappelte. Grob warf er ein paar Kisten zur Seite, das Scheppern des Holzes ließ sie zusammenschrecken. Schließlich wuchtete er ein längliches Behältnis auf den Tisch und öffnete vorsichtig den Deckel. Die Brüder traten etwas näher heran, um den Inhalt in Augenschein zu nehmen. In mehrere Laken eingewickelt, kamen zwei Musketen zum Vorschein, wie sie die Brüder noch nie in ihrem Leben gesehen hatten. Die Läufe waren um einiges kürzer als von denen, die sie selbst fertigten. Verziert waren die Griffe mit kleinen, filigran gefertigten Ornamenten, die im Schein der Kerze beinahe lebendig wurden.

»Dies sind meine Meisterwerke«, sagte Josef sichtlich stolz. »Ich habe lange an ihnen gearbeitet, sie treffen jedes Ziel, auch in etlichen Fuß Entfernung.«

So hatten die Brüder ihren Vater noch nie gesehen. Liebevoll streichelte er den verkürzten Lauf der Waffe, dabei funkelten und strahlten seine Augen vor Freude, als würde er auf einen Goldschatz niederblicken. Vorsichtig übergab er die beiden Waffen an seine Söhne.

»Sie sind beinahe schwerelos«, wunderte sich Lorenz, als er die Muskete an die Schulter legte.

»Ja«, lächelte Josef. »Ich habe ein wenig herumprobiert und einige Änderungen vorgenommen.«

Dankbar sahen sie ihren Vater an.

Er zuckte mit den Achseln. »Ihr denkt doch nicht, dass ich euch mit den klapprigen, alten Schießstöcken der Stadtwache in den Krieg ziehen lasse.«

Auch wenn er es nie zugeben würde, so schien er doch den Tränen nahe zu sein.

»So, und jetzt raus hier, Burschen, und achtet ja auf euch, und dass ihr mir beide unversehrt zurückkommt.« Mühelos schob er das große Tor der Schmiede auf, das krachend in der Halterung landete. Als die Brüder ihre Waffen in ihren Rucksäcken verstauten und sich die Last auf den Rücken geschnürt hatten, sahen sich die Männer an.

»Danke, Vater«, sagten die beiden. Wenn sie einen Satz in ihrem Leben ernst gemeint hatten, dann war es dieser.

Als seine Söhne ihm zum Abschied die Hand reichen wollten, überkam es Josef. Mit seiner ganzen Kraft drückte er sie beherzt an sich. »Bitte kommt zurück, meine Söhne!«

Dann gab er ihnen einen leichten Schubs, und sie standen in der Dunkelheit. Als sie sich umsahen, lehnte der

Vater im fahlen Schein der Kerze am Tor und rieb sich die Wange. Niemals in seinem Leben würde er das zugeben, doch sie wussten, dass er gerade weinte.

Trotz des andauernden Nieselregens war der Marktplatz hell erleuchtet und zum Bersten gefüllt. Ringsum waren Pechfackeln entzündet worden, die ihren Schein bis hoch hinauf zur Kirche warfen und sie in ein goldenes Rot tauchten. Pfarrer Tillmanns durchdringende Stimme hatten sie bereits einige Straßen zuvor vernommen. Als sie den Marktplatz erreichten, stand er mit den Armen rudernd und wild gestikulierend auf der hölzernen Bühne und schrie über die Menschenmassen hinweg.

»… ist es Gottes Bestrafung, die uns widerfährt. Sein gerechtes Schwert wird auf uns niedersausen und die Frevler von den Gläubigen spalten. Doch was ist, wenn zu viele Ungläubige sich in Kempen niedergelassen haben? Ihr findet das Böse allerorts, und allerorts muss es bekämpft und vernichtet werden. Es ist sein Wille! Der Allmächtige unterscheidet nicht …«

Nur kurz ließ Lorenz die Worte des Geistlichen an sein Ohr dringen. Gemeinsam mit Maximilian spähte er über den Platz, um die Gruppe von Freiwilligen zu finden, die sich, mal mehr, mal weniger gut ausgestattet, einen Platz vor dem Podest gesucht hatten. Neidisch blickten die Männer auf die heranahenden Brüder und die Ausrüstung, mit der sie den Weg antreten konnten. Jakob erkannten die beiden sofort. Er ragte aus dem Grüppchen hervor, und wo sich Jakob befand, konnte Ratte nicht weit sein. Die Begrüßung war herzlich, aber ruhig. Ihren Freunden schien die Anspannung ins Gesicht geschrieben. Sie besaßen lediglich ein paar Decken, die sie unter den Arm geklemmt hatten. Lorenz und Maximilian beschlossen sofort, dass sie ihnen, sobald sie aus der Stadt herausmarschiert waren, ein paar von ihren Sachen überlassen würden. Obwohl die Stimmung beileibe nicht lebhaft und freudig wie sonst war, so genossen die Freunde doch das Sicherheit spendende Gefühl, dass sie diesen Weg zusammen antreten konnten. Ins Gespräch vertieft, bemerkte Lorenz gar nicht, wie ein Mann an ihn herantrat und ihm leicht auf die Schulter klopfte. Erschrocken fuhr er herum.

»Herr Hauptmann«, sagte Lorenz mit einer angedeuteten Verbeugung.

»Die Gebrüder Cox«, entgegnete er nickend, die Arme hinter dem Rücken verschränkt.

Sein Ziegenbart war wieder gestutzt und auch die Uniform schien frisch gereinigt. Sogar der Säbel und die kleinen Knöpfe funkelten im hellen Schein der Fackeln.

»Ihr seid pünktlich.« Sein Mund bewegte sich bei diesen Worten kaum. Obwohl er beide Brüder ansprach, so blickte er aus tiefen Augenhöhlen lediglich Lorenz an.

»Ja, Herr«, antwortete dieser.

»Ihr seid bereit, abzumarschieren.«

Lorenz kam es vor, als wäre dies keine Frage, sondern lediglich eine Feststellung. Und selbst diese war nicht auf die Brüder, sondern auf den Hauptmann selbst bezogen. Bevor Lorenz etwas entgegnen konnte, setzte der Uniformierte nach.

»Ihr seid pünktlich und bereit abzumarschieren«, sagte er im selben Ton. Verwundert blickte Lorenz den Mann an. Es schien, als würde Enttäuschung mit jedem ausgesprochenen Wort mitschwingen.

»Ja, Herr«, sagte Lorenz leise.

Hörbar atmete der Hauptmann aus. Wenn Lorenz es nicht besser gewusst hätte, hätte man annehmen können, dass er wütend darüber war, ihn hier anzutreffen. Langsam holte er ein Blatt Papier hervor und machte hinter die Namen der Brüder einen Haken.

»Gut«, sagte er zähneknirschend und gesellte sich zu seinen Soldaten.

»Der Hauptmann benimmt sich merkwürdig«, flüsterte Maximilian zu der kleinen Gruppe.

»Ist gut«, scherzte Jakob, während er den Brüdern kräftig auf die Schultern klopfte, »dass der alte, verrückte Hund hier bleibt.«

Während sich immer mehr Einwohner auf dem Marktplatz einfanden, wurde Tillmanns Stimme immer höher und heiserer. Irgendwann war diese nicht mehr zu überhören, und so drehten sich auch die Freunde zu dem Geistlichen um, um seinen Worten zu lauschen.

»... jeder muss Opfer bringen, um an die Gnade des Herrn zu appellieren. Seine unendliche Güte muss man sich aber auch erarbeiten, durch Reinheit im Geiste und Reinheit in der Tat.« Tillmann atmete bereits schwer und der Schweiß rann in Bächen seine Stirn hinunter.

»So, wie diese jungen Männer es tun.« Mit einer Handbewegung deutete er in Richtung der Freiwilligen. »Sie ziehen in die Schlacht, um Gottes Willen auszuführen und die Feinde des Herrn zu schlagen!«

Es war den Freunden beinahe peinlich, von den Bewohnern der Stadt angestarrt zu werden. Auch wenn die Blicke der Menschen wohlwollend und anerkennend waren. Lediglich Ratte und Jakob erhoben grinsend die Hände und ließen sich ein wenig feiern.

»Sie vertreiben das Scheusal, das Gift der Ungläubigkeit. Sie ziehen in die Schlacht und bekämpfen die Feinde des Herrn. Sie sind es, die sich dem Bösen entgegenstellen wollen.« Seine Hände breitete er dabei aus, als würde er den gesamten Marktplatz umarmen wollen. Die Menge johlte und klatschte dem Geistlichen entgegen.

Er wartete, bis das Jubeln an seinem Höhepunkt angelangt war, und schritt einige Ellen auf die Leute zu. Seine dicke Ader an der Schläfe pulsierte heftig, als er die Menschen förmlich anschrie.

»Und was tut ihr?«

Der eben noch aufgebrandete Jubel erstarb sofort.

»Was tut ihr, Bürger von Kempen, um das Böse von dieser Stadt fernzuhalten? Feinde gibt es überall. Sie sind allerorts!«

Es schien, als müsse sich Tillmann abstützen, doch kniete er sich nur der ersten Reihe Menschen entgegen. »Ich sage, ihr müsst das Böse erkennen, es ausrotten, bevor es von euch und der ganzen Stadt Besitz ergreift!«

Abermals jubelte ihm laut die Menge entgegen. Das Johlen brandete so plötzlich und heftig auf, dass Lorenz sich die Ohren zuhalten musste. Eine Gänsehaut zog sich über seinen Körper. Gespenstisch sahen die Schatten der Masse aus, die die Fackeln an die weiß getünchten Häuserwände warfen. Umrandet von rotem Feuer, meinte Lorenz ein Reh erkennen zu können. Er verschärfte seinen Blick. Unnachgiebig wurde es von der Masse erdrückt, bis es schließlich komplett in ihr verschwunden war. Schnell schüttelte Lorenz den Kopf und fuhr sich über das Gesicht. Er hatte wahrlich wenig geschlafen in den letzten Tagen.

»Wann bekommen wir eigentlich unseren Sold?«, wollte Ratte wissen.

»Hoffentlich bald, ich habe nämlich Durst«, antwortete Jakob. »Ich hoffe, auf dem Weg gibt es …«

Doch er beendete diesen Satz nicht. Ratte und Jakob starrten mit großen Augen hinter die Brüder. Sofort drehten sich auch Lorenz und Maximilian um.

»Ich wollte dich verabschieden«, war die verführerische Stimme von Elisabeth zu vernehmen. Auf wenige Zoll war sie bereits an ihn herangetreten und legte sofort die Hände auf seine Brust. Ihr hellrotes Kleid und ihr goldenes, offenes Haar stießen aus der braunen und grauen Masse hervor und ihre Ringe und Ketten funkelten um die Wette. An diesem Abend trug sie ein besonders tief geschnittenes Dekolleté, das die Blicke der Umstehenden beinahe magisch anzog. Mit ihrem umwerfenden Lächeln strahlte sie Lorenz aus tiefgrünen Augen an.

»Es ist wirklich zu schade, dass du bereits gehen musst«, hauchte sie. »Warum bist du vor zwei Tagen nicht gekommen? Ich wollte dir ein Abschiedsgeschenk mit auf den Weg geben.«

Er konnte spüren, dass die Blicke seiner Freunde immer noch im Ausschnitt des Mädchens hingen.

»Nun … ich …«, stammelte Lorenz, »… wir mussten viele Vorbereitungen treffen.«

Sie nickte. Ihr sonst immer strahlendes Antlitz wandelte sich nach seinen Worten. Auf einmal wirkte es ernst, bittend, so wie Lorenz Elisabeth nie zuvor gesehen hatte.

»Nun denn. Dann versprich mir, heil zurückzukommen. Ich würde mich sehr freuen, wenn wir uns nach deiner Rückkehr öfter treffen könnten …«, sagte sie, beinahe etwas schüchtern. »Ich weiß, dass ich mit einigem zu weit gegangen bin, aber vielleicht können wir von Neuem anfangen.«

Aus ihren Augen sprach zum ersten Mal, seitdem sie sich begegnet waren, eine Ehrlichkeit, die Lorenz berührte. Und genauso ehrlich wie sie nun zu ihm war, wollte er auch zu ihr sein.

»Elisabeth«, stammelte er tief atmend, »es tut mir sehr leid. Du bist eine entzückende Frau und jeder hier auf diesem Platze könnte sich glücklich schätzen, wenn du ihm diese Worte sagst, aber …«

Leicht öffnete sich ihr Mund und ihre Stirn lag in Falten, anscheinend konnte sie die Worte, die sie gerade vernommen hatte, nicht glauben.

»… aber, mein Herz ist schon vergeben.«

Seine Ehrlichkeit überraschte ihn selbst. Er hörte seinen Bruder laut ausatmen, und auch von seinen Freunden kamen flüsternd ein paar Worte des Unglaubens. Noch ein paar Sekunden sah sie ihn wortlos an. Ihre Augen verengten sich zu Schlitzen, bis sie »Gut« fauchte und sich zu ihrem Vater gesellte, der das ganze Treiben etwas abseits verfolgte.

»Elisabeth, ich …«

Als er sie sah, stoppte er mitten im Satz. Antonella. Sie war in das grüne Kleid gewandet, das sie bereits bei ihrer ersten Begegnung getragen hatte. Auch den grauen Umhang, dessen Kapuze sie tief in das Gesicht gezogen hatte, konnte Lorenz erkennen.

»Was bist du nur für ein blöder Idiot«, stupste Ratte ihn heftig an. »Jeder hier träumt, dass diese Frau ihn auch nur ansieht und du schickst sie weg.«

»Er ist verliebt«, stöhnte Maximilian und verdrehte dabei die Augen. »Da trifft man nun mal dumme Entscheidungen.«

Doch Lorenz hörte die lästernden Worte seiner

Freunde nicht mehr. Es war wie ein Donnerschlag, als sein Blick Antonella traf. Für einen Moment waren sie allein auf diesem großen Platz, und die Flammen der Fackeln schienen nur für sie zu tanzen. Er wollte auf sie zugehen, sie umarmen, sie küssen, doch bereits, als er den ersten Schritt in ihre Richtung machen wollte, wurde er kräftig am Arm gepackt.

»Lass es, kleiner Bruder«, entfuhr es Maximilian ernst. »Muss ja nicht jeder sehen, dass du mit ihr etwas hast.«

Schweren Herzens hob er lediglich die Hand. Zaghaft erwiderte sie seinen Gruß, darauf bedacht, dass Elisabeth nichts von ihrem Treiben mitbekam. Aus ihren Augen sprach dasselbe Verlangen und dieselbe Unsicherheit.

»In zwei Linien angetreten!«, brüllte der Hauptmann. Sofort sammelten sich die Freiwilligen unbeholfen und versuchten, militärische Ordnung in ihre Reihen zu bringen. An der Spitze jeder Linie stand jeweils ein Tisch. An dem einen nahm Sekretär Baier, an dem anderen die Soldaten des Hauptmannes Platz. Mit abschätzigem Blick drückte Baier jedem, der an ihnen vorbeischritt, einen kleinen, ledernen Beutel mit dem Sold eines Monats in die Hände, dann erhielten die Partisanen ihre Musketen, Säbel und Decken. Sofort legten die Freiwilligen die Waffen an. Lorenz und Maximilian erkannten sofort die alten Modelle, trotzdem nahmen sie sie an. Während Ratte für Jakob und sich das Geld zählte, prüfte Maximilian die Waffen auf ihre Funktionstüchtigkeit. Mechanisch ratterte er die Bauteile der Muskete herunter und kommentierte ihren Zustand. Lorenz nickte abwesend, während seine Augen die Masse nach Antonella absuchten.

»Herausgetreten!«, war erneut die schneidende Stimme des Hauptmanns zu vernehmen. Locker trabten die Männer hintereinander her. Lorenz warf einen letzten Blick auf die Kirche, unter der Pfarrer Tillmann ein Lobeslied anstimmte. Die Menschen machten den Weg frei für die Partisanen, nickten ihnen dann und wann zu, manche lächelten sogar. Auch der Bürgermeister stand, eingerahmt von seinen beiden Töchtern, am Straßenrand. Während Elisabeth Lorenz keines Blickes würdigte, sah Antonella ihm direkt in die Augen. Lorenz hielt sich absichtlich etwas weiter rechts, um ihr noch näher zu sein. Die Sekunden wurden zu Minuten, bis er sie schließlich erreicht hatte. Übergroß schien das Verlangen, sie zu berühren, sie in den Arm zu nehmen, sie zumindest für einen Augenaufschlag küssen zu können. Nur noch wenige Ellen trennten die beiden, da erkannte er, dass sie genauso dachte. Sie tippelte beinahe, machte kaum bemerkbare Schritte in seine Richtung. Automatisch, ohne nachzudenken, streckte er die Hand nach ihr aus. Erst zögerlich ergriff sie die seinige und drückte sie fest zusammen. Er spürte die Hitze, die von ihr auszugehen schien, und für einen Moment hatte er das Gefühl, selbst Feuer zu fangen. Er hielt sie, solange es nur möglich war, doch irgendwann musste er weitergehen und ihre Hand von seiner gleiten lassen.

»DU HEXE!«, hallte Elisabeths Schrei über den gesamten Marktplatz. Es schien, als wären alle Augenpaare der Bewohner auf sie gerichtet. »Du hast ihn verführt, ihn mir ausgespannt, nur du wusstest davon!«

Ein verängstigtes Raunen ging durch die Masse, jeder darauf bedacht, keinen Augenblick zu verpassen.

»Du hast ihn mir ausgespannt. Ausgerechnet du!«, schäumte sie weiter. Antonellas leise Erklärungsversuche wurden im Keim des aufkommenden Sprachgewirrs erstickt.

Nur unter großer Anstrengung konnte der Bürgermeister seine Tochter zurückhalten. Ihr Gesicht war zerfressen von Zorn, und die Röte konnte ohne Probleme mit der Farbe der Fackeln mithalten. Lorenz vernahm vereinzelte Rufe aus der Masse, deren Wortlaut er nicht verstand. Endlich hatte Bürgermeister Dannen es geschafft, Elisabeth etwas zu besänftigen. Ruhig redete er auf sie ein. Bereits im Begriff, seine Tochter nach Hause zu bringen, konnte er jedoch nicht verhindern, dass sie sich losriss und erneut auf Antonella zuschoss. Letztere war nun völlig verängstigt, hatte den Blick gesenkt. Lorenz wollte zu ihr eilen, ihr beistehen, doch die harte Hand seines Bruders und die ihn fortdrängenden Freiwilligen hielten ihn davon ab.

»DU HEXE!«, wiederholte Elisabeth schrill kreischend. Dann spuckte sie auf den Boden vor Antonellas Füßen. Mit leichter, aber bestimmter Hand schob Bürgermeister Dannen die beiden schnell vom Marktplatz. Gern hätte Lorenz Antonella Mut zugesprochen, sie in den Arm genommen, doch der unerbittliche Marsch der Partisanen und das Schubsen der Menschenmenge rissen ihn einfach mit. Kurz bevor er die anliegenden Straßen erreichte, schoss Lorenz' Kopf automatisch zum Pfarrer, der das Schauspiel ruhig, aber mit wachen Augen beobachtete. Sie waren bereits etliche Ellen entfernt, trotzdem fixierte der Geistliche ihn. Die letzten Menschen, die auf dem Markplatz standen, lächelten nicht mehr. Auch nickten sie ihnen nicht mehr anerkennend zu. Lorenz wusste, was sie dachten. Eine alte Frau, mit runzeligem Gesicht und einer dicken Warze auf der Hakennase, ganz am Ende des Marktes, war die Einzige, die ihm genau diesen Gedanken giftig ins Gesicht spuckte: »Hexenfreund!«

Kapitel 9

- Das dreckige Monster -

Bis Crefeld hatten sie nur wenige Stunden gebraucht. Obwohl die Wolkendecke dicht war und kaum Mondlicht auf ihren Weg scheinen ließ, waren sie doch zügig vorangekommen. Die Begrüßung im Lager war rau und kurz gewesen. Beinahe verärgert, dass sie ihn in seiner Nachtruhe störten, hatte der Quartiermeister ihnen Plätze zum Schlafen zugewiesen. Verwundert rieben sich die Freunde die Augen. Es war beileibe nicht das strukturierte, militärische Lager, mit Fahnen und glänzenden Uniformen, welches sie erwartet hatten. Sie sahen auf einen stinkenden Moloch aus Kot und Dreck, aus zusammengeschneiderten Zelten, verschiedenen Uniformen und aus raufenden Männern, die nahezu alle betrunken waren. Der nasse Schlamm schien überall zu haften. Nur widerwillig legten sie sich auf den aufgeweichten Boden des kalten Zeltes und versuchten, ein wenig Ruhe zu finden. Am nächsten Morgen sollten sie sich bei ihrem Kompanieführer melden, der ihre dürftige Ausbildung fortsetzen würde. Das Essen im riesigen Lager war schlecht bis kaum vorhanden. Schon bald mussten die Brüder auf die Reserven zurückgreifen. Zu viert aßen sie heimlich, denn Neid und Missgunst waren groß. Doch auch das Geschenk ihrer Eltern hielt nur drei Tage. Allerorts gab es Auseinandersetzungen, Geschrei und Prügeleien, und nicht immer wurden sie nur mit Fäusten geführt. Die regulären Soldaten mieden die Freiwilligen, und sie waren froh, dass sie sich nicht weiter mit ihnen unterhalten mussten. Es kam nicht selten vor, dass Neuankömmlinge von den älteren Soldaten ihres Hab und Guts beraubt wurden. Es war allein Jakob zu verdanken, dass ihnen nicht das gleiche Schicksal widerfuhr. Seine imposante Gestalt schien die anderen abzuschrecken, und so wurden sie weitestgehend in Ruhe gelassen. Lorenz und Max hatten, bereits kurz nachdem sie Kempen verlassen hatten, die alten Musketen der Stadtwache ihren Freunden gegeben. Ratte hatte im Lager einen ordentlichen Preis dafür rausgeschlagen, so konnten sich die vier zumindest einmal am Tag eine Mahlzeit gönnen. Beileibe war dies nicht selbstverständlich. Die vier hörten von schlimmen Fällen der Ruhr und weiteren Krankheiten am anderen Ende des Lagers. Soweit es ihnen möglich war, blieben sie zusammen und versuchten, der Ausbildung des Kompaniechefs zu folgen. Er war ein hagerer, kleiner Mann, mit gezwirbeltem Schnauzbart und fester Stimme, der den zusammengezogenen Truppen von Freiwilligen die Grundbefehle des Krieges beibrachte. Wer nicht spurte, wurde härter geschlagen, als der Hauptmann der Stadtwache es jemals getan hätte. Es war durchaus die Regel, dass dabei Knochen brachen. Offene Wunden und schlecht verheilte Brüche begegneten ihnen allerorts. Aus dem Zelt der Ärzte verteilte sich ein bestialischer Gestank über das Lager, der sich selbst in ihre Kleidung hineinzufressen schien. Alles hier schien zu stinken, und man musste sich beinahe eine Meile vom Lager entfernen, um frische Luft in seine Lungen ziehen zu können. Die Soldaten luden ihren Unrat überallhin ab, sodass die Freunde aufpassen mussten, wo sie ihre

Schritte hinsetzten. Der disziplinierte, ehrenhafte Soldat war woanders, nur nicht hier. Und auch die geringe Hoffnung, dass sie General Lamboy persönlich einmal in Augenschein nehmen dürften, wurde ihnen von den älteren Männern genommen.

»Kommt immer einen Tag vor Schlachtbeginn«, sagten sie. »Der nächtigt in einem der Dörfer, aber doch nicht hier.«

Wenn es Abend wurde und die vier sich zu den anderen Partisanen in das riesige Zelt schlafen legten, wachte Lorenz noch lange. Er war dankbar, das bekannte Schnarchen seines Bruders neben sich zu vernehmen, und doch starrte er aus einem Loch im Zeltlaken in den Himmel. Lorenz kam es so vor, als hätte er die Sonne bereits seit Tagen nicht mehr sehen können. Umso mehr er versuchte, sich tagsüber auf die Ausbildung zu konzentrieren, desto stärker kamen in der Dunkelheit die Gedanken an Antonella zurück. Mit offenen Augen starrte Lorenz den Sternen entgegen und hoffte inständig, dass es ihr gut ging. Am ersten Abend hatte er noch an Flucht gedacht, doch als er sah, wie ein Fahnenflüchtiger erst mit einem Spießrutenlauf, dann mit dem Prügel zugerichtet und anschließend getötet worden war, verwarf er diesen Gedanken schnell. Maximilian indes schien immer stiller zu werden, desto länger sie an diesem Ort verweilten. Waren die Gespräche in den ersten zwei Tagen noch herzlich und scherzend gewesen, konnte man nun mit ihm über nichts anderes mehr reden als den Dienst für den Kaiser und das Abschlachten von französischen Soldaten. Oft starrte er in eines der wenigen entzündeten Feuer und beobachtete die zuckenden Flammen. Es dauerte keine vier Tage, da war Maximilian bereits der Liebling des Kompaniechefs. Er durfte sogar einige Ausbildungseinheiten leiten. Und das mit Recht, wie Lorenz befand. Schließlich zeigte er von allen zusammengezogenen Truppen von Partisanen der Region den meisten Ehrgeiz und den stärksten Willen, der Beste zu werden. Doch je erfolgreicher er wurde, desto weniger redete er. In Maximilian schien etwas zu kämpfen, was Lorenz nicht verstand. Sein Bruder redete sogar im Schlaf. Es war nur ein Wispern, doch verständlich genug, um Lorenz bedenklich zu stimmen. Schließlich hatte Maximilian, soweit er sich erinnern konnte, noch nie im Schlaf gesprochen. Generell schien das kurze Leben im Lager die Menschen bereits zu verändern. Jakob sah man nur noch mit einem Bierkrug und billigem Fusel in den Händen. Es war ein Wunder, dass er noch lebte, bei den vielen Prügeleien, die er anzettelte. Wäre Ratte nicht gewesen, der immer wieder zu beschwichtigen versuchte, wäre Jakob bereits vor der Schlacht gestorben. seinen Sold hatte er beileibe längst in Alkohol umgesetzt. Die Brüder konnten ihn gerade noch davon abhalten, seine eigene Muskete zu verkaufen. Wahrscheinlich wollte er damit die Angst vor der drohenden Schlacht ausblenden. Jeder geht damit anders um, hatte Maximilian gesagt, als Lorenz ihn aufforderte, seinem Freund zu helfen. Ratte sah man immer weniger. Zunächst waren es nur wenige Stunden, in denen er wegblieb, dann kam er erst zum Morgengrauen auf den Zeltplatz der Partisanen zurück.

»Was geht dich das an?«, hatte er gezischt, als Lorenz ihn darauf ansprach.

Lorenz konnte nicht glauben, dass das Leben hier in

diesem riesigen Kriegslager sie innerhalb von wenigen Tagen so verwandelt hatte. Allerdings war ihm bewusst, dass auch er sich verändert hatte. Die Nächte waren beinahe kürzer als in Vaters Schmiede, und doch spürte er keine Müdigkeit. Andererseits wurde er den Tag über nie richtig wach. Seine Arbeiten erledigte er wie durch eine milchige Wand aus Glas. Maximilian musste ihn mehrmals ansprechen, bevor er ihn und alles um sich herum wahrnahm. Alles schien so unwirklich, wie in den wenigen Sekunden zwischen Traum und Aufwachen.

Nach und nach häuften sich die Gerüchte, dass die Schlacht nun bald beginnen würde. Die französisch-schwedische Armee wäre nur noch einen Tagesmarsch von ihnen entfernt, und bei Anbruch des nächsten Tages würden die Truppen aufeinandertreffen. Es war nun gerade einmal sechs Tage her, seitdem sie Kempen verlassen hatten, und schon wirkte Lorenz seine Heimat so fern, dass er nicht einmal mehr wusste, ob er Antonellas Lippen wirklich einmal geküsst hatte oder ob es nur ein wunderschöner Traum gewesen war. Er spürte die Angst der anderen Partisanen, sah die Furcht in ihren Augen und das Grauen, das sich langsam aber unaufhörlich über ihnen zusammenbraute. Zu seiner eigenen Überraschung war er froh, dass die Schlacht nun bald ihren Anfang fand. Zu unwirklich kam ihm dieser Ort hier vor. Tausende von Männern, eingepfercht in ein dreckiges Loch, nur wartend auf diese eine schreckliche, todbringende Aufgabe. Als die Nachricht vom Eintreffen der feindlichen Truppen vom Kompanieführer bestätigt wurde, konnte er zum ersten Mal, seit er hier war, schlafen. Es würde also beginnen. Als er sich auf seine Wolldecke legte, lächelte er. Denn schließlich war jeder Tag, den er hier ausharren musste, ein weiterer Tag, an dem er nicht mit Antonella zusammen sein konnte. Den letzten Blick auf seinen vor sich hinmurmelnden Bruder werfend, schloss er die Augen und fiel in einen tiefen Schlaf.

Sankt Tönis bei Crefeld, 17. Januar 1642

Das Spiel der Trompete weckte ihn bereits früh. Verwundert musste er sich die Augen reiben, als der Kompaniechef von Zelt zu Zelt ging und überprüfte, ob die Männer bereits wach waren. Waren sie in den letzten Tagen weitestgehend allein gelassen worden, überprüften die Offiziere und Unteroffiziere nun beinahe jeden Schritt. Man musste fragen, um austreten zu dürfen, und begründen, warum man so lange gebraucht hatte. Es war kühl an diesem Morgen, und die letzten Lagerfeuer pusteten ihren Rauch über die mit Hecken und Büschen durchzogenen Felder. Der Nebel, der ruhig in den Senken der kleinen Bäche lag, fing sich in der klammen Kleidung. Sofort nach dem Anziehen mussten sie die Zelte abbauen und verstauen. Danach ließ der Kompaniechef sie antreten und teilte ihnen mit, dass die Partisanen das Zentrum verstärken würden.

»Das Zentrum«, wiederholte Maximilian leise.

Auch wenn jedem klar war, dass sie nun bei den Ersten sein würden, die Feindberührungen hatten, schien seinen Bruder dieser Gedanke zu erfreuen. Ganz leicht zog er die Mundwinkel nach oben und blickte Lorenz an.

»Jetzt bekommen wir ein paar Franzmänner!«, sagte er leise.

Das Einzige, was Lorenz antworten konnte, war ein gequältes Lächeln.

Innerhalb von zwei Stunden war die Ausrüstung der Soldaten verstaut und die Zelte abgebaut. Der ehemalige Lagerplatz war jetzt nur mehr ein plattes Feld, worüber sich langsam der Schnee legte. Er bedeckte den braunen, aufgeweichten Boden, die gegrabenen Löcher, den stinkenden Unrat und auch die flachen Gräber einiger Leichen, die zurückgelassen werden mussten. Mit einem letzten Blick auf das Feld schnürte Lorenz den Rucksack auf den Rücken. Endlich. Obwohl es früh am Morgen war, stand die Sonne bereits am Himmel und schenkte den Männern zum Marsch ein paar wärmende Sonnenstrahlen. Lorenz reckte sein Gesicht der Sonne entgegen und genoss das blendende Licht in seinen Augen. Dann setzte sich die Masse, dieses Monster aus mehreren tausend Mann, in Bewegung. Zum ersten Mal hatte Lorenz das Gefühl, dass er wirklich Teil einer Armee war. Die Offiziere galoppierten die Kompanien ab und achteten penibel darauf, dass die Reihe gehalten wurde. Wer zu langsam war oder nicht mehr konnte, wurde von den Unteroffizieren zurückgeprügelt. Einige hatten lange Spieße, mit denen sie den Männern ein paar Stiche verpassten, wenn sie nicht spurten. So stapften sie über den neu gefallenen, glitzernden Schnee, von dem nur braune, schlammige Masse übrigblieb, wenn der Tross ihn passiert hatte. Die Regimenter mussten nicht lange marschieren. Bald hatten sie das südliche Ende von Crefeld erreicht. Nur noch einen Hügel und schon würden sie die Landwehr sehen, den langen Verteidigungsgraben, der die Stadt vor plündernden Horden beschützen sollte. Die Freunde ächzten, als sie die kleine Steigung nahmen.

Dann erblickte Lorenz das Hauptheer. 8.000 Mann hatten sich hinter der Landwehr verschanzt und warteten in Reihen auf die Befehle ihrer Offiziere. Ein kalter Wind blies über die Heide und Lorenz ins Gesicht. Er musste stehen bleiben, um zu erfassen, was er gerade sah. Allein das Hauptheer hatte mehr Männer als Kempen Einwohner. Dazu die Artillerie, die geschickt postiert war, und die flinke Kavallerie, die große Furchen in die feindlichen Linien schlagen sollte. Es schnürte ihm zunehmend die Kehle ab und er musste tief durchatmen. Von den anderen Soldaten hörten die Brüder, dass Graf von Hatzfeld noch einmal die Armee mit 1.000 Mann verstärken sollte. Über die Truppen des Feindes gab es widersprüchliche Angaben. Mal sollten es nur 4.000 sein, dann über 10.000. Meist hing es davon ab, wie viel der Soldat getrunken hatte, der die Geschichte erzählte. Doch ganz egal, wie viele Soldaten der Feind schicken würde, diese Armee, auf die Lorenz nun hinunterblickte, schien unbezwingbar. Dazu war die Landwehr zu gut ausgebaut. Ein tiefer Graben zog sich, so weit er blicken konnte. Dahinter war ein Wall aus Sträuchern aufgetürmt. Die Feinde würden es schwer haben, diesen zu bezwingen. Einige Sekunden konnte er den Anblick noch genießen, dann wurde er bereits von den hinter ihm stehenden Partisanen weitergeschubst. Schnell wurde ihnen ein Platz im Zentrum zugewiesen. Was für ein Stimmengewirr. Sie schienen von überall her zu kommen, die ganze Masse schien zu reden. Erst standen sie noch mit gezückten Waffen, wobei der ein oder andere der älteren Soldaten einen neidischen Blick auf die Musketen der Brüder warf. Es war beileibe nicht normal, dass Partisanen solche Waffen erhielten. Ein weiterer

Grund, warum man sie nach vorn beordert hatte. Es hatte nicht einmal sieben Uhr geschlagen, da sickerte auch schon die Nachricht durch, dass das französisch-schwedische Heer von Marschall Guébriant noch weit entfernt wäre. Es könnte einige Tage dauern, bis die entscheidende Schlacht bevorstünde. Erst kamen diese Meldungen einzeln und ihnen wurde direkt widersprochen. Doch dann häuften sich die Gerüchte. Während andere froh durchatmeten, einige sogar auf die Knie fielen, um zum Allmächtigen zu beten, war Maximilian sichtlich enttäuscht von den Neuigkeiten, er wurde beinahe wütend.

»Französisches Pack! Schwedische Hunde! Haben keine Ehr«, redete er die ganze Zeit vor sich hin.

Die Freunde wollten bereits aus der Formation ausbrechen und ein warmes Feuer aufsuchen, doch plötzlich ging alles ganz schnell. Mehrere Kundschafter ritten wie vom Teufel selbst besessen auf die kleinen Kommandozelte am hinteren Ende des Feldes zu. Dann verbreitete sich die Nachricht wie ein Lauffeuer. Sie kommen! Guébriant will nicht warten, bis Lamboy seine Verstärkung erhält, er will ihn jetzt stellen.

Waren es eben noch vereinzelte Gespräche gewesen, durchzogen jetzt gebrüllte Kommandos die Reihen der Soldaten. Das Monster setzte sich in Bewegung. Allerorts beorderten die Offiziere ihre Männer in Stellung und befahlen ihnen, die Linien zu halten. Es war noch nicht einmal acht Uhr, als die ersten Feinde in Sichtweite waren. Mit hoch erhobenen Fahnen marschierten sie in Linien. Hunderte von Pferden konnte Lorenz erkennen, dazu Pikeniere und Musketenschützen. Doch es war nicht der gemächliche Schritt, den die Freunde eben gegangen waren, sie eilten buchstäblich in ihre Positionen. Der ganze Horizont war nun voll mit französisch-schwedischen Soldaten. Schnell formierten sie ihre Reihen und bildeten Linien. Sie schienen gar nicht auf ihre Hauptkampfgruppe zu warten, so schnell, wie sie sich bewegten. Hunderte Fuß entfernt, erkannte Lorenz, dass die rechte Flanke des Feindes mehr verstärkt wurde als die linke. Beinahe alle berittenen Soldaten wurden auf diese Seite beordert. Er hatte keine Zeit mehr, sich darüber den Kopf zu zerbrechen, denn schon stürzten sie auf die Landwehr zu, die ihnen einen trügerischen Schutz zu bieten schien. Während immer mehr Soldaten Guébriants ihre Position fanden, hetzte die Flanke auf die nur leicht befestigte Artillerie los. Die Kanonen spuckten ihre eisernen Kugeln gegen die Angreifer, doch durch die aufgewirbelte Erde und den Nebel schienen immer mehr Soldaten durch die Landwehr zu brechen. Dann prallten die Truppen aufeinander. Die spitzen Schreie waren über die gesamte Heide zu hören, und das Grollen der Kanonen spielte eine dumpfe Symphonie dazu. Hektisch versuchten die Kaiserlichen Offiziere mehr Männer auf die linke Flanke zu ziehen, doch es war zu spät. Die Reiterei des Feindes hatte die Kaiserlichen Formationen aufgewühlt, so war es ein leichtes Spiel für die hinterher eilende Infanterie. Die Pferde wieherten panisch und trampelten alles nieder, was ihnen unter die Hufe kam. Getrieben von ihren Reitern, die mit gezogenem Säbel erbarmungslos in die Reihen pflügten. Nach und nach fielen die riesigen Körper der Tiere. Ihre Schreie waren über das ganze Feld zu hören, doch sie hatten ihren Dienst getan. Die geschlossene Infanterie konnte nun in die wirren Reihen der Kaiserlichen Armee vordringen. Sie hatte kein Erbarmen. Damit hatten die Generäle der Kaiserlichen Armee nicht gerechnet.

Innerhalb von wenigen Minuten war die kleine Anhöhe genommen und bildete eine Front. Die Freunde beobachteten das traurige Schauspiel, das sich ihnen darbot, mit Schrecken. Lamboy hatte sich auf eine mehrere Tage währende Schlacht eingestellt, den schnellen, unnachgiebigen Vorstoß hatte er nicht erwartet. Nicht nur, dass die Feinde jetzt ohne Probleme die Landwehr überqueren konnten, viel schlimmer wog die Tatsache, dass die Kaiserliche Artillerie nun in den Händen von Guébriants Truppen lag. Unsere rechte Flanke ist einfach überrannt worden, dachte Lorenz. Mit weit aufgerissenen Augen starrte er auf die Wand aus Feinden, die sich schnell hinter der Landwehr postierte. Per Flaggen wurde ihrem Regiment mitgeteilt, sich für den Kampf vorzubereiten. Das Gebrüll der Offiziere peitschte ihm entgegen. Nur allmählich bildeten sich Reihen, die die Feinde aufhalten sollten. Zwischen ihnen lagen die Verwundeten und Toten beider Seiten. Einige waren nur wenige Ellen entfernt, und doch konnte Lorenz nicht ausbrechen und ihnen zu Hilfe eilen. Die Linie musste auf jeden Fall gehalten werden. Er versuchte sich nicht mehr auf die schmerzverzerrten Gesichter zu konzentrieren, die ihn ansahen und bettelten, sondern auf die Feinde, die sich ebenfalls kampfbereit machten. Die Freunde standen in der ersten Linie. Als Lorenz sah, dass die beiden Heere ihre Vorbereitungen abgeschlossen hatten und sie nur auf den Befehl zum Marsch warteten, wurden seine Hände schwitzig. Ein Schauer lief ihm über den Rücken, und jeder schöne Gedanke wurde fortgerissen. Zurück blieb nur die Angst. Sein Atem beschleunigte sich, und kalter Schweiß rann seine Stirn hinab. Der

Drang, einfach wegzulaufen, wurde mit jeder Sekunde stärker. Er blickte auf den frisch gefallenen Schnee, auf das Glitzern, und spürte den Wind auf seiner Hand. Sie zitterte. Auf einmal wurde es still. Hilfe suchend blickte er seinen Bruder an. Zuversicht sprach aus dessen Augen. Dann begann es.

Kapitel 10

- Der Schimmer des Mondlichts -

Es waren nicht die Sonnenstrahlen des Morgens, die Antonella aus ihrem Schlaf rissen und hochschrecken ließen, sondern ein dunkler Traum, der sich tief in sie hineingefressen hatte. Schweißgebadet saß sie in ihrem Bett und versuchte, ihre zitternden Hände unter Kontrolle zu bringen. Nur mühsam schaffte sie es, aufzustehen, ihr weißes Nachtgewand zu richten und einen Blick aus dem Fenster zu werfen. Genauso dunkel, wie der Traum der vergangenen Nacht war, genauso hell schien der Tag sie begrüßen zu wollen. Endlich. Nach sieben Tagen der Finsternis, des grauen, ständigen Regens und der immer selben Aussicht am Morgen wurde es nun tatsächlich hell. Die Uhr am Kirchturm zeigte acht Uhr an, als sie auf die Straßen hinunterblickte. Sieben Tage war Lorenz nun fort. Sieben Tage, die ihr so lange wie Wochen vorkamen. Flink wusch sie sich und legte ihren Arbeitsrock an. Wie auch in den letzten Tagen, führte sie ihr erster Gang in das Büro ihres Vaters. Konzentriert arbeitete er einige Depeschen durch. Antonella verbeugte sich.

»Guten Morgen, Vater, gibt es irgendwelche Neuigkeiten?«, wollte sie wissen.

Mild lächelnd blickte er auf. »Nein, tut mir leid, mein Kind.« Aus seinen Augen sprach Verständnis.

Einige Sekunden vergingen schweigend.

»Wirst du heute wieder zu Hause bleiben?«, frage er schließlich.

»Ja, Vater«, waren die einzigen Worte, die über ihre Lippen kamen.

Zufrieden wandte er sich wieder den Schriftstücken zu. »Das ist gut. Danke schön.«

Antonella senkte ihren Blick zu Boden, dann verabschiedete sie sich mit einem Knicks. Sie wusste, warum Vater dies seit einiger Zeit jeden Morgen ansprach. Schließlich hatte sie die Gerüchte gehört. Überall in der Stadt schien es zu rumoren, zu kochen. Seitdem die Freiwilligen ausmarschiert waren, lag eine alles zermürbende Ängstlichkeit über der Stadt. Sie schien sich in jeden einzelnen Bürger hineingefressen zu haben. Die Leute wirkten abweisend, beobachtend, verschlossen. Als ob an jeder Ecke ein Feind lauern könnte. Nur widerwillig öffnete ihr Geist die Erinnerungen, die sie händeringend zu verdrängen versucht hatte. Am ersten Tag war sie mit dem Bürgermeister am Marktplatz gewesen. Sie wollte nur einige neue Behälter kaufen, doch sie spürte das Tuscheln und die brennenden Blicke in ihrem Rücken. Allerorts war es zu hören: »Hexe.«

Die Leute sprachen dieses Wort nicht laut aus, sondern im Verborgenen, heimlich, still. Doch sie hörte es. Sie hörte es überdeutlich und ständig. Danach hatte sie das Haus nicht mehr verlassen. Sie wollte Vater keine weiteren Umstände machen. Er hatte beileibe schon genug damit zu tun, die Gerüchte zu zerstreuen. Tief in ihre Gedanken vergraben, ging sie in die Küche. Schon seit Tagen hatte sie keinen Appetit, doch die Köchin bestand darauf, dass sie morgens zumindest eine Schnitte aß.

So setzte sie sich allein an den großen Tisch und kaute lange auf einer Scheibe Brot herum. Dann schreckte sie hoch.

Als sie die allzu bekannten, tippelnden Schritte auf der Treppe vernahm, stürzte sie aus der Küche heraus.

»Elisabeth«, hauchte Antonella, den Blick auf ihre Schwester gerichtet.

Doch deren Augen blieben starr geradeaus gerichtet, ihr Gesicht steinern. Nicht eine Regung war zu sehen. Bereits seit Tagen kam nicht ein Wort mehr über ihre Lippen. Ihr helles Kleid wehte beinahe, so schnell, wie sie die Treppe hinunterstürzte.

»Elisabeth, bitte, so lass mich doch erklären …«

Als würde Antonella gar nicht existieren, schob Elisabeth sich wortlos an ihr vorbei. Verzweifelt blieb Antonellas Blick an ihr haften.

»Bitte, rede doch mit mir, wo gehst du hin?«, flehte sie.

Als Elisabeth die Tür bereits geöffnet hatte, sah sie ihrer Schwester für eine Sekunde in die Augen.

»Weit weg von dir!«, fauchte sie, schnellte hinaus und warf knallend die Tür ins Schloss.

Einige Sekunden verharrte Antonella auf der Treppe. Dann schlich sie langsam in ihr Zimmer. Geräuschlos schloss sie die Tür hinter sich. Die Tage allein hier waren lang, sehr lang. Sie wollte zum Bücherregal gehen, sich ablenken, irgendetwas tun. Doch so weit trugen ihre Beine sie nicht. Innerhalb von wenigen Herzschlägen füllten sich ihre Augen mit Tränen. Ihre weiße Haut verfärbte sich rötlich, als sie zusammenbrach und sich auf den Boden kauerte. Sie versuchte leise zu weinen, hielt sich selbst den Mund zu, doch ihr bitterliches Schluchzen erfüllte das Zimmer und kam ihr unendlich laut vor. Die Wärme ihrer Tränen erschreckte sie beinahe selbst. Wie Perlen sammelten sie sich auf ihrem Arbeitsrock und hinterließen kleine, feuchte Flecken. So ging es bereits seit Tagen. Sie erkannte ihre Schwester, mit der sie früher über alles geredet hatte, nicht mehr wieder. Selbst die Schlichtungsversuche ihres Vaters schlugen allesamt fehl. Immer wieder endete es mit einer lauten Hasstirade. Doch selbst diese war nicht an sie gerichtet. Es schien, als würde Antonella für ihre Schwester einfach nicht mehr vorhanden sein. In Elisabeth schien der Zorn zu brennen, und dieser hatte nur ein Ziel.

»Wenn man einsam ist, werden die Wünsche ganz klein«, hatte sie in einem Gedichtband gelesen. Antonella hatte nie ganz verstanden, was es damit auf sich hatte. Jetzt tat sie es. Voller Trauer erinnerte sie sich an die vergangene Zeit mit ihrer Schwester, wie sie zusammen lachten und damals als Kinder zusammen gespielt hatten. Der Gedanke ließ die Tränen ein weiteres Mal wie Bäche aus ihren Augen fließen. Ihr Blick verschwamm, genau wie die Hoffnung, sich jemals mit Elisabeth aussöhnen zu können. Nur mit Mühe gelangte sie ans Fenster und blickte schluchzend hinaus auf die Straßen Kempens. Beobachtend, wartend, weinend. Jeder Passant wurde genau in Augenschein genommen und jedes Mal, wenn ein Gesicht um die Straße bog, hoffte sie inständig, dass sie die schwarzen Haare von Lorenz erblickte. Vergebens. So vergingen die Stunden einsam. Irgendwann legte sie sich auf ihr Bett und lauschte ihrer eigenen Atmung. Nur allmählich schien sich die Stille über den Raum zu senken. Sie drehte sich zur Seite und schloss die Augen. Mit der Hand befühlte sie das weiche Kopfkissen und musste über sich selbst lachen, als sie sich einzureden versuchte, dass sie durch Lorenz' dunkle Haare kraulte. Sie stellte sich den herben Duft seiner

Haut, den Geschmack seiner Lippen, die Beschaffenheit seines Gesichts vor, doch die Erinnerungen waren so weit weg. Es war wie ein wunderschöner Traum, den man ein ums andere Mal versuchte, ins Gedächtnis zu rufen, und dessen Erinnerung immer mehr verblasste. Antonella war wütend auf sich selbst. Als sie die Lider öffnete, wünschte sie sich, dass sie in seine stahlblauen Augen blicken könnte. Doch alles, was sie sah, war der strahlende Himmel an diesem kalten Wintertag. Was er wohl genau in diesem Moment tat?

Das Gebrüll riss sie aus ihrem dämmrigen Schlaf. Hatte sie das nur geträumt? Sie musste Stunden geschlafen haben, da die Dämmerung bereits über die Stadt hereingebrochen war. Unsicher tastete sie sich zu der Kommode und entzündete einige Kerzen. Nein, da war es wieder. Dieses Poltern und Schreien, dieses Rumoren und tiefe Gebrüll. Zaghaft öffnete sie die Türe und ergriff den Kerzenhalter. Ihr Schatten tanzte im fahlen Schein des Lichtes, als sie den Flur entlangschritt. Die Angestellten schienen nicht mehr im Haus zu sein, genauso wenig wie Elisabeth. Sie war die letzten Tage immer bis spät abends weggeblieben, und auch heute war die Tür ihres Zimmers geöffnet, doch von ihr fehlte jede Spur. Barfuß schlich Antonella die Treppen hinunter, genau darauf bedacht, kein Geräusch zu erzeugen. Durch die dicken Wände erkannte sie nun die Stimmen. Ihr Vater und Sekretär Baier hatten zwar häufig Auseinandersetzungen, doch diese klang anders. Sie konnte die Worte nicht verstehen, aber beide Männer schienen sich in wilder Raserei Beschuldigungen an den Kopf zu werfen. Kurz überlegte sie, ob sie nicht einfach den Weg nach oben antreten sollte. Dann gab sich Antonella der Neugierde geschlagen. An die Wand gedrückt, zog es sie immer mehr zum Büro ihres Adoptivvaters. Aus der offenen Tür schien Licht. Die Schatten, die das Licht schimmernd auf den Flur warf, gestikulierten wild, mit den Armen zu fuchteln und wild umherzugehen. Nein, beileibe war dies keine normale Diskussion der beiden. Ängstlich blies Antonella beinahe alle Kerzen aus und ging noch einige Schritte näher. Flach atmend, konnte sie nun einige Wortfetzen der beiden verstehen.

»Ihr habt doch keine Ahnung, wie man eine Stadt führt, Baier!«

»Alles ist besser, als die wehrfähigen Männer fortzuschicken. Hört Ihr! Ihr habt sie fortgeschickt! Mitten im Krieg, das ist Wahnsinn!«

»Dass die feindlichen Truppen vor der Stadt aufgehalten werden, hat oberste Priorität.«

»Ihr seid ein Narr, Dannen! Oberste Priorität sollte für Euch die Verteidigung Kempens haben. Die Männer hätten direkt in die Stadtwache eingegliedert werden müssen!«

Die Schatten schnellten aufeinander zu, die Hände in die Hüften gestemmt.

»Und wie lange, meint Ihr, werden wir gegen diese Übermacht bestehen, Baier? Ihr wisst selbst, dass Kempen verloren ist, sollten sich die Truppen hierhin bewegen!«

»Ihr wisst nicht, wie man eine Stadt führt und erst recht nicht, wie Ihr diese verteidigt«, zischte Baier.

»Aber Ihr wisst es natürlich.«

»Natürlich! In dunklen Zeiten heiligt der Zweck die Mittel, Dannen! Wir müssen die Stadtwache verstärken und dann werden wir jeden, der dieser Stadt gefährlich werden könnte, inhaftieren und verbannen. Jeder von diesem Gesindel, das Gottes Zorn auf uns zieht! Schausteller, Lumpen und …«

»Sprecht dieses Wort nicht aus!«, befahl der Bürgermeister lautstark. Der kleine Schatten des Mannes hob drohend den Finger in die Höhe.

Der Sekretär lachte leise. Es war ein ekelhaftes, hohes Lachen. »… und Hexen! Schon morgen werde ich einen Gesetzentwurf dem Amtmann übergeben, der um die Bewilligung dieser Ausnahmeregelung über Euren Kopf hinweg entscheidet.«

»Wie könnt Ihr es wagen?«, brüllte Dannen. »Dies darf nur der Bürgermeister und das bin ich«, sagte er mit fester Stimme. »Wir haben dringendere Probleme, als uns einem Hirngespinst hinzugeben. Es ist nur eine Vermutung. Ein Irrglaube.«

»Dem Irrglauben unterliegt Ihr!«, fauchte Baier.

Die Schatten waren jetzt nicht mehr voneinander zu unterscheiden, so nah standen sie beisammen. Die Luft schien zu brennen und das Zucken der Flammen in jeder Sekunde zuzunehmen.

»Früher nannte man so etwas Ketzer«, giftete der Sekretär ruhig.

Sekunden der Stille vergingen. Antonella wollte das Atmen einstellen, es kam ihr unendlich laut vor. Sie presste sich eine Hand vor den Mund.

»Ihr solltet vorsichtig mit Eurer Wortwahl sein, Baier.«

»Aber das seid Ihr! Ein Ketzer! Dies wart Ihr schon immer und werdet es immer sein! Die Leute haben recht! Ihr habt dieses Unheil über uns gebracht. Ihr zieht den

Zorn Gottes auf uns! Ihr mit Eurer Ketzerei und Eurer Hexenbrut.«

»GENUG!« Die Worte des Bürgermeisters durchzogen das ganze Haus. Als wollten die Flammen seinen Schrei bestätigen, loderten sie erst auf, dann erloschen einige von ihnen. Es wurde dunkler.

»Ihr werdet nichts dergleichen tun. Ich enthebe Euch hiermit Eures Amtes als erster Sekretär der Stadt.«

Die Sätze sprach er ruhig und überlegt aus. Langsam entfernte sich der kleine Schatten und setzte sich hinter den breiten Schreibtisch. »Ihr habt nun keine Befugnisse mehr, Baier. Und wie ich schon sagte, ein Gesetzentwurf kann nur vom Bürgermeister oder seinen Vertretern übergeben werden.« Seine Stimme war sachlich, beinahe monoton. »Verlasst mein Haus.«

Der größere Schatten bewegte sich einige Sekunden nicht. Dann griff er nach irgendetwas. Es wurde dunkler. Antonella konnte nur schwerlich die Umrisse der beiden Männer erkennen.

»Ihr habt recht, Dannen«, flüsterte Baier kaum hörbar. »... oder seinen Vertretern«, wiederholte er die Worte monoton.

Antonellas Kehle war wie zugeschnürt, als sie einen dumpfen Schlag vernahm. Sie wollte schreien, weglaufen, in das Zimmer stürmen. Doch die Angst hatte sie in ihrem festen Würgegriff. Die Schatten zuckten wild auf dem Boden des Flures. Anschließend noch ein Schlag, dann noch einer. Bevor sie realisierte, was geschehen war, erstarb das Licht in dem Büro. Nach einem metallischen Klirren wurde es ruhig, sehr ruhig. Lediglich ein gepresstes Atmen war nur mehr zu vernehmen. Panisch fiel ihr Blick auf die letzte brennende Kerze in ihrer

Hand, die aus ihrem Ständer herausragte und ruhig den Flur erhellte.

»Wer ist da?«, brüllte Baier.

Mit festen, stampfenden Schritten trat er durch den Türrahmen. Sie blickte in das hasserfüllte Gesicht des Sekretärs. Das weiße Hemd des Mannes war von Blutspritzern übersät und aus seinen Augen loderte Zorn.

»Die Hexe«, zischte er.

Antonella hatte das Gefühl, dass ihre Beine sie nicht mehr tragen wollten. Der Mann griff nach ihr, erwischte nur eine Strähne und zog sie mit fester Hand und einem schnellen Ruck zu sich. Instinktiv ließ sie den Kerzenleuchter fallen und riss sich los. Der Schmerz an ihrem Kopf zwang sie kurz in die Knie und ihr heller Schrei erfüllte das gesamte Haus. Nur mit Mühe konnte sie sich aufrichten und flüchten. Ihre Augen füllten sich ein weiteres Mal mit Tränen, sodass sie Probleme hatte, sich in der Dunkelheit zurechtzufinden. Ihre Umgebung schien zu verschwimmen. Panik ergriff ihren Körper, als sie sich an der Wand des dunklen Hauses entlangtastete. Sie hörte die Schritte des Mannes im Flur hallen. Bald wird er mich erreicht haben und dann ist mir dasselbe Schicksal gewiss, dachte sie.

»Wo bist du?«, sagte Baier erst ruhig, dann etwas lauter.

Antonella verkroch sich hinter dem großen Regal am Ende des Flures, verbat sich zu atmen und versuchte zu hören, wo sich Baier nun befand. Erst jetzt bemerkte sie eine Flüssigkeit, die ihr ins Auge lief. Mit der Hand strich sie sie sich aus dem Auge und verrieb sie zwischen den Fingern. Auch ohne Licht erkannte sie, dass ein dickes Rinnsaal Blut ihre Stirn herunterlief.

»Wo bist du, Hexe?«, schrie er nun. Seine Stimme klang heiser und war so hoch wie die einer Frau. Dabei stieß er zornig einige Vasen und Bücher um. Auch seine Augen hatten sich noch nicht an die Dunkelheit gewöhnt. Langsam entfernten sich die Schritte. Ihr Herz schlug bis zum Hals, als sie erkannte, dass er in das Büro ihres Vaters gegangen war, um die Kerzen erneut zu entzünden. Stück für Stück kam der Lichtschein näher. Ihr Kopf schien vor Hitze zu explodieren, und das dicke Kleid nahm ihr die Luft zum Atmen. Bald würde er sie entdeckt haben. Mit dem Mut der Verzweiflung wartete sie, bis er ihr den Rücken zuwandte, dann schoss sie den Flur entlang und rüttelte an der schweren Tür. Kein Wort drang über ihre Lippen, als sie sich umblickte und in das rot leuchtende Gesicht Baiers sah. Endlich gab die Türklinke nach und machte den Weg frei in die Dunkelheit. Obwohl es Abend war, säumten noch Menschen die Straßen. Doch bevor sie um Hilfe rufen konnte, hörte sie die schrille Stimme des Sekretärs in ihrem Rücken.

»Die Hexe! Sie hat den Bürgermeister umgebracht!«, brüllte er, so laut er nur konnte. Einige der Bewohner machten einen Satz zurück, als hätte sie eine ansteckende Krankheit. Sofort waren alle Augenpaare auf sie gerichtet. Aus den Gesichtern sprach Abscheu, Angst, Wut. Panisch blickte sie sich um. Immer mehr Menschen schienen von Baiers Geschrei angelockt zu werden und versammelten sich auf der Straße. In den Häusern wurden Kerzen entzündet und Köpfe wurden aus den Fenstern gereckt. Und immer wieder sah sie denselben Gräuel in ihren Gesichtern. Ihr Herz pochte wie wild und drohte, in ihrem Körper zu zerbersten. Der helle Schein des Mondes schien sein Licht nur auf sie zu werfen. Sie wollte etwas sagen, sich verteidigen. Doch es war nur ein leises »Nein ...«, was ihre Lippen verließ.

Die ersten Menschen stimmten bereits in die Worte Baiers ein, riefen mehr Leute zu sich, ruderten mit den Armen und zeigten mit dem Finger auf sie. Ihre stechenden Blicke verbissen sich in ihr. Ein weiteres »Nein« huschte zaghaft über ihre Lippen.

Die Straße schien sich zu drehen. Überall waren nun Gesichter, Schreie und Anschuldigungen. Flehend glitt sie auf die Knie, fühlte, wie ihre Füße an einem herausragenden Pflasterstein hängen blieben und sie kraftlos stürzte.

»Ergreift sie!«

Antonella erkannte die hohe Stimme Baiers. Mit langsamem Schritt ging er die Treppen hinunter. In all ihrer Verzweiflung richtete sie sich auf und stürzte durch die Menschen hindurch. Sie fühlte die Arme, die ihr Kleid streiften und ihren Ärmel zerrissen. Sie hörte die Schreie und Flüche, die ihr hinterher gerufen wurden. Sie sah die bestürzten Blicke der Menschen, die wie Kleber an ihr hafteten. Nur weg von hier. Egal wohin, nur weg von diesem Ort.

Ihr Gesicht glühte, als sie den Marktplatz erreichte. Hier waren noch viele Menschen zugegen, die sich kurz nach ihr umsahen, dann aber die Augen wieder nach vorn richteten. Doch dem Gebrüll hinter ihr konnte sie nicht ausweichen. Schon erkannte sie die ersten Bewohner, die sich hinter Baier versammelt hatten. Sie befanden sich am hinteren Ende der Gasse und marschierten wie eine Mauer auf sie zu. Der Anblick ließ das Blut in ihren Adern kochen. Hektisch sah sie sich um. Ihr Blick fiel auf die Kirche, die wie ein Pfeiler den Himmel zu stützen schien. Sie raffte ihren Rock hoch und rannte auf ihre einzige Hoffnung zu. Die schwere, mit Eisen beschlagene Tür ließ sich nur unter Aufbietung aller Kraft öffnen. Hektisch stürzte sie in das Gotteshaus und sah sich um. Hier war niemand mehr zugegen. Knallend warf Antonella die Tür ins Schloss und lehnte sich für wenige Sekunden mit dem Rücken an. Sie hatte keine Tränen mehr zum Weinen. Draußen schien es zu rumoren. Das Gebrüll der Masse hörte sie auch durch die dicke Holztür. Ob die Meute sie gesehen hatte? Bedächtig tippelte sie durch die massiven Holzbänke auf das Antlitz des gekreuzigten Jesus Christus zu. Wenige Ellen vor dem Kreuz stoppte ihr Schritt. Die Kirche war hell erleuchtet und warm. Überall waren dicke Kerzen aufgestellt, die ruhig flackerten. Die großen, gläsernen Heiligen sahen auf Antonella herab und gaben ihr ein Gefühl der Sicherheit. Wie oft hatte sie schon zu den Männern hochgesehen und hatte ihre Gebete aufgesagt.

»Was sucht Ihr um diese Zeit beim Herrn?« Das Hallen seiner Schritte war laut und gleichmäßig. Die Hände vor der Brust gefaltet, ging Pfarrer Tillmann mit durchgestrecktem Kreuz auf sie zu.

»Ich … Herr Pfarrer …«, stammelte Antonella.

Ihre Gedanken sprudelten, doch sie wollten den Weg zu ihrem Mund nicht finden. Es waren einfach zu viele Worte auf einmal, die sie nicht mehr bändigen konnte.

»Ich … war es nicht …«

Ihr flehender Blick traf den des Pfarrers. Auch um diese Uhrzeit waren seine blauen Augen wach und aufmerksam. Ein Lächeln umspielte seine Lippen.

»Kommt«, sagte er schließlich mit einer einladenden Handbewegung.

Mit zusammengekniffenen, rot unterlaufenen Augen nickte sie und schritt an ihm vorbei. Ihre Wangen brannten, und abermals fühlte sie, wie das Blut ihre Stirn herunterquoll. Ihr schweres Atmen wurde von den Wänden zurückgeworfen und vermischte sich mit den Geräuschen hinter der Tür.

»Danke«, flüsterte sie ohne Stimme.

Behutsam hatte Tillmann sie in die Sakristei geführt. Immer noch bitterlich schluchzend, nahm sie auf einer Holzbank Platz. Der Raum war klein und ruhig. Kein Geschrei drang hier hinein. Das Treiben auf der Straße schien so unendlich fern. Seine vollen, blonden Haare schimmerten im Schein des einfallenden Mondlichts, und Antonella fühlte sich zum ersten Mal an diesem Abend sicher. Nur langsam beruhigte sie sich.

»Er ... er hat ...«, schluchzte sie.

Doch Pfarrer Tillmann legte nur den Finger auf die Lippen. »Schhhh. Warte, mein Kind.«

Mit Bedacht stellte er einen Eimer Wasser neben ihre Füße und feuchtete einen Lappen an. Dann setzte er sich lächelnd neben sie. Seine makellosen Zähne blitzten kurz auf, als er mit dem Lappen vorsichtig über ihre Wunde fuhr und ihr Gesicht reinigte. Die Kühle des Wassers ließ sie kurz erschrecken, dann schloss sie die Augen und genoss seine Fürsorge. Für einen kurzen Moment schien es, als könnte er die Geschehnisse der vergangenen Stunden einfach wegwischen.

»Gefällt Euch das?«, flüsterte er leise.

Sie konnte nicht mehr tun, als den Kopf leicht zu bewegen.

Mehrmals musste sie die Nase hochziehen und nur ganz allmählich wurde ihre Atmung gleichmäßig.

»Erzähle mir, was passiert ist, mein Kind«, sagte er ruhig und mit angenehm melodischer Stimme.

»Er hat ihn getötet. Einfach erschlagen.«

»Wer hat wen getötet?«

»Sekretär Baier, meinen Vater.«

Die Festigkeit ihrer Stimme überraschte sie beinahe selbst. Tillmann blickte auf und wandte seinen Blick auf den Tisch. Ein Kreuz ragte von der Platte hervor und glitzerte im fahlen Mondlicht.

»Das sind schwere Anschuldigungen, mein Kind. Sekretär Baier ist ein angesehener Mann. Seine Verbindungen reichen bis zu den Amtmännern in der Landesburg«, sagte er nachdenklich.

»Ihr seid der Einzige, der die Macht hat, ihn zu stoppen«, flüsterte Antonella. »Bitte, er hat meinen Vater erschlagen. Hat ihn einfach kaltblütig ermordet. Ihr müsst Euch an die Stadtwache wenden. Er hat einfach meinen Vater …«

»Soweit ich weiß, war er nicht Euer Vater«, warf der Pfarrer ein.

Sein Blick wanderte vom Tisch mit dem Kreuz zurück zu Antonella. Er nahm den abgerissenen Teil ihres Kleides in die Hände und legte ihn zärtlich auf ihre Schulter. »Der Bürgermeister hat Euch vor Jahren adoptiert. Ist es nicht so, mein Kind?«

Verwundert blickte sie ihn an.

»Ja, Herr, das ist wahr, ich bitte Euch trotzdem, dass Ihr gegen dieses Scheusal vorgeht.« Ein Schauer durchfuhr sie, als sie an das Vergangene zurückdachte. »Er hat ihn schließlich …«

Die letzten Worte wurden in ihrem Wimmern erstickt. Verzweifelt faltete sie die Hände vor ihrem Gesicht. Verständnisvoll nickend legte Tillmann seinen Arm auf ihren Rücken und streichelte über die weiße Haut ihres Nackens.

»Oh, Ihr dürft nicht verzagen.«

Sie bemerkte gar nicht, wie Tillmann den zerfetzten Stoff zur Seite legte und langsam und hauchzart mit den Fingern über die nackte Stelle fuhr.

»Es ist Gottes Wille. Hin und wieder holt er Menschen zu sich, um den Weg freizumachen für andere, die seinen Weg etwas konsequenter verfolgen wollen.«

Er rückte näher an Antonella heran, sodass sich ihre Beine bereits berührten.

»Was meint Ihr damit?«, wisperte sie unsicher.

»Ihr wisst, dass ich Euch helfen kann, mein Kind. Nichts ist zufällig.« Tillmann legte seine andere Hand gemächlich auf den Oberschenkel Antonellas. »Ihr wisst, dass ich Euch beschützen kann, dass ich Euch helfen kann, dass Ihr bei mir sicher seid.«

Seine Worte waren nun ein Flüstern. Doch während seine Stimme immer weicher und sanfter wurde, verhärtete sich sein Griff. Erschrocken wollte sie aufstehen, doch er drückte sie mit einem Ruck zurück auf die Bank.

»Herr Pfarrer, was macht Ihr … Was … was meint Ihr mit Euren Worten?«

In den Augen Tillmanns erkannte sie ein Feuer, das aus der Hölle selbst zu kommen schien. Die pure Gier schien nun von ihm Besitz ergriffen zu haben, als er ihr Kleid herunterriss und sich auf sie stürzte. Sie spürte die Feuchtigkeit seiner Küsse auf ihrem Hals. Nur mit Mühe konnte sie seinen Kopf beiseite drücken.

»Bitte«, flehte sie.

Doch seine starken Hände quetschten sie nur weiter auf die Holzbank.

»Ich kann Euch helfen«, presste er hervor. »Wenn Ihr mir helft.«

Sein Kopf glitt tiefer, bis er schließlich den Ansatz ihres Busens erreicht hatte. Ihre Handgelenke schmerzten unter seinem eisernen Griff. Heftig warf Antonella ihren Kopf hin und her. Nur mit größter Mühe schaffte sie es, ihr Knie anzuwinkeln und Pfarrer Tillmann mit einem kräftigen Ruck wegzustoßen. Mit dem Rücken stürzte er gegen ein Regal, vollgestellt mit goldenen Reliquien. Einige der Kostbarkeiten fielen scheppernd zu Boden, doch der funkelnde Blick des Geistlichen war weiter auf Antonella gerichtet. Sein Begehren war überdeutlich zu erkennen.

»Sieh es als notwendiges Übel an!«, schrie er zornig.

Kauernd zog sie ihre Knie hoch und bedeckte Hilfe suchend ihre nackte Haut. »Was meint Ihr damit?«

»Baier erkannte die Notwendigkeit seines Handelns. Er verstand, dass man gelegentlich ein kleines Übel verrichten muss, um ein größeres zu beseitigen.«

Antonella schreckte hoch, mit weit aufgerissenen Augen sah sie den Pfarrer an. Sie hörte sich zwar sprechen, doch die Worte, die ihre Lippen verließen, schienen nicht von ihr zu stammen. »Ihr wart es! Ihr habt ihm den Auftrag gegeben.«

»Nein, GOTT war es!«, fauchte er, sich langsam auf sie zubewegend. »Der Bürgermeister erkannte einfach nicht, dass es eine Sünde ist, sich gegen den Allmächtigen zu stellen. Im Namen des Herrn musste er weichen!«

Antonella musste die Hände gegen die Schläfen drücken. Ihr Kopf schien zu explodieren.

»Nein, nein ...«, wimmerte sie leise. Ihr Körper schien

sich nicht mehr bewegen zu wollen. Auf einmal wandelte sich die Stimme des Pfarrers erneut, als er den Arm ausstreckte und sie an der Schulter berühren wollte.

»Habt keine Angst, mein Kind. Es gibt immer einen Ausweg, man muss nur das kleinere Übel wählen.«

Grinsend fasste er sie und zog sie zu sich. Der Mond warf sein Licht jetzt hell und beinahe aufdringlich durch das kleine Fenster. Im Kegel des Lichtes schien das Kreuz zu strahlen. Wie von Sinnen legte sich Antonellas Hand um den dicken, goldenen Ständer des Kreuzes. Blitzschnell holte sie aus und zog es Tillmann über den Kopf. Mit einem lauten Stöhnen fiel er zurück, bewahrte jedoch das Gleichgewicht. Das vormals engelsgleiche Gesicht des Mannes wandelte sich zu einer Fratze. Eine dicke Platzwunde klaffte auf seiner Stirn und ließ Blut auf den Boden tropfen.

»Damit bist du Hexe des Teufels!«, fauchte er.

Dann schoss er auf sie los. In Panik ließ sie das Kreuz los, das polternd zu Boden fiel. Seine peitschenden Flüche im Rücken, hetzte sie aus der Sakristei heraus, durch die Sitzreihen hindurch und warf sich gegen die große Kirchentür. Quietschend gab sie den Blick nach draußen preis. Voller Entsetzen schossen ihre Blicke auf den Marktplatz. Dutzende Menschen hatten sich in kleinen Grüppchen zusammengeschlossen.

»Ein Sukkubus!«, schrie Tillmann hinter ihr. Mit großen Schritten preschte er dem Eingangstor entgegen. »Sie wollte mich verführen!« Die Stimme des Mannes erfüllte den gesamten Marktplatz. Antonella warf ihren Kopf nach hinten und sah die pulsierende Ader an Tillmanns Schläfe. »Haltet die Hexe, die Gespielin des Teufels!«, schrie er laut den Menschen entgegen.

Der Verzweiflung nahe, schoss sie in die Richtung, in der sie am wenigsten Menschen ausmachte. Schnell raffte sie ihren Rock hoch, rannte in die Seitengasse. Auf dem Kopfsteinpflaster riss sie sich ihre Ferse auf, aber sie musste weiter, einfach weiter. Doch wohin sollte sie gehen? Ihr Herz pochte bis zum Hals und dennoch betete sie still, dass dies nur ein schlimmer Traum war, aus dem sie bald aufwachen würde. Kurz über die Schulter blickend, erkannte sie die Meute, die sie jagte, und ihr wurde schlagartig bewusst, dass sie nicht gleich in ihrem Bett die Augen öffnen würde. Sie würde nicht zu Vater gehen und mit Elisabeth frühstücken können. Nein, dies musste die Hölle sein. Panisch blickte sie in die engen Gassen. Sie rannte so schnell, wie ihre Füße sie nur trugen, und spürte, dass ihre Sohlen bald aufgerieben und blutig waren. Ihre Lungen schienen zu brennen, und ihr wurde schnell klar, dass sie nicht lange so weiterlaufen können würde. Und noch immer hörte sie das Gebrüll der Meute in ihrem Rücken. Mit letzter Kraft schleppte sie sich zum Peterstor, das gehorsam den Weg aus der Stadt bewachte. Drohend nahmen die Soldaten ihre Waffen in die Hände und gingen einige Schritte auf sie zu. Dann erkannten sie die Männer, die ihr den Weg versperren wollten. Grübelnd blickten der junge und der alte Mann mit dem Schnauzbart auf die zierliche, schwer atmende Gestalt, die am Ende ihrer Kräfte schien.

»Was ist los mit Euch?«, wollte der Ältere mit besorgter Stimme wissen.

»Bitte«, schluchzte Antonella flehend. »Ihr müsst mich aus der Stadt lassen.«

Kurz tauschten die beiden Wachen einen Blick aus. Dann sahen sie die Meute, die sich nun aufgeteilt hatte und trotzdem von großer Zahl war. Bedrohlich zuckten ihre Fackeln in die Nacht hinein, und die aufpeitschenden Schreie waren selbst bis hierhin zu hören.

»Bitte«, wimmerte sie erneut.

Mit einem kurzen Nicken durfte sie passieren. Dankbar sah sie die beiden an.

»Und … und … sagt niemandem, dass ich hier durchgekommen bin.«

Ein weiteres Mal nickten die beiden wortlos. Schnell öffneten die Soldaten die Durchgänge und ließen sie in die stille Nacht hinaus. Die schwere Tür fiel krachend ins Schloss. Die ersten Ellen spurtete sie noch über die dünne Schneedecke des frostigen Pfades. Dann ließen ihre Kräfte nach und sie konnte nur schwerlich einen Fuß vor den anderen setzen. Mit feuchten Wangen drehte sie sich um. Die Stadt war an diesem Abend hell erleuchtet. Von überall her schien es in den Abendhimmel zu lodern. Doch dies war nicht ihr Weg. Sie schritt weiter auf dem dunklen Pfad, hinein in den einsamen Wald. Erst als sie sich sicher war, dass sie niemand mehr verfolgte, erlaubte sie sich, zusammenzubrechen. Schmerzende Schreie durchzogen die Dunkelheit, nur unterbrochen von einem quälenden Wimmern, das niemand in dieser Nacht bemerkte.

Kapitel 11

- Zurückkehren -

Was für eine Schönheit, *was für eine Stille, was für eine Pracht! Ich genieße es, an nichts denken zu müssen. Mein Körper scheint umgeben von Licht und Zufriedenheit. Wahrlich, ich kann mir keinen schöneren Ort vorstellen. Ich mache nur einen Schritt nach vorn und schon scheint alles um mich herum zu tanzen. Meine Augen können sich nicht mehr schließen, sie wollen keine Sekunde des Lichterspiels um mich herum versäumen. Dieser Ort ist von Magie und Zauberei durchzogen, überall wabert es mir entgegen, das Glück und die Freude durchfließen meinen Körper, sie scheinen allgegenwärtig zu sein. Und doch …*

… und doch bleibt dort dieser Gedanke. Nicht mehr als ein Hauch, eine Berührung, ein flüchtiger Augenblick, der nicht weichen will. Hineingefressen hat er sich, irgendwo in mir. Zu tief, als dass ich es überhören könnte, zu stark, als dass ich ihn vergessen könnte, und zu kräftig, als dass ich den Ort, an dem ich mich befinde, genießen könnte. Ich spüre, dass hier etwas nicht stimmt, obwohl alles perfekt und makellos ist. Ich spüre, dass ich noch etwas tun muss, obwohl ich alles erledigt habe. Ich spüre, dass ich hier nicht bleiben will, obwohl ich hierhin gehöre. Irgendetwas lässt mich umblicken. Umgeben von Licht, sehe ich eine Gestalt. Nicht böse und nicht gut, weder empfinde ich Angst noch Freude, die Figur ist einfach nur da und schreitet auf mich zu. Erst erkenne ich sein Gesicht nicht.

»Bonjour«, sagt er.

Dann fällt es mir wieder ein. Ich kenne diesen Mann. Zumindest sind wir uns einmal begegnet. Es muss Ewigkeiten her sein.

»Guten Tag«, antworte ich.

Wortlos sehen wir uns an. Es könnten Sekunden, aber auch Jahre gewesen sein.

»Warum möchtest du zurück?«, will der Mann wissen.

Die Worte aus seinem Mund klingen wie eine fremde Sprache, an welche ich mich nicht entsinnen kann. Doch ich verstehe jedes Wort, das seine Lippen verlässt.

»Ich weiß es nicht.« Ich bemerke, wie ich mit den Achseln zucke. Meine Stimme klingt leise, aber ehrlich.

»Es ist wirklich schade, dass du nicht hierbleiben kannst. Immerhin waren wir beide im Krieg, haben Menschen getötet und trotzdem dürfen wir hier sein.«

Eigentlich sollte mich nun Trauer erfassen, dass ich diesen Ort verlassen werde, doch ich fühle nichts. Mein Blick gleitet weiter, weiter hinter die Person. Meine Augen weiten sich, als wir das erblicken, was hinter uns liegt.

Dort ist es dunkel, es brennt, das Chaos scheint sich an diesem Ort breitgemacht zu haben. Fett und sich labend, sitzt es dort und wird mit jedem Augenaufschlag größer und mächtiger. Nichts Schönes scheint dort zu existieren, dieser Ort frisst alles, sogar sich selbst.

»Dahin willst du zurück?«

Keine Arroganz ist aus seinen Worten zu entnehmen. Er bewertet meine Entscheidung nicht, möchte nur wissen, warum.

»Ich muss«, hauche ich.

»Warum? Ist es wegen einem Mädchen?«

Ich nicke.

»Ich habe auch ein Mädchen«, sagt der Mann ohne Vorwurf. »Sie ist wunderschön, hat blondes, wallendes Haar. Ihr Name ist Camille.«

Ich wende meinen Blick von dieser Hölle ab und schaue dem Mann direkt in die Augen. »Wo ist sie jetzt?«

»Sie ist immer noch da«, sagt er mit einer Kopfbewegung.

»Möchtest du nicht zu ihr?«, frage ich.

»Natürlich, aber es liegt nicht mehr in meiner Macht, dies zu entscheiden. Ich habe mich dazu entschlossen, die Augen zu schließen und auf sie zu warten.« Er zögert: »Hier auf sie zu warten.«

Ich nicke verstehend. »Und du bist sicher, dass sie kommt?«

»Ja«, haucht der Mann. »Sonst wäre dieser Ort nicht das, was er ist.«

Dann dreht er sich weg. Während ich überlege, entfernt er sich langsam.

»Vielleicht sollte ich hierbleiben und einfach warten?«, rufe ich ihm nach.

Ein helles, freundliches Lachen ertönt. Es scheint Hunderte Male verstärkt zu werden, sodass ich mich nicht verweigern kann und mitlachen muss. Es klingt wunderschön.

»Ja, das wäre die bessere Entscheidung. Aber du hast deine bereits getroffen!«

Ich renne ihm nach, versuche den Mann einzuholen. »Wann?«

»Als du dich entschlossen hast, deine Augen wieder zu öffnen.«

Abrupt bleibe ich stehen. Noch einige Sekunden blicke

ich dem Mann hinterher, dann schreite ich auf das Chaos zu. Im letzten Moment drehe ich mich zu der Person um, ihre Silhouette ist gerade noch zu erkennen. Ich rufe, so laut ich kann: »Je te pardonne!«

Seine Lider zitterten erst, dann gaben sie den Blick schlagartig auf seine stahlblauen Augen frei. Jeder Knochen an seinem Körper schien zu schmerzen und sein Kopf dröhnte. Lorenz blickte auf dunkles Holz, das notdürftig zusammengezimmert war. Sein Blick war milchig, alles schien sich zu drehen. Keine gute Arbeit – war der erste Gedanke, der ihm durch den Kopf schoss. Die Trockenheit seines Rachens glich einer Wüste, die er von Erzählungen der Betrunkenen aus der Kneipe kannte. Dann kam er zurück, der Schmerz, und ließ ihn leise stöhnen.

»Sieh, Eduard! Er ist wach.«

Lorenz erkannte diese weibliche Stimme nicht, sie war alt und schien sichtlich überrascht.

»Redet er wieder wirres Zeugs?«, grollte ihm eine tiefe Stimme entgegen.

Dann machte Lorenz einen Schatten aus, der sich prüfend über ihn beugte.

»Könnt Ihr sprechen, Junge?«

Er hatte Probleme, seinen Blick zu schärfen. Er wollte sprechen, doch die Laute, die seinen Mund verließen, hatten mit Sprache nichts gemein. Genauso schnell, wie er gekommen war, verschwand der Schatten.

»Nein, er ist immer noch nicht bei Sinnen, Birgit! Versuche ihn ein wenig zu füttern.«

Lorenz meinte diese Worte durch eine dicke Scheibe zu hören, obwohl die beiden direkt neben ihm standen. Ruckartig setzte sich jemand auf das Bett, bei jeder Bewegung, bei jedem Wippen hatte er das Gefühl, dass sein Kopf explodieren müsste. Etwas schien ihn in eine schwarze Tiefe ziehen zu wollen. Einfach loszulassen war nur allzu verführerisch. Lorenz widerstand. Nur schwerlich konnte er seine Augen offen halten. Behutsam wurde ihm ein Löffel an den Mund gereicht.

»Hier, esst«, war abermals die weiche Frauenstimme zu vernehmen.

Zögerlich öffnete er schließlich den Mund. Der heiße Brei schmeckte unglaublich gut. Mit jedem kleinen Schluck, der seinen Magen erreichte, spürte er, wie der Schmerz nachließ und die Gedanken an ihn selbst zurückkehrten.

»Danke schön«, röchelte er schließlich.

Erschrocken fuhr die Frau zurück. »Eduard, er ist wach, er ist wirklich wach.«

Ein weiteres Mal schob sich der Schatten zwischen ihn und die Holzplanken an der Decke. »Wie heißt Ihr, Junge?«

Diesmal kam das Gesicht des Mannes ganz nah an seins. Der Geruch von Alkohol und Tabak drang ihm sofort in die Nase.

»Lorenz Cox«, stammelte er leise.

»Herr im Himmel, ich hätte es beinahe nicht mehr geglaubt«, entfuhr es dem Mann. Sofort bekam Lorenz einen Becher an die Lippen gedrückt.

»Hier, trinkt. Das wird Euch guttun.«

Sein Körper wollte die Flüssigkeit nicht in sich lassen, doch der harte Griff des Mannes an Lorenz' Hinterkopf ließ keine andere Möglichkeit zu.

Schwer atmend konnte er sich schließlich auf die Ellenbogen stützen.

»Was ist das?«, keuchte Lorenz, als er den Becher endlich geleert hatte.

Jetzt wandte sich ihm die Frau zu. »Wasser gemischt mit verschiedenen Kräutern, damit Ihr schnell zu Kräften kommt.«

Erst langsam verschärfte sich sein Blick und das Schwindelgefühl ließ nach. Lorenz musste die Lider mehrmals schließen und öffnen, um das Gesicht der Frau zu erkennen. Sie war klein, beinahe hager und hatte dickes Haar, das zu einem Pferdeschwanz zusammengebunden war. Sie trug die einfache Kleidung einer Bauernfrau, doch um ihren Hals baumelte ein glitzerndes Kreuz, das wertvoll aussah. Aus kleinen Augen blickte sie ihn an.

»Ihr habt doch kein Problem mit der Kunst der Kräuterheilkunde, oder?«

Hätte es nicht so wehgetan, hätte er bei dieser Frage beinahe gelacht. Sein Blick fiel auf den Mann, der ihn argwöhnisch beobachtete. Auch er war von kleiner Statur und sein dicker Vollbart reichte bis zu seiner Brust. Ein Landstreicher, war der erste Gedanke, der Lorenz durch den Kopf schoss. Doch seine wachen, aufmerksamen Augen zeugten von Klugheit und Wissbegierde, und auch er trug dieses verzierte Kreuz um seinen Hals.

»Wo bin ich?«, stöhnte Lorenz, nachdem er davon überzeugt war, dass dies keine Franzosen waren.

»Ihr seid im neutralen Crefeld. In der Abtei der Dionysiuskirche«, sagte die Frau. »Ihr wart bewusstlos. Woran könnt Ihr Euch erinnern?«

Lorenz überlegte lange. Als ob sein Verstand die dunklen Erinnerungen der Vergangenheit tief in seiner Seele begraben wollte, kamen die Gedanken nur bruchstückhaft zutage.

»Es war Krieg«, flüsterte er schließlich, den Blick auf das Laken über dem Heu gerichtet. »Überall waren Soldaten, und es war laut. Sie schrien panisch durcheinander. Alle hatten Angst und brüllten.« Es schmerzte ihn, als er sich die Gedanken in Erinnerung rief. »Es war so laut, so unendlich laut.«

Als wolle er mit der Geste seinen Worten Nachdruck verleihen, fasste er sich an die Ohren. Unter Schmerzen richtete er sich auf. Sofort wurde er vom einfallenden Licht geblendet, das von den Fenstern direkt in sein Gesicht fiel. Erst als er seine Augen bedeckte, sah er sie.

Es mussten Dutzende von Soldaten sein, die regungslos in diesem langen, lichtdurchfluteten Gebäude lagen. Beinahe der komplette Platz war genutzt worden. Lorenz erkannte die Uniformen der kaiserlichen, aber auch der französischen und schwedischen Armee. Arm an Arm lagen die Männer hier, nur zusammengehalten von Binden und Verbänden. Einigen fehlten Gliedmaßen, Augen, Ohren, manchen das ganze Gesicht. Ihm stieg ein Geruch in die Nase, wie er bestialischer nicht hätte sein können. Sofort schnellte seine Hand zum Mund.

»Sie werden einfach liegen gelassen«, sagte der Mann, der Lorenz' Blick gefolgt war. »Nach so einer Schlacht bleibt den Heeren keine Zeit mehr, sie zu bergen und zu pflegen. Einige leicht Verwundete werden mitgenommen, doch die, die am Boden liegen und sich nicht mehr rühren, um die kümmert sich keiner.«

Ein Schauer fuhr über Lorenz' Rücken. Ungläubig blickte er in das Gesicht der Frau.

»Es waren mal viel mehr«, flüsterte sie. »Doch wenn sie nicht stark genug sind und zumindest ab und zu bei Bewusstsein, dann sterben sie langsam und schmerzvoll.«

Der Ort schien sich zu drehen. Unmerklich fasste sich Lorenz an seinen Kopf. Er befühlte einen dicken Verband, der Druck auf seine Stirn ausübte. Sofort kamen die Schmerzen wieder, panisch versuchte er aufzustehen, doch seine Beine versagten ihm den Dienst. Nur mit Mühe konnte ihn der kleine Mann auffangen und auf das Bett setzen. Sofort reichte ihm die Frau eine weitere Tasse mit dem ekelhaften Gebräu.

»Wie lange war ich bewusstlos?«, wollte Lorenz wissen, nachdem sie ihn wieder hingelegt hatten.

Bedächtig fiel der Blick des Mannes auf den Boden. »Nun, das können wir nicht sagen. Aber heute schreiben wir den siebten Februar.«

Erschöpft atmete Lorenz aus. Seine Gedanken kreisten. Nur langsam kamen die Erinnerungen zurück. Wann war er mit Maximilian losmarschiert? Es musste über zwei Wochen her gewesen sein.

Maximilian!

Die Erkenntnis traf ihn wie ein Schlag.

»Max! Wo ist mein Bruder! Wo sind meine Freunde?«

Ein weiteres Mal musste der Mann ihn bestimmt auf das Laken im weichen Heu zurückdrücken.

»Ich weiß nicht, wo Euer Bruder ist.«

Sein Geist schien ihm die Schmerzen seines Körpers für einen Moment vergessen zu lassen. Wild umherschlagend stieß er den Mann weg und richtete sich auf. Waren seine Beine vor einigen Tagen noch kräftig und muskulös gewesen, schienen sie heute nicht mal mehr sein eigenes Gewicht tragen zu wollen. Trotzdem schleppte er sich voran, schritt schnell die Reihen der Männer ab und blickte hoffnungsvoll in jedes Gesicht. Dort, wo er keins erkennen konnte, versuchte er Ähnlichkeiten mit seinem Bruder zu finden. Doch keine Statur war der von seinem Bruder oder seinen Freunden auch nur ansatzweise gleich. Als er den Verband vom Gesicht des letzten Mannes entfernt hatte, durchzog ihn ein trauriger Gedanke. Langsam, nur ganz langsam, drehte er den Kopf zu den beiden.

»Wie viele Männer habt Ihr schon beerdigt?« Seine Stimme war brüchig und zitterte bei jedem Wort.

»Sehr viele«, sagte die Frau leise.

Stille senkte sich über die Abtei herab. Nur das zeitweilige Knistern des kleinen Ofens unterbrach die Stille.

Die Frau erkannte die schwindende Hoffnung in Lorenz' Blick und trat einige Ellen auf ihn zu. »Vielleicht haben sie überlebt, vielleicht konnten sie, wie einige Teile der Kaiserlichen Armee, flüchten.«

»Flüchten!«, schrie Lorenz. »Lamboy hat die Schlacht verloren?«

Lorenz spürte, wie seine Augen feucht wurden, gebückt und schwer atmend musste er sich abstützen. Langsam schritt der Mann auf ihn zu. Die Hand, die er ruhig auf seine Schulter legte, fühlte sich warm an und spendete ihm zumindest für einige Momente Trost.

»Es war eine vernichtende Schlacht, mit vielen Toten auf beiden Seiten. Doch am Ende waren Marschall Guébriants Truppen siegreich. Wir haben verloren.«

»Wir haben verloren«, hauchte Lorenz.

Einige Sekunden blieb sein Blick auf einem Soldaten der französischen Armee haften. Er war schwer gezeichnet von der Schlacht. An einigen Wunden hatte sich Eiter gebildet, der sich mit Blut zu vermischen schien.

»Die Stadt! Kempen! Wisst Ihr irgendetwas über Kempen?«, schoss es aus Lorenz heraus, während er dem Mann entgegenfiel und ihn am Kragen packte. »So sagt doch bitte!«

Aus dem Gesicht des Mannes sprach Verständnis, seine Augen waren gütig und doch wissend.

»Es sind keine Nachrichten bis hierhin gedrungen. Man hört nur von den umliegenden Dörfern, dass die Hessen sie geplündert haben.«

»Hessen?«, wiederholte Lorenz.

»Ja, sie nehmen sich von einer Gemeinde, was sie kriegen können. Geld, Güter, Vieh und manchmal …«, der Mann stockte, sichtlich schwer verließen die Worte seine Lippen, »… und manchmal sogar das Leben der Menschen.«

Innerhalb von Sekunden wandelte sich Hoffnung in wilde Raserei.

»Antonella.«

Als ob ihn der Zorn persönlich leiten würde, stürzte er dem Ausgang der Abtei entgegen. Seine Schritte waren unsicher, wirkten hölzern. Doch auch wenn er sich an der Mauer abstützen musste, um sich auf den Beinen zu halten, war sein Blick nur auf das Licht gerichtet, das strahlend durch die Tür hereinfiel.

»Wartet! Ihr seid noch viel zu schwach, um hinauszugehen. Bitte, so wartet doch!«, schrie ihm die Frau hinterher.

»Ihr werdet sterben, wenn Ihr Euch nicht ausruht, Junge! Ihr findet nur den Tod!«, grollte der Mann.

Als er diese Worte vernahm, blieb Lorenz wie angewurzelt in der Tür stehen. Um nicht zu stürzen, musste er sich am Rahmen festkrallen. Er starrte noch immer auf den hellen Lichtschein, als er voller Überzeugung sagte:

»Ich danke Euch von Herzen für das, was Ihr für mich getan habt. Doch manchmal gibt es Schlimmeres für einen Menschen, als zu sterben.«

Lorenz hatte damit gerechnet, dass die Bürger von Crefeld aufblicken würden, dass sie sich verwundert ihre Augen rieben, sich vielleicht sogar angewidert wegdrehen würden.

Doch es geschah nichts.

Zu viele Verwundete und Krüppel waren schon an der Stadt vorbeigezogen. Zu normal war der Wahnsinn des Krieges bereits geworden. Die Menschen waren viel zu sehr mit ihrem eigenen Überleben beschäftigt. Sie beachteten ihn nicht einmal, als er mehrmals das Gleichgewicht verlor und auf dem harten Kopfsteinpflaster des Ortes aufschlug. Hell brannte die Sonne in seinem Gesicht, und immer, wenn er die Augen schloss, schienen Hunderte zuckender Punkte ihn in den Wahn treiben zu wollen. Von der Kühle des Winters war im hellen Schein der Sonne nichts mehr zu spüren. Sein Geist konnte keinen Gedanken festhalten, alles schien flüchtig, schien zu kreisen. Er sah den Schnee, der hier und dort noch weiß auf den Dächern ruhte oder bereits mit Schlamm vermischt braun am Rande der Gasse lag. Doch die Stadt schien zu lodern, zu verbrennen. Kalter Schweiß sammelte sich in seinem Nacken, als er die ersten unsicheren Schritte in Richtung des Ortsausgangs machte. Oder bildete er sich diese Hitze lediglich ein? Bereits nach wenigen Ellen schmerzte sein Körper bitterlich. Zu lange hatte sein Leib auf diesem Laken im weichen Heu gelegen, zu lange waren seine Beine, ja alles an ihm, nicht mehr genutzt worden, als dass sie ihn ohne Probleme hätten tragen können. Jeder Schritt war eine Aufgabe, und bei jeder Bewegung musste er sich erneut verbieten, zu scheitern.

Nur allmählich nahm die Anzahl der Häuser und Hütten ab und sein Blick fiel auf die Weiten der Heide mit ihren vereinzelten Sträuchern. Er erkannte die Erhebung, auf der die Artillerie gestanden hatte, und die Stelle, an der die feindliche Armee durchgebrochen war. Tiefe Furchen und gewaltige Löcher schmiegten sich an die kleinen Erhebungen, nur sie erinnerten noch an die Schlacht, die vor nicht allzu vielen Tagen hier getobt hatte. Doch ansonsten? Wäre Lorenz nicht Teil dieses Wahnsinns gewesen, wäre er ein Unbeteiligter, der nur zufällig hier vorbeigegangen wäre, hätte er die stummen Zeugen nicht einmal bemerkt. Die Bäume und Sträucher bogen sich im Wind, wie sie es an jedem anderen Tag getan hätten, und die Felder waren frei von Kanonen und Leichen, von Uniformen und Waffen, als wären an diesem Ort keine Heere aufeinandergetroffen. Als hätten sich keine Menschen bis zum Tode bekämpft und als wäre hier nie das scheußliche Lied des Krieges mit all seinen Schreien und Donnergrollen herübergeweht. Der Anblick der Landwehr weckte die schmerzlichen Erinnerungen. Die Erinnerungen an seine Familie, an Antonella, an seine Freunde und an seinen Bruder. Lorenz war sich sicher, dass er ohne die Hilfe seines Bruders die Schlacht nicht überlebt hätte. Noch einmal ließ er den Blick auf die Stelle schweifen, an der sie sich versammelt hatten, an der sie auf den Feind gewartet hatten und an der Maximilian ihn mit harter Hand in der Reihe gehalten hatte. Leise schickte er ein Gebet zum Himmel.

Dann beschleunigte er seinen Schritt und verbat sich alle Gedanken an den Schmerz, der in ihm loderte.

Immer wieder musste er eine Pause machen, um zu Atem zu kommen, und sich abstützen. War er den Hinweg noch schnell und zügig marschiert, so kam ihm der Rückweg in seine Heimat unaufhörlich lang vor. Zoll wurden zu Ellen, Ellen wurden zu Meilen und Meilen zu einer Unendlichkeit. Selbst der Tag schien sich gegen ihn verschworen zu haben und machte bereits früh Platz für die Dunkelheit der Nacht. Nur schwerlich konnte Lorenz den Weg finden, der ihn nach Hause bringen sollte. Immer noch drehte sich die Welt um ihn herum. Lorenz wunderte sich, dass er keine Händler traf, keine Spielleute und Streicher. Die bittere Erkenntnis traf ihn wie ein Schlag und er beschleunigte seinen schlurfenden Schritt erneut. Kempen wurde belagert.

Den Blick auf den schlammigen Boden gerichtet, erkannte er einzelne Stämme, die immer dichter wurden. Erst als er seinen Kopf hob, brachte ihm der Anblick Gewissheit. Er hatte das Wäldchen vor der Stadt erreicht. Endlich. Hier hatten Antonella und er vor nicht allzu vielen Tagen den vielleicht glücklichsten Abend ihres Lebens verbringen dürfen. Während er sich weiter den Pfad entlangschleppte, suchten seine Augen den Wegesrand ab. Nur mit Mühe konnte er in der Dunkelheit etwas erkennen. Zu verschwommen war sein Blick, zu pochend der Schmerz in seinem Kopf, zu kraftlos war sein Körper. Er konnte nicht mehr bestimmen, ob seine Augen geschlossen waren, die Lichter schienen immerzu vor seinem Gesicht zu zucken. Alles um ihn herum flackerte und schimmerte. Selbst der Boden strahlte ihm leicht entgegen. War dies Einbildung oder Wahn? Mit letzter Kraft verschärfte er seinen Blick. Es war nicht der Boden, der leuchtete, es war Silberkraut, das vom Mond angeschienen wurde. Antonella. Er musste nun ganz nah an ihrer Hütte sein. Dort, wo der einsame Baum im Wasser thronte und dort, wo die Stille des Mondes über die Geräusche wachte. Einige Ellen schritt er auf den Weiher zu, dann stoppte er und er musste über sich selbst lachen. Es waren nur die Gedanken eines Wirren, der annehmen konnte, dass Antonella auch in dieser Nacht dort sein könnte. Jetzt, da der Krieg das Land mit seinem dunklen Antlitz überzogen hatte. Gebückt drehte er sich um. Die Schwärze der Nacht selbst drang in ihn hinein. Sie zerrte ihn unbarmherzig hinunter, zog ihn auf den Boden und befahl ihm, die Augen zu schließen.

»Lorenz! Lorenz!«

Diese Stimme …

… sie schien nicht von dieser Welt zu stammen. So zärtlich und süß und doch ängstlich und verzweifelt drang sie in seine Ohren. Seine Lider öffneten sich einen Spalt weit, als er in die Augen von Antonella blickte.

»Ein Traum …«, hauchte er.

Ja, dies musste ein Traum sein. Ein letzter, perfekter Traum, der ihm vom Allmächtigen geschenkt wurde, bevor er endgültig von dieser Welt Abschied nehmen musste. Lorenz lächelte.

»Du bist nicht bei Sinnen«, sagte Antonella hektisch, während sie seinen Kopf anhob.

»Ein wunderschöner Traum …«

»Du bist zurück! Dies ist wahrlich ein Traum«, flüsterte sie.

Vorsichtig umarmte sie ihn. »Du bist verletzt und halb ausgehungert. Ich muss …«

Sie beendete den Satz nicht, sondern packte Lorenz und zog ihn ächzend in den Wald hinein. Er spürte die Berührungen auf seiner Haut und genoss den Duft ihrer Haare.

»Ein wunderschöner Traum …«, wisperte Lorenz, als er erneut die Augen schloss.

Die Kühle des Wassers fühlte sich unendlich gut an. Zärtlich strich Antonella ihm mit einem Lappen über das Gesicht, genau darauf bedacht, Lorenz nicht zu wecken. Es dauerte nur wenige Minuten, bis er sein Gesicht an ihre Hand drückte und leise stöhnte.

»Lorenz«, flüsterte sie.

Halb in dieser Welt und halb in der Traumwelt, blickte er sie an. Konnte dies wirklich wahr sein? Schaute er gerade wirklich in die rehbraunen Augen von Antonella?

»Bist du es wirklich?«, fragte er ohne Stimme.

Ihr scheues Nicken und ihre Augen, die tief in seine Seele zu blicken schienen, gaben ihm Gewissheit. Die Schmerzen ignorierte er, als er sich aufrichtete und sie küsste. Er wollte ihr so viel sagen, so viele Fragen stellen, doch in seinem Kopf herrschte Chaos. Verstehend drückte sie behutsam einen Finger auf seinen Mund und ließ die Lippen folgen.

»Du brauchst Ruhe. Leg dich wieder hin«, hauchte sie. »Hier, trink.«

Das Gebräu ähnelte dem, das ihm von der Frau in Crefeld eingeflößt worden war, nicht nur in seinem widerlichen Geschmack, sondern auch in der Wirkung, die seinen Blick klarer machte und seinen Verstand langsam zurückkommen ließ. Zärtlich nahm sie seine Hand, zog sie hoch und küsste sie. Ihre Augen glänzten, doch Lorenz las in ihnen etwas, das er nicht verstand. Antonella bebte, erst leicht, dann brach es schluchzend aus ihr heraus.

»Ich habe jeden Tag gehofft, dass ich dich wiedersehe.« Antonellas Augen füllten sich mit Tränen und ihre Unterlippe begann zu zittern. »Irgendwann habe ich aufgehört, zu hoffen.«

Ihr weißes Gesicht wirkte auch im Schein des Ofenfeuers fahl und kraftlos. Lorenz konnte die Worte, die ihre Lippen verließen, beinahe nicht verstehen, und doch genoss er jede Silbe. Auch er war den Tränen nahe. Langsam zog er sie an sich heran, obwohl jede Bewegung wie eine Folter durch das Höllenfeuer selbst war. Als ihr Kopf neben seinem auf dem kleinen Bett in ihrer Hütte lag, rannen bei Lorenz die Tränen in Bächen die Wangen hinunter.

»Ich liebe dich, Antonella«, hauchte er ihr ins Ohr.

Er roch den Duft ihrer Haut, spürte ihren Körper auf seinem atmen, doch es war nichts im Vergleich zu dem, was ihr Blick in seiner Seele auslöste, als sie sein Gesicht in beide Hände nahm und ihm tief in die Augen sah.

»Ich liebe dich auch, Lorenz«, wisperte sie.

Für einige Sekunden verharrten die beiden eng aneinandergeschmiegt. Fest umarmten sie sich, aus Angst, dass, wenn sie loslassen würden, dieser Traum zu Ende sein könnte. Sie starrten in das knisternde Feuer des Ofens, als würden die Flammen ihre lodernde Liebe bezeugen. Es war Lorenz' Stöhnen, das die Idylle unterbrach. Besorgt schrak Antonella hoch.

»Was ist mit deinem Kopf?«, fragte sie, seinen Verband untersuchend.

»Ich weiß nicht«, antwortete Lorenz, während er versuchte, sich abzustützen. »Mir ist schummrig und übel.

Außerdem möchte ich die ganze Zeit schlafen, es ist wie eine lange, anhaltende Müdigkeit, der ich mich nur schwer entziehen kann«, stöhnte er.

»Du brauchst Arzneien. Richtige Arzneien aus der Stadt.«

Für einen kurzen Moment meinte Lorenz Panik in Antonellas Augen zu lesen. Deutlich wurde er seiner eigenen Ängste erinnert. Seine Pupillen weiteten sich, als ihm siedend heiß etwas einfiel: »Hast du etwas von meiner Familie gehört? Weißt du, wie es Max geht?« Seine Stimme war hektisch, überschlug sich beinahe. Sie schwieg, den Blick zu Boden gerichtet.

»Antonella, bitte, so sag doch etwas.«

Waren es eben Tränen der Freude, so verließen sie jetzt aus Trauer ihre Augen. Langsam suchten sie sich den Weg über ihre Wange, bis sie schließlich zu Boden fielen.

»Ich kann es dir nicht sagen, Lorenz. Ich weiß es einfach nicht.«

Als die Erinnerungen an jene Nacht wieder geweckt wurden, schlug sie die Hände vors Gesicht und weinte bitterlich. Nur schluchzend konnte sie mit gebrochener Stimme weitersprechen.

»Sie … sie haben ihn getötet, Lorenz.«

Es war, als würde sein eigenes Herz mitweinen, als er Antonella sah. Auch seine Stimme klang nun brüchig. »Wen getötet?«

Doch sie konnte ihm keine Antwort geben, zu stark war ihr Wimmern, zu klar waren die Erinnerungen, zu sehr schmerzte der Gedanke an diese eine Nacht. Liebevoll legte Lorenz seine Finger unter ihr Kinn und drückte zärtlich ihr Gesicht nach oben. Ihre roten, blutunterlaufenen Augen waren nun auf einer Höhe mit seinen.

»Sag mir bitte: Wer hat wen getötet?«

Ihr Atmen war schnell und gepresst, ihre Stimme leise. »Baier, er hat meinen Vater ermordet. Hat ihn einfach hinterrücks ermordet und wollte dann mich ...«

Ein weiteres Mal erstarben ihre Worte und wandelten sich in ein schmerzvolles Schluchzen. Nur kurz blickte Lorenz in das Feuer.

»Antonella, es tut, es tut mir so leid ... Hast du es melden können?«

Als Lorenz diese Worte aussprach, brachen bei ihr alle Dämme. Ihre Beine versagten und sie sackte auf den Boden. Zusammengekauert, wie sie dasaß, war lediglich ihre von Lorenz gehaltene Hand noch auf der Bettdecke. Schnell zog er Antonella hoch und nahm sie in die Arme. Er spürte die Wärme und Feuchtigkeit ihrer Tränen, die langsam seinen Hals herunterliefen. Mit jedem Mal, das sie an seinem Ohr wimmerte, durchzog ein Schmerz seinen Körper. Doch die Pein war gleichgültig. Wichtig war nur, dass er Antonella halten konnte. Es dauerte Minuten, bis der Druck ihrer Umarmung nachließ und sie langsam zu sprechen begann.

»Baier wollte mir alles anhängen, er sagte den Leuten, dass ich meinen Vater getötet hätte ... es waren so viele Menschen, Lorenz, so viele.« Ihre Worte waren leise. »Sie alle haben mich gehasst. Alle.«

Ein weiteres Mal stockte ihre Stimme. »Ich wusste nicht mehr wohin, da bin ich in die Kirche, habe gehofft, dass Tillmann mir helfen könnte. Doch er, er ... hat es sogar befohlen ... er, er ...«

Der Klang ihrer Stimme war beinahe nicht mehr vorhanden, die Worte drangen nur noch gehaucht an Lorenz' Ohr. »... wollte sich an mir vergehen. Er hat geschrien und geschrien, und draußen waren die Massen … sie alle hassen mich, Lorenz, sie alle.«

Zärtlich strich er über ihre seidenen Haare. Die Sätze, die er vernahm, konnten nicht wahr sein.

»Ich bin gerannt, so viel gerannt, bis meine Füße blutig waren … und jetzt bist du hier … ich habe es so gehofft: Und jetzt … jetzt bist du endlich hier.«

Antonella wollte weitersprechen, doch ihre Stimme erstarb. Ein weiteres Mal schien sie zusammenzubrechen. Lorenz verstärkte seine Umarmung, obwohl das Schwindelgefühl mit jeder Sekunde zunahm. Gebannt starrte er in das Feuer des Ofens, das sich in seinen Augen widerspiegelte. Die Flammen schienen auch in ihm selbst zu lodern. Lorenz spürte, wie ein grausamer Gedanke sich in ihm verfestigte, sich in ihn hineinfraß, doch er sprach ihn nicht aus.

»Schhh«, war das Einzige, was er der weinenden Antonella ins Ohr flüsterte, während er sie im Arm hielt und seine Augen vor Hass brannten.

Für wenige Minuten hatte er das Gefühl, dass die Wut selbst das Blut in seinem Körper durch die Adern strömen ließ. Nur mühsam konnte er sich davon abhalten, sofort nach Kempen zu marschieren und den grauenvollen Gedanken in die Tat umzusetzen. Doch als Antonella ihren Kopf von seinen Schultern nahm und ihn ansah, vergaß er einen Herzschlag lang seine Rache. Hastig atmend fasste sie an seinen Kopf.

»Es blutet«, sagte sie erschrocken. »Du brauchst einen Arzt.«

Lorenz musste die Augen mehrmals zusammenkneifen, um wieder sehen zu können.

»Antonella, wir haben die Schlacht verloren, ich glaube, dass Kempen belagert wird«, stöhnte Lorenz, während er das Blut an ihren Fingern sah. »Ich werde es allein versuchen.«

Schnell schüttelte sie den Kopf. »Mit etwas Glück konzentriert sich die Belagerung nur auf eine Seite der Stadt. Du kannst es allein nicht schaffen, nicht ohne meine Hilfe.«

Auch wenn ihre Stimme noch zitterte und ihr Gesicht von Schmerz und Tränen gerötet war, so hatte ihr Blick eine klare Bestimmtheit, wie er sie bei ihr noch nie gesehen hatte.

»Nein, du bleibst hier in Sicherheit, während ich …«

Sofort schossen ihre Hände zu seinem Kopf und fassten ihn. »Ich habe dich schon einmal verloren, Lorenz. Das werde … das kann ich nicht erneut zulassen. Ich werde dich zu einem Arzt bringen, hast du verstanden?«

Das Hämmern in seinem Kopf schien nun übermächtig. Es war, als verstehe er die Worte nicht mehr, die über ihre Lippen drangen. Er spürte einen leichten Ruck, als sie sein Handgelenk fest umschloss und ihn hochzog.

»Nein, bleib hier …«, murmelte er.

Doch Antonella überhörte die Worte einfach, als sie Lorenz abstützte und ihm aus der Hütte half. Wenige Ellen waren sie auf der Lichtung gegangen, da fiel sein Kopf kraftlos in den Nacken. Die Augen einen Spalt weit geöffnet, erblickte er den Mond, der ruhig und strahlend auf sie herunterschimmerte. Der zugefrorene Weiher schien jeden Laut zu verschlucken, so still war es. Mit einem letzten Blick auf das schimmernde Silberkraut schleppten sich die beiden von dem einsamen Baum weg, der breit auf sein Reich heruntersah.

»Nein, bleib hier«, flehte Lorenz ein letztes Mal.

Als sie keuchend die letzten Bäume des Waldes hinter sich ließen, verschwanden auch die Stille und Dunkelheit der Nacht. Die Stadt tobte. Hell erleuchtet warfen die brennenden Fackeln ihr orangegelbes Licht in den Nachthimmel. Das Getöse und Rumoren war bereits am Waldrand zu hören. Chaos hatte in der Stadt Einzug gehalten. Lorenz und Antonella stockte der Atem bei dem Anblick. Weitere Dutzend Fackeln waren in die Felder gesteckt worden. Auf dem Übungsplatz, wo Lorenz seine notdürftige Ausbildung erhalten hatte, waren riesige Lagerfeuer entzündet worden. Haushoch züngelten die Flammen in die Nacht hinein. Einige hundert Menschen hatten sich um sie versammelt und belagerten den dreistöckigen Ostwall, auf dem herrisch die Turmmühle thronte. Im zuckenden Licht schien das Furcht einflößende Monstrum auf sie herabzusehen und sich gleich auf die Eindringlinge stürzen zu wollen.

»Die Hessen«, fluchte Lorenz mit blutunterlaufenen Augen. »Sie sind da.«

»Komm«, keuchte Antonella und beschleunigte ihren Schritt, während sich Lorenz auf ihre Schulter stützte. »Sie konzentrieren sich auf die Ostseite. Die Tore schienen ihnen zu gut bewacht.«

Und tatsächlich war nicht eine Person ausfindig zu machen. Hektisch ließen sie ihren Blick über die Felder schweifen, als sie sich den riesigen Türmen näherten, die die gusseisernen Rippen des Tores flankierten. Schon von Weitem sahen sie die Soldaten der Stadtwache im hellen Licht auf sie herunterblicken. Verzweifelt winkte Antonella mit den Armen. Einige Männer legten ihre Musketen an und entzündeten die Zündschnur der Waffen. Antonella hetzte wild mit den Armen rudernd weiter und zog Lorenz hinter sich her. Gequält lachte er auf.

»Was hast du, Lorenz?«

»Diese Waffen, die die Männer dort tragen, habe ich gefertigt. Sie sind gut justiert und treffen genau«, presste er schnell atmend hervor. »Ich hätte nie gedacht, dass es so eine Waffe sein würde, die mich niederstreckt.«

Sie waren nur noch wenige Ellen vom Tor entfernt. Wenn die Männer schießen würden, dann jetzt. Ununterbrochen reckte Antonella ihre Arme in die Luft und rief den Soldaten etwas entgegen. Lorenz ließ sich nun vollends von ihr führen und wartete auf das dumpfe Geräusch des Aufschlags, der die Kugeln aus den Läufen treiben würde. Wenige Herzschläge später drangen mehrere Schüsse an sein Ohr. Doch weder sackte er zusammen noch Antonella. Im letzten Moment hatten die Soldaten ihre Waffen hochgerissen und in den Himmel gefeuert. Sein Herz schlug Lorenz bis zum Hals, als sie endlich die schwere Tür neben dem Turm erreicht hatten und Antonella wie wild dagegenhämmerte. Abschätzend wurden sie durch die Scharte gemustert, und als die Tür den Weg in die Stadt freigab, erkannte er das Gesicht des alten Mannes mit dem Schnauzbart.

»Habt vielen Dank, habt vielen, vielen Dank«, entfuhr es Antonella erleichtert, als der Soldat die beiden durch die Gemäuer auf die andere Seite des Tores führte. Der Junge mit dem Milchgesicht wartete dort auf sie.

»Seid vorsichtig«, mahnte er ängstlich. »Seit mehreren Stunden sind die Hessen bereits vor den Toren Kempens. Die Stadt scheint verrückt geworden zu sein. Tillmann betet seit den Abendstunden mit den Leuten auf dem Marktplatz. Er will mit Baier einen Vertrag aushandeln und diesem Abschaum Zugang zur Stadt gewähren.«

Aus seinen Augen sprach ein Gräuel, wie die beiden es selten gesehen hatten.

»Dieser Tunichtgut wird unser aller Untergang sein«, pflichtete der alte Soldat ihm bei. »Das Letzte, was wir brauchen, sind Verhandlungen«, brummte er. Doch auch er war beileibe nicht so tapfer, wie er seine Stimme klingen lassen wollte. Sie war durchzogen von Furcht, und das Grauen schwang in jedem Wort mit.

»Wo ist der Arzt?«, stieß Antonella hastig hervor.

»Auf dem Marktplatz. Wo alle Bewohner sich versammeln. Aber seid vorsichtig ...«, wiederholte der Alte. »In dieser Nacht werden noch grässliche Dinge geschehen!«

Die letzten Worte bekamen die beiden bereits nicht mehr mit. Sie hetzten über das regennasse Kopfsteinpflaster durch die engen Gassen. Hier war es noch einen Moment lang ruhig. Der volle Mond warf sein Licht auf die geweißten Fachwerkhäuser und die Schilder, auf denen mit verschnörkelter Schrift die Berufe und Namen der Bewohner zu lesen waren. Lorenz konnte die Augen nicht mehr offen halten, immer wieder fielen seine Lider zu und zogen ihn in die süße Dunkelheit des Schlafes. Immer wieder musste er sich konzentrieren, um im Hier und Jetzt zu bleiben. Doch immer wieder gelang es ihm nicht. Die Schilder flogen schnell und gleichzeitig langsam an ihm vorbei. Sein Verstand schien keinen Gedanken mehr zu fassen, das Einzige, was er wahrnahm, war das angestrengte Keuchen Antonellas und ihre verschwitzten Hände, mit denen sie ihn stützte. Doch dann verschwanden auch diese Eindrücke.

Schon von Weitem sahen sie das zuckende Flackern, das

vom Markt ausging. Dutzende Fackeln mussten angezündet worden sein, denn der Marktplatz war in ein feuriges Rot getaucht. Auf der Empore schmetterte Tillmann schweißgebadet den Menschen seine Worte entgegen. Lorenz wollte ihm entgegenpreschen, sich seinen unaussprechlichen Gedanken hingeben. Hier und jetzt, vor allen Menschen. Doch er schaffte es nicht einmal, seinen Kopf lange aufrecht zu halten. Das Jubeln der Masse dröhnte Lorenz in den Ohren. Der Platz wirkte wie ein Trichter, wodurch die Lautstärke der Schreie nicht auszuhalten war. Die Hände hinter dem Rücken verschränkt, stand Baier neben dem Geistlichen und blickte aus tiefen Augen in die Massen. Lorenz bekam nur einige Wortfetzen mit, die heisere Stimme des Pfarrers überschlug sich beinahe.

»… die Strafe hat euch nun erreicht! Euch, die ihr gezögert habt, die ihr gezaudert habt, seinem Willen zu folgen! Ihr, die ihr kein Zeugnis abgelegt habt und nicht mutig genug wart, um Taten sprechen zu lassen.« Sein Geschrei wurde unterbrochen von vielen Rufen, die aus der Menge kamen. Die Leute brüllten dem Pfarrer verzweifelt entgegen, dass er sie anhören möge, dass er ihnen ihre Sünden vergeben möge im Angesicht des drohenden Todes. Einige Sekunden verharrte er atemlos auf der Bühne und hörte sich die Wehklagen der Menschen an. Erst, als er die Arme hob, verstummten sie.

»Es ist noch nicht zu spät!«, schrie er. »Es ist noch nicht zu spät, den rechten Weg zu gehen und an seine Allmacht zu glauben! Geht seinen Weg!« Jedes Wort dröhnte mit ganzer Kraft über sie hinweg. »Bestraft die Ungläubigen! Lasst ihnen ihre gerechte Strafe zukommen!«

Die Schreie der Menschen vereinten sich zu einem einzigen, lauten Grollen, das hoch in die Nacht geschmettert wurde. Beinahe panisch fassten sie sich an den Händen und beteten Pfarrer Tillmann entgegen. Ein weiteres Mal blickte Lorenz kraftlos zu dem Scheusal in der Priesterkutte, und ein weiteres Mal erfüllten schreckliche Überlegungen seinen Geist. Tillmann nickte hastig. Schweißperlen liefen sein Antlitz hinunter.

Lorenz konnte sich kaum mehr auf den Beinen halten, sein Körper schmerzte, mit jeder Bewegung nahm die Pein zu.

»Ich … ich kann nicht … mehr«, stöhnte er.

Verzweifelt lehnte Antonella ihn gegen eine Häuserwand am Rande des Marktplatzes. Sein Kopf fiel sofort auf eine dort abgestellte Tonne. Der Mob tobte nur wenige Ellen neben ihm. Er konnte die Füße der Menschen sehen, die hysterisch auf und ab hüpften und keine Ruhe zu finden schienen. Sie fasste sein Gesicht und blickte ihn mit sorgenvoller Miene an.

»Deine Lider zittern«, stieß sie aus. »Ich muss den Arzt finden, ich …«

»Nein, geh nicht«, unterbrach sie Lorenz.

Traurig lächelte sie ihn an. »Ich werde gleich zurück sein.«

Eilig rannte sie davon und verschwand in der glühenden, rot erleuchteten Masse. Lorenz spürte, wie Speichel seinen halb geöffneten Mund verließ, doch er konnte nicht mehr die Kraft aufbringen, ihn wegzuwischen. Aus zusammengekniffenen Augen beobachtete er den pulsierenden Pulk, wie er tobte und aus Leibeskräften brüllte. Wild schrien die Menschen durcheinander, sodass Lorenz den eigenen Atem nicht zu hören vermochte. Die Masse vor ihm verschwamm, und doch konnte er einen gelben Schimmer erkennen, der sich durch den Nebel zog. Bildete er sich ihr Gesicht nur ein, oder stand sie wirklich wenige Ellen vor ihm und jubelte Tillmann zu?

Beinahe bemerkte er nicht, dass Antonella seine Hand fasste und ihn umarmte.

»Der Arzt, ich habe ihn gefunden.«

Behäbig schritt der dickliche Mann an sie heran und beugte sich sofort über ihn. Ruhig untersuchte er seinen Kopf. Auch aus seinen Augen sprach Furcht, doch seine tiefe Stimme vermittelte Zuversicht. Allem Anschein nach hatte er schon zu viel gesehen, um jetzt in Panik zu verfallen und sich der tobenden Masse anzuschließen.

»Die Wunde ist sehr tief, der Aufschlag muss hart gewesen sein«, murrte er, von dem Chaos um ihn herum unbeeindruckt. »Ihr braucht mehrere Tage Ruhe und solltet Euch nicht bewegen.«

Schnell befühlte er Lorenz' Gesicht und blickte in seine Augen. »Er muss sofort an einen ruhigen Ort gebracht werden, um ...«

Mitten im Satz stoppte der Arzt. Sein Kopf fuhr herum, zur Masse, die ebenfalls ungläubig tuschelte. Lorenz konnte die Sätze nicht verstehen, zu sehr dröhnte sein Schädel, doch auf einmal wurde es ruhiger. Allmählich klang das Geschrei ab und die Menschen starrten auf mehrere Soldaten, die den Marktplatz erreicht hatten. Erst leise, dann immer deutlicher vernahm Lorenz, warum die Masse verstummte.

»Sie sind durchgebrochen! An der Turmmühle sind sie durchgebrochen.«

Das Brüllen der Soldaten überzog das Gemurmel und übertönte jeglichen Laut. Einige Bewohner fielen zu Boden und beteten, andere schrien panisch Tillmann entgegen. In allen Gesichtern lag dieselbe verzweifelte Angst. Sofort schoss der Arzt hoch und rannte in die anliegende Gasse. Antonella hetzte ihm ein paar Ellen hinterher, dann kehrte sie zu Lorenz zurück und kniete sich neben ihn.

»Ich werde dich zu deinen Eltern bringen. Die Schmiede liegt etwas abseits, vielleicht …«

Doch Antonella kam nicht dazu, ihren Satz zu beenden.

Laut zischend schossen Musketen am anderen Ende des Marktplatzes dem Himmel entgegen. Ergriffen von Panik schrien die Menschen durcheinander und blickten Hilfe suchend auf die Bühne. Querschläger verletzten eine Frau, die kreischend ihren Bauch hielt und sofort auf den Boden stürzte. Sie wurde von der Masse regelrecht niedergetrampelt. Hektisch liefen alle durcheinander. Die Blicke schnellten zu Baier und Tillmann, die regungslos und mit feuerrotem Gesicht in die Gasse starrten. Nach einigen weiteren Schüssen drängten die Menschen scheu zurück und gaben Lorenz und Antonella die Sicht auf die einfallenden Hessen frei. Keinen Laut gaben Letztere von sich, als sie ihren Blick gierig über die Menschenmenge schweifen ließen. Ihre Uniformen waren wild zusammengestellt. Mehrere Dutzend hetzten den Soldaten entgegen, die den hessischen Söldnern drohend ihre Hellebarden entgegenstreckten. Die Eindringlinge gaben ohne Vorwarnung Schüsse auf die Stadtwache ab. Mehrere von ihnen sackten sofort röchelnd zusammen. Auch von den anderen anliegenden Gassen trieben die Hessen die Bewohner vor sich her. Verzweifelt sammelten sie sich in einer Ecke des Platzes, wo sie sich still zusammenkauerten. Die Söldner zeigten kein Erbarmen. Wo die Kugel ihr Ziel verfehlte, da halfen sie mit Säbel und Messer nach. Spitz schreiend brachen die Soldaten zusammen. Gleich mehrere Hessen stürzten sich auf die letzten verbliebenen Wächter der Stadt. Wie Hunde fielen sie über die am Boden Liegenden her und trieben ihre Klingen an mehreren Stellen in die Körper. Nachdem auch der letzte Soldat aufgehört hatte zu zucken, nahmen sie deren warme Kleidung und Waffen an sich. Innerhalb von wenigen Sekunden war die Kriegsbeute verteilt.

Immer zahlreicher stürmten die Hessen vor das Podest und hielten die Bewohner mit Musketen an, dort stehen zu bleiben.

»Wer ist der erste Mann dieser Stadt?«, schrie ein bärtiger, kleiner Söldner der Menschenmasse entgegen. Zaghaft und voller Angst fielen die Blicke der Menschen auf den Boden, niemand traute sich auch nur einen Laut von sich zu geben.

»Ich bin es!«, ertönte die helle Stimme Baiers laut. Immer noch die Arme hinter dem Rücken verschränkt, sah er dem Mann tief in die Augen. Langsam schritt er die kleine Treppe hinunter. Seine Stiefel polterten dabei.

»So, du bist also der Bürgermeister?«, zischte der Hesse, während er Baier von oben bis unten musterte.

Kurz holte er Luft und ließ seinen akkurat rasierten Oberlippenbart zucken.

»Ja, so ist es«, sagte Baier ruhig.

Ohne auch nur eine Spur der Regung in seinem Gesicht zu zeigen, erhob der Söldner seine Hand, zog ein Messer aus seinem ledernen Gürtel und schlitzte Baier die Kehle auf. Das Blut spritzte aus dem Hals des zusammenbrechenden Mannes und fing sich tröpfchenweise im Bart des Söldners. Achselzuckend drehte der sich zu seinen johlenden Männern um.

»Die fallen ja wie die Fliegen!«, schrie er.

Kein Ruf, kein Laut, nicht mal ein Wispern entfuhr den zusammengedrängten Bewohnern der Stadt. Zitternd hielten sie ihre Hände auf den Mund gepresst, aus Angst, dass ihnen ein Schrei entfahren könnte. Gebannt konnten sie ihre Augen nicht von der Leiche Baiers nehmen, dessen Blut immer noch aus seinem Hals sprudelte. Mit jedem Schritt klirrte die waffenbeladene Uniform des Hessen, als er auf die Menschen zuschritt.

»Das passiert jedem, der sich uns in den Weg stellt. Und niemand wird die Stadt verlassen, wenn ich es nicht sage«, grollte er den völlig verängstigten Bewohnern entgegen. Schon auf dem Absatz, drehte er sich erneut zu den Leuten um. »Seht mich einfach als euren neuen Bürgermeister!«

Ein weiteres Mal prusteten seine Männer.

»Und jetzt: zur Landesburg! Dort werden wir es uns gemütlich machen!«

Genauso schnell, wie sie gekommen waren, verschwanden die Söldner und verstreuten sich in den Gassen der Stadt. Etliche Fackeln wurden aus dem Boden gerissen und in Scheunen geworfen. Selbst die großen Fachwerkhäuser verschonten sie nicht. Unter den entsetzten Blicken der Bürger legte das Feuer die schönen Gebäude in Schutt und Asche. Knisternd und fauchend bahnten sich die Flammen ihren Weg in die Dachstühle und ließen die Gesichter der Umherstehenden rot schimmern. Das Gejohle der Brandschatzer war noch zu hören, als sie eine halbe Meile weit entfernt waren. Die Bürger Kempens starrten unentwegt auf die drei in den Himmel ragenden Türme der Landesburg. Erst als auch die letzten Eindringlinge gegangen waren, durchzog eine immer lauter werdende Stimme den Platz.

»Seht ihr, was passiert?«, schrie Tillmann. »Seht ihr, welche Plage uns der Allmächtige schickt? Welche Aufgabe? Welche Prüfung?«

Nur schleppend löste sich die Traube der Menschen auf. Einige packten ihre Liebsten am Arm und ergriffen die Flucht zu ihren Häusern. Viele blieben im stummen Gebet oder versammelten sich erneut vor der Empore, auf der Tillmann sich immer weiter in Rage redete. Die Gesichter der Menschen glühten nun nicht mehr aufgepeitscht und rot, selbst im hellen Licht der Fackeln wirkten sie regungslos und fahl. Still und mit weit aufgerissenen Augen hörten sie seine Worte.

»Komm«, flüsterte Antonella Lorenz ins Ohr.

Er dachte, dass sie den Tod Baiers mit einer gewissen Genugtuung betrachtet haben musste, doch zu seiner Überraschung hatte sie den Kopf angewidert zur Seite gedreht und ihn auf seine Schulter gepresst, als der Söldner zum Streich ausholte. Sie musste ihre gesamte Kraft aufwenden, um Lorenz hochzuhieven. Der Schmerz in seinem Kopf zog sich bis tief in seine Glieder und der Marktplatz schien sich um sich selbst zu drehen. Die Fackeln tanzten vor seinen Augen, während Lorenz sich an der Mauer hochzog. Einige Schritte konnte sie ihn stützen, dann wurde die Schwärze vor seinem Gesicht übermächtig. Er spürte noch, wie seine Hand kraftlos aus ihrem Griff glitt, dann schlug er mit einem dumpfen Knall auf dem harten Pflaster auf. Sofort zogen sie einige Blicke auf sich

»HEXE!«, rief eine Frau laut.

Lorenz erkannte die spitze Stimme.

Mehr und mehr Bewohner drehten sich zu den beiden um, immer lauter schien der Schrei der Masse zu werden.

Dann stockte auch Tillmann mitten im Satz, als er den Grund für die Flüche erkannte. Die Ader an seiner Schläfe pulsierte.

»Sukkubus!«, schrie er aus Leibeskräften. »Der Teufel hat sich zurückgewagt und Verderben mitgebracht.«

Einige Leute gingen langsam auf die beiden zu. Verzweifelt versuchte Antonella, Lorenz aufzurichten, packte ihn am Hals, doch als sie ihre Hände erhob, klebte daran nur Blut, das ihm in dicken Rinnsalen aus den Ohren lief.

»Nun seht! Ihre Hände sind voller Blut! Das Blut von Unschuldigen. Wie lange hat sie in unserer Stadt gelebt? Wie lange konnte sie unbehelligt ihr Teufelswerk ausführen?«

Die Stimme Tillmanns überschlug sich. Einige der Menschen bildeten einen Kreis um die beiden, während andere in die Rufe des Pastors mit einstiegen. Nur langsam konnte sich Lorenz auf die Knie stützen. Mit glasigem Blick hielt er sich stöhnend den Kopf, während er nun einen ständigen Kampf gegen die Ohnmacht bestritt. Da war es wieder, dieses gelbe Leuchten, das grell aus der grauen Masse hervorstach. In der Ferne hörte er Antonella flüstern.

»Nein, nein, bitte nicht. Ihr tut mir unrecht.«

Es war der Klang ihrer Stimme, der ihn der süßen Verlockung der Dunkelheit mit aller Macht widerstehen ließ.

»Zu lange hat sie uns in ihren teuflischen Bann gezogen. Nur Verderben hat sie über unsere Stadt gebracht. Verderben und den Tod. Seht die Leichen der tapferen Männer und Frauen!«, spuckte Tillmann den Leuten entgegen. »Seht sie euch an!«

Wenige Herzschläge dauerte es, bis der Schrecken auf den Gesichtern der Menschen sich zu Hass und Zorn wandelte. Die Flammen spiegelten sich in ihren Augen wider, immer näher drängten sie sich heran, bis sich schließlich der Kreis geschlossen hatte.

Eilig sprang Tillmann von seinem Podest herunter und schob die Bewohner zur Seite, bis er in der ersten Reihe stand.

»Dies alles lässt nur einen Schluss zu, meine Brüder und Schwestern. Gott wird diese Stadt nur verschonen, wenn wir sie ihm opfern.«

Jubel brandete auf, der nur von spitzen Schreien unterbrochen wurde. Lorenz traute seinem Verstand nicht mehr, als er wirklich in ihr Gesicht blickte. Mit einer leichten Berührung hatte Tillmann Elisabeth vor sich geschoben, die nun mit hasserfüllten Augen auf die beiden hinuntersah.

»Selbst den Vater dieses armen Mädchens hat sich dieser Teufel einverleibt.«

Elisabeth bebte, ihr ganzer Mund schien zu zittern, während sie schwerlich die Tränen zurückhalten konnte. »Du Hexe! Du warst die ganze Zeit bei ihm! Die ganze Zeit, während ich getrauert habe.«

Sie schritt einige Ellen auf Antonella zu. »Ich hasse dich, du Mörderin! Du Hexe!«, giftete sie.

»Nein, nein«, flehte Antonella. Doch wohin sie auch blickte, die Menschen sahen mit Zorn auf sie herab. Während das Gebrüll immer lauter wurde, fingen die Ersten an, sie angewidert zu bespucken. Die Blicke von Antonella und Tillmann trafen sich.

»Tötet diese Hure des Teufels, sage ich. Es ist Gottes Wille!«

Die Stimme der Masse wandelte sich zu einem einzigen lauten Schrei. »TÖTET SIE!«

Einige Menschen schossen auf sie zu, doch sie schreckten zurück, als Antonella sie anblickte. In ihrem Rücken griffen zwei Frauen nach ihren Haaren und zogen sie zu Boden. Erst als sie die Augen vor Schmerz schloss, stürzte sich die Meute auf sie.

»Elisabeth … bitte …«, flehte Antonella aus ganzen Kräften.

Doch auch ihre Schwester rief bereits den donnernden Schrei des Volkes und stachelte die Menge an. »TÖTET SIE!«

Vor Lorenz' Augen verschwammen die Menschen zu einer einzigen Masse. Gesichter, Arme, Beine, alles schien eins zu sein. Ein großes fließendes Tier, das blind vor Hass wütete. Als er den ersten Schlag ausführte, spürte er nur an dem Schmerz seiner Faust, dass er jemanden getroffen haben musste. Das Tier zog ihn mit, blindlings schlug er auf alles ein, was sich neben ihm bewegte. Hinter sich vernahm er die bettelnden Schreie Antonellas. Mit der letzten ihm verbliebenen Kraft stürmte Lorenz auf den Pulk zu, der sich um sie gebildet hatte. Der Zorn ließ seinen Blick langsam klarer werden. An den Haaren riss er eine Frau beiseite und verpasste einer weiteren einen Schlag gegen die Nieren. Er spürte, dass Männer ihre Fäuste schmerzhaft auf seinen Kopf niedersausen ließen. Doch er prügelte weiter auf das Tier ein. Aus voller Kraft trat er einem Mann ins Gesicht, der Antonella am Arm hielt, und zog sie aus der Masse an eine Häuserwand. Für einen kurzen Moment atmeten die beiden durch. Wenige Sekunden später sammelte sich das Tier bereits wieder vor ihnen. Die Ersten stürzten sich aus vollem Lauf auf ihn. Einem konnte er sein Knie in die Magengrube rammen, ein anderer erwischte ihn mit einer Holzplanke gegen die Wange. Lorenz brach auf dem Boden zusammen. Als er den panischen Schrei Antonellas hinter sich hörte, versuchte er sich aufzurichten. Die Meute hielt sie an Haaren und Gliedmaßen fest und schlug auf sie ein. Er spürte, dass Blut an mehreren Stellen seines Kopfes sich warm um sein Gesicht gelegt hatte, doch dieser Anblick ließ Lorenz alles vergessen. Mit tiefem Grunzen stand er auf und schoss seine Faust gegen den erstbesten Angreifer. Doch schon waren drei andere zur Stelle, die ihm seine Arme auf den Rücken drehten. Es waren einfach zu viele. Noch einmal blickte er auf Antonella, die mittlerweile nicht mal mehr die Kraft besaß, um zu schreien. Er zappelte, schrie, doch seine Anstrengungen waren vergebens. Zu hart war der Griff der Männer, zu unbarmherzig ihre Schläge und Tritte. Gerade als zwei weitere Männer zum Hieb gegen Antonella ausholen wollten, wurden sie weggeschleudert. Im Schein der Fackeln erkannte er Jakob, der mit gefletschten Zähnen und in gebückter Haltung auf ihn zumarschierte. Jeder Muskel an seinem Körper schien angespannt, als er den Ersten mit seiner riesigen Pranke packte und donnernd zu Boden warf. Der Griff an seinem Arm lockerte sich, bis er schließlich ganz nachließ. Schnell drehte er sich um, wollte der Person hinter sich einen Schlag versetzen. Doch als er in die stahlblauen Augen seines Bruders sah, schien ihm alle Kraft genommen. Nur für einen Herzschlag gönnten sich Lorenz und Maximilian einen Moment der Freude.

»Du lebst …«, hauchte sein Bruder.

Seine langen, schwarzen Haare klebten an seiner Stirn.

Die Zeit schien für diese Sekunde langsamer zu laufen. Auch Maximilian hatte die Schlacht schwer gezeichnet, blutige Striemen und blaue Flecken überzogen sein grinsendes Gesicht, doch seine Augen glänzten vor Freude. Schelmisch nickte er ihm zu. Beinahe zeitgleich drehten sich die Brüder zu dem Pulk um, der Antonella umringte, während Jakob es mit mehreren Gegnern gleichzeitig aufnahm. Er suchte sich seine Feinde nicht aus. Wie wild schlug er auf einen Mann ein, der bereits regungslos am Boden lag. Dann schoss er zwei Frauen entgegen, packte ihre Hälse und rammte ihre Gesichter mit voller Wucht gegen die Häuserwand. Wortlos sackten sie zusammen. Nur zwei große Blutflecken an der Wand blieben vom Zusammenprall zurück. Lorenz war sich sicher, dass sie nie mehr aufgestanden wären, wenn Jakob seine Kraft nicht gedrosselt hätte. Für wenige Augenblicke zog sich das Tier zurück. Dann peitschten sie sich erneut gegenseitig auf und schossen den dreien entgegen. Während Maximilian und Jakob die Gegner abwehrten, konnte Lorenz sich weiter zu Antonella durchkämpfen. In seinem Augenwinkel zuckte ein rotes Schimmern, und jeden Moment rechnete er mit einem weiteren Schlag, doch das Rot zog an ihm vorbei, auf den Pulk aus Menschen zu … Ratte!

Die Haare des Jungen schienen im zuckenden Feuer zu brennen, als er eine längliche Eisenstange in die Weichteile eines Mannes krachen ließ. Mit schmerzverzerrtem Gesicht fiel er zu Boden, seine Schreie übertönten den gesamten Marktplatz. Triumphierend stand Ratte breitbeinig über ihm. Sein linkes Auge war von einem dicken Verband verborgen und ihm schienen mehrere Zähne zu fehlen. Mit dem ihm verbliebenen Auge zwinkerte er Lorenz kurz zu, dann holte er erneut aus und ließ die Eisenstange auf die Menschen niedersausen. Mit einem metallischen, dumpfen Ton sackten die Angreifer zusammen. Lorenz' Kopfschmerzen schienen übermächtig zu werden. Trotzdem befahl er sich selbst, sich mitten ins Getümmel zu stürzen. Lorenz riss das wütende Tier weg von Antonella. Der letzten Frau, die sie an den Haaren riss, brach Ratte mit seiner Eisenstange ein Bein. Hysterisch auf den offenen Bruch starrend, zog sie sich mit den Händen von der Stelle weg. Einige Strähnen von Antonella klebten immer noch an ihren blutenden Händen. Endlich konnte Lorenz seine Geliebte wieder in den Armen halten. Ihr weißes Gesicht war rot verfärbt. Nur mühsam konnte sie atmen, und ihre Lippe und ihre Augenbrauen waren aufgeplatzt. Aus ihren Augen perlten Tränen ihre Wangen hinunter und vermischten sich mit dem Blut zu einer flüssigen Masse. Mit mehreren offenen Wunden humpelten nun auch Maximilian und Jakob zu der Mauer, an der sich die drei abstützten. Schwer atmend versetzte Ratte einem am Boden Liegenden noch einen Schlag ins Gesicht, bevor das Tier sich erneut sammelte. Doch anstatt abermals in ein Handgemenge zu verfallen, wartete es. Mehrere Dutzend Personen zählte die Schar derer, die ihnen entgegenblitzten. Blutend, keuchend, voller Hass.

»Wer seid ihr«, erklang es ruhig aus dem hinteren Teil der Menschenansammlung, »dass ihr Gottes Wille verhindert?«

Tillmann bewegte sich mit gekreuzten Armen in die erste Reihe. Abschätzend blickte er die fünf an, als er mit einer Handbewegung die Leute zurückhielt.

In diesem Moment spürte Lorenz die Schwärze, die sich langsam, aber unaufhörlich in seinem Kopf ausbreitete.

»Es ist nicht Gottes Wille, dass ihr eine Unschuldige umbringt«, röchelte er.

»Sie ist beileibe nicht unschuldig!«, spuckte der Pfarrer. »Sie hat unseren geliebten Bürgermeister hinterrücks ermordet und mit ihrer schwarzen Magie Tod und Elend über Kempen gebracht.«

Lorenz spürte, wie sein Nacken den Kopf nicht mehr halten wollte.

»Ihr steckt dahinter!«, fuhr es aus ihm heraus.

Die Ader des Geistlichen pulsierte. »GENUG! Ergreift diese Blasphemisten!«, spie er.

Augenblicklich schossen einige Männer auf sie zu. Es waren zu viele, um sie aufzuhalten. Jakob und Ratte stürzten sich todesverachtend in das Tier hinein. Noch zögerten einige, denen Jakobs Statur imponierte. Lorenz sah keine andere Wahl mehr. Mit beiden Händen nahm er das Gesicht Antonellas in seine Hände.

»Früher oder später werden sie uns überwältigen«, flüsterte er leise. Die Blicke der beiden trafen sich. »Flüchte, wir werden sie lange genug aufhalten, bis du sicher bist.«

Schmerzlich sah sie ihn an. »Lorenz, bitte, ich habe so lange auf dich gewartet.«

Mit leichtem Druck schob er sie in die dunkle Gasse. »Bitte, beeile dich.«

Aus ihren Augen sprach eine Trauer, die ihm das Herz zerriss.

»Bitte, geh …«, flehte er.

Erst schaute Antonella zu Boden, dann stellte sie sich hastig auf ihre Zehenspitzen und drückte ihm einen Kuss auf die Lippen. Ihr Mund, ihr Gesicht, ja ihr ganzer Leib schien zu brennen. Dann glitten ihre Hände auseinander und sie drehte sich um. Einen Moment lang beobachtete er noch ihre wehenden Haare, die langsam mit der Dunkelheit eins wurden. Als sie aus seinem Blickfeld verschwunden war, senkte er den Kopf und wandte sich der Masse zu. Die drei hatten mehrere Leute niedergeprügelt, und doch versammelten sich immer mehr um die Freunde. Sie lauerten auf eine Schwachstelle, auf einen Schlag, den sie ihnen versetzen konnten, ihrer Überlegenheit sich wohl bewusst. Nachdem Maximilian einen Angreifer mit einem Tritt niedergestreckt hatte, schnellte er zu seinem Bruder.

»Lorenz, was ist los?«

Er jetzt bemerkte er, dass Blut aus seinen Ohren und seiner Nase lief und sein Hemd rot färbte. Langsam verlor Lorenz das Gleichgewicht und stürzte auf die Knie. Es war, als wäre die unmenschliche Kraft der Verzweiflung nun, da Antonella in Sicherheit war, aus seinem Körper gewichen. Noch einmal sah er in das Gesicht des Mannes, dem er den Tod wünschte. Tillmann grinste ihn hasserfüllt an. Dann schlug Lorenz hart auf dem Kopfsteinpflaster auf. Sofort stürzten sich die Leute auf ihn, doch gerade, als sie zu Schlägen und Tritten ausholten, stoppte sie eine schneidende Stimme.

»Genug!«, schrie Tillmann. »Lasst von ihnen ab.«

Einige Sekunden vergingen wortlos. Erst erschrocken, dann verwundert, humpelten die Menschen hinter den Pfarrer. Ratte und Jakob eilten augenblicklich zu den Brüdern. Ruhig hielt Maximilian Lorenz' Kopf.

»Sie werden ihre Strafe noch früh genug erhalten«, zischte der Geistliche. »Es ist nur wichtig, dass der Sukkubus nun für seine Sünden bestraft wird.«

Einige Bewohner rumorten. »Wo ist sie hin? Wie sollen wir sie finden?«

Maximilian wischte Lorenz das Blut vom Gesicht.

»Anto... Antonella ...«, wisperte Lorenz.

Kurz blickte Maximilian in die Gasse. »Sie ist in Sicherheit.«

»Danke«, gurgelte er erleichtert.

Nachdem er dieses Wort ausgesprochen hatte, spürte er die riesigen Pranken Jakobs unter seinem Körper. Schwer atmend schloss Lorenz die Augen und ließ sich von der Schwärze einhüllen, gegen die er stundenlang gekämpft hatte. Das Gemurmel und die Flüche der Bewohner nahm er bereits nicht mehr wahr. Es klang alles wie ein tiefes Grollen. Doch eine Stimme vernahm er ganz genau, als seine Freunde ihn vom Marktplatz trugen.

Es war die schrille Stimme von Elisabeth, die an sein Ohr drang. »Ich weiß, wo sie sich befindet!«

Kapitel 12

- Bis in alle Ewigkeit -

RUCKARTIG SCHLUG ER die Augen auf. Ganz weit weg, in der Ferne, hörte er die Massen toben, doch hier, hier in diesem Raum, war es still. Er spürte die Wärme, die sich sanft um seinen Körper gelegt hatte. Seine Füße, seine Brust, seine Arme, alles war wohlig und heimelig. Sogar die feuchte Hitze an den Händen fühlte sich angenehm an. Auch seine Haut schien sauber. Alles war so vertraut, so ... schön. Leicht drehte er das Gesicht, um zu erkennen, warum seine Hand glühte.

»Lorenz! Du bist erwacht!« Weinend drückte ihm seine Mutter mehrere Küsse auf die Wange. Die Feuchtigkeit ihrer Tränen blieb an seinem Gesicht haften.

»Mutter ...«, stöhnte er lächelnd.

»Ich dachte, dass ich dich nie wiedersehen würde«, wimmerte sie, ihren Sohn herzend. Die Worte sprudelten aus ihr heraus. »Ich dachte, wir hätten dich verloren. Jeden Tag habe ich gebetet, dass er dich mir zurückschickt. Jeden Tag sind Vater und dein Bruder mit deinen Freunden losgegangen, haben das Schlachtfeld abgesucht, waren in jedem Dorf. Und jetzt bist du hier ... jetzt bist du endlich hier.« Ihre Stimme zitterte und doch schwang mit jedem Wort Dankbarkeit und Freude mit. »Du bist hier ... du bist endlich hier.«

Wie von selbst zogen sich Lorenz' Mundwinkel nach oben, als er seine Geschwister erblickte, die sich freudestrahlend auf ihn werfen wollten. Mit erröteten Wangen konnte Marta die drei gerade noch zurückhalten. Schnell tippelten sie zum Kopfende des Bettes und drückten ihren Bruder zärtlich. Auch wenn sein Kopf noch immer schmerzlich dröhnte, waren es Freudentränen, die langsam seine Augen füllten. Im Hintergrund knackte leise der Ofen. Das gleichmäßige Knistern strahlte Ruhe und Geborgenheit aus. Wahrlich, dachte Lorenz, dies ist ein schöner Ort, nichts Schreckliches oder Böses ist hier zugegen, nur die Freude selbst scheint hier ihren Platz zu haben. Gerade, als er im Kopf diesen Gedanken formuliert hatte, ließ das Grollen einer Muskete die Erinnerungen an die vergangenen Stunden zurückkehren. Schlagartig saß er aufrecht im Bett und starrte mit weit aufgerissenen Augen auf das Fußende.

»Wir haben Krieg«, flüsterte er mehr zu sich selbst.

»Ja, mein Sohn, aber Vater und Maximilian sind gut ausgerüstet und stehen in der Schmiede bereit.«

Ihre eben noch fröhliche Stimme wurde durchzogen vom Hauch eines Schmerzes, den sie mit aller Macht zu unterdrücken versuchte.

»Zu viert werden sie uns schon zu verteidigen wissen. Mach dir keine Sorgen, bald wird sich der Sturm gelegt haben und die Eindringlinge abgewehrt sein.« Sie sprach die Worte laut aus, damit die Kleinsten sie ebenfalls mitbekamen, doch er erkannte, wie sie versuchte, selbstsicher und zuversichtlich zu wirken, obwohl ihr Herz schwer war.

Ihr Herz …

»Antonella«, stieß er aus.

In einer Bewegung hatte er die Bettdecke beiseite geworfen und die nackten Füße auf den Boden gestellt. Schmerzlich stöhnte er auf und befühlte den erneuerten

Verband an seinem Kopf. Erschrocken fasste Marta ihm an die Brust und versuchte, ihn behutsam zurück ins Bett zu drücken.

»Lorenz! Wo willst du hin? Du bist ja von Sinnen.«

»Es ist ... Mutter ... Wie lange lag ich hier? Wie lange ist es her, seitdem ich hier hingebracht wurde?«

Er sprach schnell und aufgeregt.

»Vor nicht ganz einer halben Stunde haben sie dich mir zurückgebracht. Lorenz, ich bitte dich, leg dich wieder hin. Du bist noch viel zu schwach, dein Körper ist an unzähligen Stellen verwundet und ...«

»Mutter«, unterbrach er sie. Hektisch ergriff er ihre Hand und blickte zu seinen jüngeren Geschwistern. »Ich muss gehen, sie ... sie schwebt in allergrößter Gefahr.«

»So sag doch bitte, von wem du redest?« Unverständnis und Angst sprachen aus ihren Augen.

Für einen Moment war es still. Es zerriss ihm das Herz, dass er sein Zuhause verlassen musste. Diese wunderschöne Oase im Chaos, diesen kleinen, sicheren Turm in der tosenden Schlacht. Seine Stimme zitterte.

»Das Mädchen, das ich liebe, Mutter.«

»Und liebst du uns denn nicht?«

Eine Träne verließ seine Augen und rollte langsam über die Wange. »Von ganzem Herzen. Aber ihr könnt euch ohne mich schützen. Sie kann das nicht. Versteh doch, ich muss einfach.«

Der Druck an seinen Händen nahm mit jedem Herzschlag zu.

»Tu mir das nicht an, Lorenz.« Marta sank langsam auf die Knie. In den letzten Stunden hatte sie so viel geweint, dass ihre Augen nun blutrot waren.

»Tu das nicht. Ich flehe dich an, geh nicht. Bleib einfach hier.«

Als er seine Mutter sah, brachen bei ihm alle Dämme und er konnte die Bäche, die seine Augen verließen, nicht mehr kontrollieren.

»Es tut mir leid«, winselte er.

Nur für einen kurzen Moment streifte sein Blick seine kleinen Geschwister. Er wusste, wenn sie ihn bitten würden zu bleiben und ihn aus ihren stahlblauen, kindlichen Augen ansahen, würde er sich für immer selbst hassen. Hastig verließ er den Raum. Schon als er die Schwelle übertreten hatte, drangen ihm das Gebrüll und die Schreie der Menschen an die Ohren. Einige Hundert Ellen vor dem Haus schien die Hölle zu toben. Musketenschüsse waren zu hören und auch das Wehklagen verletzter Menschen. Die hessischen Söldner schienen der kompletten Stadt habhaft geworden zu sein und durchsuchten nun die Häuser nach etwas Brauchbarem. Ihr Gejohle durchdrang selbst die dicken Holzplanken, mit denen die Fenster zugemauert worden waren. Hektisch blickte Lorenz sich um. Vater schien in den letzten Tagen gute Arbeit geleistet zu haben. Die Türe zur Stube war verriegelt und mit Steinen befestigt, der einzige Zugang zum Haus war nun die Tür zur Schmiede. Essensvorräte lagen überall gestapelt und selbst an genug Feuerholz hatten seine Eltern gedacht. Ohne Probleme konnten sie mehrere Tage das Haus nicht verlassen. Wahrscheinlich hatten sie gehofft, dass die Hessen nicht länger bleiben würden und weiterzögen. Schnell schritt er durch die Stube und riss die Tür zur Schmiede auf.

»Mein Sohn!« Tränenüberströmt rannte Josef auf ihn zu. Nur wenige Ellen trennten die beiden, als sie sich ohne

Atem ansahen. Dann drückte er Lorenz fest an seine Brust. »Ich wusste, dass du zurückkommen und überleben würdest.«

Kurz spürte er den Schmerz abermals in sich aufsteigen, doch es war ihm egal. Ohne ein Wort zu sagen, blickte er in die abgedunkelte Schmiede. Auch hier waren die Fenster zugenagelt und das Tor verschlossen worden. Lediglich durch eine Seitentür gelangte man nach draußen. Vater hatte einige Scharten in die Wände gehauen. Ratte und Jakob grinsten ihn dankbar aus freudestrahlenden Augen an, dann legten sie wieder ihre Musketen an und spähten hinaus in die Ferne. Auch ihre Verbände waren erneuert worden, ihre Gesichter wirkten müde und erschöpft.

»Vater, ich muss …«

Als Lorenz die Augen des Mannes sah, stockte er.

»Du bist noch viel zu schwach, um hier zu sein, kleiner Bruder.« Maximilian riss sich nur kurz von seinem Posten weg. Lorenz genoss die knappe Umarmung, wissend, dass sein Bruder dasselbe fühlte wie er.

»Hier, das habe ich gefunden, als wir tagelang das Schlachtfeld abgesucht haben«, sagte Maximilian und warf ihm die kostbare Muskete zu. »Sie lag unter mehreren Gefallenen, ein Wunder, dass sie noch nicht entdeckt wurde. Sie scheint zu dir zurück zu wollen.«

Lorenz war so dankbar, als er das breite Grinsen seines Bruders erblickte. Und er wusste, dass die Worte, die er nun sprechen musste, seiner Familie das Herz brechen würden.

»Vater, ich muss … versteh doch, sie wissen, wo ihr Versteck ist, sie werden sie töten.«

Schwer atmend blickte er zu Boden. Dann grollte die tiefe Stimme Josefs. »Ich werde dich nicht gehen lassen.

Du wirst ins Bett gehen und mit uns in diesem Sturm hier ausharren.«

»Ich muss gehen und ich werde gehen, Vater.«

Krachend sauste Josefs Faust gegen eine achtlos an die Wand gelehnte Holzplanke, sie zersplitterte augenblicklich in unzählige Teile. »Du wirst hierbleiben! Du wirst dein Leben nicht aufs Spiel setzen, um ein Mädchen zu retten, das du erst seit wenigen Wochen kennst«, donnerte er.

»Vater, ich liebe sie!«, schoss es laut aus Lorenz heraus.

Einige Sekunden funkelten sich die Männer an, dann kreuzte Josef die Arme und stellte sich vor die Nebentür.

»Ich werde dich nicht …« Doch seine Stimme wurde von schnell näher kommendem Gebrüll unterbrochen.

»Pst, da kommt eine Gruppe«, zischte Ratte.

Innerhalb von wenigen Sekunden waren die Männer an den Schießscharten und beobachteten die Eindringlinge.

Ratte hatte den besten Blick. »Es sind elf.«

»Und wenn es hundert sind«, entgegnete Maximilian ruhig.

Lärmend näherten sich die Männer der Scheune. Lorenz nickte ruhig und verstärkte den Griff um die Muskete, füllte geübt das Schwarzpulver ein und ließ die Kugel in den Lauf gleiten. Geräuschlos legte er an.

»Mal sehen, was hier zu finden ist«, brüllte einer der Hessen in breitem Dialekt.

»Vielleicht ist ja was Junges für dich dabei?«, mutmaßte ein anderer.

Die Männer lachten schallend. Sie waren nun keine 30 Ellen mehr entfernt.

»Schießt erst, wenn sie nah genug sind«, befahl Josef leise.

Anscheinend erkannten die Söldner, dass das Tor mit Brettern verriegelt wurde.

»Seht, eine Tür!«, schrie ein kleiner Mann mit blonden, langen Haaren.

Josef erlaubte ihm nicht, noch ein weiteres Wort auszusprechen. Gerade als der Hesse die Hand hob, um die Klinke herunterzudrücken, schoss er ihm aus kurzer Entfernung mitten ins Gesicht. Er wurde mehrere Meter zurückgeworfen. Die vier Schüsse der Freunde zündeten nur Wimpernschläge später. Keiner verfehlte sein Ziel. Aufgeschreckt zogen die Söldner ihre Waffen und feuerten einzelne unkontrollierte Schüsse ab, dann stürmten sie der Schmiede entgegen. Im Inneren hatte sich das gezündete Schwarzpulver wie Nebel verbreitet. Nur schwerlich konnte man bis zum anderen Ende blicken. Hustend versuchten sie, ihre Waffen nachzuladen, doch es war bereits zu spät. Mehrere kräftige Söldner hatten die Seitentür aufgebrochen und schritten mit gezücktem Säbel den Freunden entgegen. Geistesgegenwärtig riss Josef eine zweite Muskete hoch und verpasste dem ersten Eindringling einen Schuss mitten in den Bauch. Schreiend brach der zusammen und kauerte sich unter Qualen auf den Boden. Dann nahm auch Jakob seinen Säbel und stürmte den Männern entgegen. So einen Hünen hatten sie beileibe nicht erwartet. Durch den Nebel konnte Lorenz nicht zählen, wie viele den Weg in die Schmiede gefunden hatten. Auch er griff nach einer Waffe und versuchte, sich einen Weg durch den Nebel zu bahnen. Die Söldner fielen beinahe aus der Tür hinaus, um auf offenem Gelände ihre zahlenmäßige Überlegenheit ausnutzen zu können. Mit weit aufgerissenen Augen standen die verbliebenen sechs Männer im Halbkreis um Josef herum. Es dauerte einige Sekunden, bis die Freunde mit blitzenden Klingen aus der Türe herausdrängten. Mit einem schnellen Stoß drückte Josef die Waffe eines Söldners beiseite und packte ihn mit seiner riesigen Pranke im Gesicht. Lorenz meinte den Schädel brechen zu hören, als Vater ihn mit einem Arm in die Luft riss und mit voller Wucht auf das Kopfsteinpflaster schmetterte. In ihm schien etwas entbrannt, etwas, das vielleicht nur noch von Mutter zu kontrollieren war. Die blitzenden Säbel, die die Hessen drohend vor seinen Leib hielten, schienen im Vergleich mit seinem massigen Körper wie Messer. In der einen Hand die Waffe, die andere zur Faust geballt, baute er sich vor den Feinden auf. Die Rage hatte seinen Körper nun vollends in ihrer dunklen Umarmung. Noch einmal atmete er tief, dann spannten sich alle seine Muskeln und er brüllte den Männern einen tiefen, markerschütternden Schrei entgegen, als er auf sie zuschoss. Mit halb geöffnetem Mund versuchten sie zu fliehen, doch Josef drückte nur ihre Waffen weg und stieß seinen Säbel in die Brust eines Mannes. Dem anderen donnerte er seine Faust ins Gesicht, sodass dieser auf das anliegende Gras geschleudert wurde. Sofort setzte Josef nach und hetzte zu ihm. Benommen fasste der Mann sich an die Stelle, wo ihn die Faust getroffen hatte, doch als sich Josefs Pranken um seinen Hals legten, dauerte es nur wenige Sekunden, dann hörte das Wimmern auf.

Die anderen Feinde starrten auf den Hünen. Die Brüder hatten leichtes Spiel, einem verängstigten alten Mann so viele Wunden zuzufügen, dass er schließlich liegen blieb.

Als Lorenz sich umdrehte, zog Jakob gerade seinen Säbel aus einem Angreifer. Langsam lief das Blut die Klinge hinunter. Lediglich Ratte hämmerte noch mit der Eisenstange auf die Stelle ein, die früher einmal ein Gesicht gewesen war. Er schien voller Mordlust zu sein.

»Genug!«, herrschte Maximilian ihn an.

Völlig außer Atem, blitzten die Augen Josefs. Nur unter größter Anstrengung hielt er sich zurück, als Lorenz einige Schritte auf ihn zutrat.

»Ich werde jetzt gehen, Vater«, waren die einzigen Worte, die er noch sagen konnte.

Lediglich für ein paar Herzschläge tauschten Ratte und Jakob Blicke aus, dann erklangen ihre Stimmen beinahe gleichzeitig.

»Wir kommen mit!«

»Werdet ihr nicht!«, giftete Lorenz. »Ich kann euer Leben nicht aufs Spiel setzen.«

»Aber wir können es«, antwortete Jakob mit hochrotem Gesicht.

»Du hast doch die Masse gesehen, Lorenz. Allein wirst du es nie schaffen. Mit uns hast du vielleicht eine Chance«, fügte Ratte hinzu, während er die Eisenstange wieder in den Gürtel gleiten ließ.

Lorenz wusste nicht, was er darauf entgegnen sollte. Im Stillen dankte er Gott für solche Freunde.

Vaters Kopf war gesenkt, mit ruhigem Schritt ging er Elle für Elle auf Lorenz und Maximilian zu, bis sie nur wenige Zoll auseinander standen. Lorenz wollte zurückweichen, aus Angst, dass Vater ihn packen und ins Haus zerren würde. Doch seine Stimme war ganz leise und zitterte.

»Du wirst auch mitgehen, Maximilian.«

Er nickte.

»Und pass auf deinen Bruder auf. Bring ihn, so schnell es dir möglich ist, zurück.«

Keinen der beiden Brüder sah Josef an. Wortlos drehte er sich um und machte sich daran, die Leichen der Männer zu verstecken, um keine weitere Aufmerksamkeit zu erregen.

Lorenz hatte Vaters Entscheidungen immer nachvollziehen können. Natürlich, sie waren hart, immer darauf bedacht, die Familie zu schützen und ihnen ein gutes Leben zu ermöglichen. Doch mit dieser Aussage hätte er nie gerechnet. Vielleicht hatte der Tod der Männer etwas in ihm zerbrochen, was Tillmann Menschlichkeit genannt hätte. Oder gerade dieses Scharmützel hatte ihm die Augen geöffnet, wie weit man gehen würde, um die Menschen, die man liebt, zu beschützen.

»Danke«, hauchte er. Doch das Gesicht des Vaters blieb steinern. Wenige Sekunden schaute Lorenz seinem Vater hinterher, dann ergriff er seine kostbar verzierte Waffe und den Säbel und ging eilig davon.

Immer schneller und fließender wurden seine Bewegungen, wenngleich bei jedem Schritt ein Schmerz durch seine Knochen fuhr, der in seinem Kopf seinen qualvollen Höhepunkt fand. Maximilian, Jakob und Ratte hatten Mühe, ihn einzuholen.

»Lorenz! Warte!«, schrie Maximilian, während er ihn an der Schulter zog.

»Wir müssen uns sputen, Max!«

Nur mit ganzer Kraft konnte Maximilian ihn zwingen, stehen zu bleiben. Die Brüder schauten sich in die Augen.

»Hast du dir schon einmal überlegt, was passiert, wenn wir es wirklich schaffen sollten?«

Lorenz wendete seinen Blick ab, wollte sich losreißen, doch Maximilians Griff blieb ohne Erbarmen.

»Hast du es dir überlegt, Lorenz? Sie werden auch uns jagen, uns alle.« Mit dem Arm zeigte er in Richtung der Schmiede. »Sie werden uns jagen und töten. Du hast sie gesehen, Lorenz. Du hast gesehen, was aus den Menschen werden kann.«

»Um was bittest du mich, Max?« Gebannt funkelte Lorenz ihn an. Sein Bruder sprach die Worte leise, sie waren nur für ihn gedacht. Seine Stimme stockte mehrmals.

»Ich weiß, was du für sie empfindest, aber du solltest dich auch um uns sorgen. Um Mutter und Vater, um Siegfried, Amelie und Marie.«

»Um was bittest du mich, Max?«, wiederholte Lorenz.

Seine Stimme war nun fordernder, als ihre Köpfe sich einige Zoll näherten. Die Lippen aufeinandergepresst, atmete Maximilian aus, er wollte diese Worte nicht aussprechen, doch er musste, er konnte nicht anders.

»Wenn die Meute Antonella noch nicht gefunden hat, dann helfen wir dir, sie unerkannt zur Schmiede zu bringen. Sollte sie aber umringt sein von ihnen, können wir nichts mehr für sie tun. Wenn die Hessen in wenigen Tagen abziehen, was meinst du, wen die Menschen für dieses Unheil verantwortlich machen? Ihr Hass wird sich auf schreckliche Weise entladen, und ich werde nicht zulassen, dass irgendjemand meiner Familie Schaden zufügt. Ich verlange, dass du sie dann ihrem von Gott gegebenen Schicksal überlässt und mit uns zurückkommst. Dies ist für uns alle besser.«

Lorenz' Mund zitterte vor Wut. »Deiner Familie?«, murmelte er.

Dann wurde seine Stimme laut und giftig. »Das kann nicht Gottes Wille sein«, zischte er. »Komm mit mir, so weit du willst. Doch ich werde das tun, was ich für richtig halte.«

»Ich ebenfalls!«

Ratte und Jakob standen außer Atem neben den beiden und mussten einen Kloß herunterschlucken. Sie dachten, dass zwischen den Brüdern jeden Moment der erste Schlag fallen musste. Sie funkelten sich an, fixierten sich, während ihre Hände sich zu Fäusten ballten.

»Also, kommst du jetzt mit?«, drückte Lorenz zwischen schmalen Lippen heraus.

Zaghaft nickte Maximilian. »Ich bin dein Bruder«, flüsterte er.

Noch einige Sekunden vergingen, dann wandelte sich der Blick der beiden. Gemeinsam drehten sie sich um und hasteten dem Tor entgegen.

Als sie die zwei Türme des Peterstores erreichten, fielen die ersten Schneeflocken. Ruhig legten sie sich über die hellbraunen Zinnen oder schmolzen in der Nähe des offenen Feuers, das die Hessen gelegt haben mussten. Die Zugbrücke war heruntergelassen worden, und das Eisengitter stand offen. Kein Soldat der Stadtwache hielt hier mehr die Stellung. Uniformierte Leichen säumten den Weg aus Kempen hinaus. Sie mussten noch lange Widerstand geleistet haben. Der volle Mond ließ das frisch gefallene Weiß glitzern und überdeckte den modrigen Schlamm und den Dreck der Felder. Hauchzart war die Schicht aus Schnee und verursachte bei jedem ihrer schnellen Schritte ein leichtes Knarren. Die vier hetzten weiter auf das kleine Wäldchen zu.

»Du weißt, wo sie sich versteckt hält?«, wollte Ratte atemlos wissen.

»Im Wald«, stieß Lorenz gepresst hervor.

Das Klirren ihrer Waffen zog sich wie der zarte Wind über das ganze Feld, und allmählich hörten sie das Gebrüll der Stadt nicht mehr. Nur ihre schnelle Atmung und das monotone Poltern ihrer Säbel erfüllte noch ihre Ohren. Dutzende Zelte waren neben dem Wassergraben errichtet worden. Einige Söldner wärmten sich am Feuer und schmausten Köstlichkeiten aus der Stadt. Die Freunde jagten weiter. In wenigen Minuten hatten sie den Rand des kleinen Wäldchens erreicht. Lorenz kamen sie wie Stunden vor. Hektisch suchte er den sich schlängelnden Pfad nach Silberkraut ab, das ihm den Weg zum kleinen Weiher leuchtete. Schnell wurde er fündig.

»Seid rasch, aber leise«, befahl er seinen Freunden.

Sofort legten sie ihre Hände über die Waffen, um jedes Geräusch zu vermeiden. In gebückter Haltung schlichen sie unter knorrigen Ästen durch und an hohen, blattlosen Sträuchern vorbei. Als er das riesige Feuer erblickte, das ihnen hell durch die Bäume entgegenloderte, gaben seine Knie für einen Moment nach. Nein … bitte nicht, schoss es ihm durch den Kopf. Noch einmal beschleunigte er seinen Schritt und näherte sich der Lichtung von der hinteren Seite. Auf einer kleinen Anhöhe stoppten sie und legten sich flach auf den Hügel.

»Da ist sie.«

Lorenz' Blick fiel auf den großen Hüter des Weihers, an dessen Fuß ein Scheiterhaufen errichtet worden war. Mehrere Ellen groß türmte sich das Holz um den Baum herum. Es war bereits an mehreren Stellen angefeuert worden und pustete dichten, dunklen Rauch dem Himmel entgegen.

Drei Dutzend Bewohner befanden sich mit Fackeln hinter der Eisfläche und brüllten Tillmann entgegen, der vor ihnen mit gereckter Faust und heiserer Stimme auf und ab marschierte. Sie jubelten, klatschten, schrien auf ihn ein. Dann erblickte Lorenz sie.

Gehalten von mehreren Männern, ihre Hände auf den Rücken gebunden, stand Antonella da. Der Schein der Flammen spiegelte sich auf ihren feuchten Wangen. Mehrere blaue Flecken waren an Hals und Armen zu sehen und auch auf ihrer Stirn funkelte ein Rinnsaal getrockneten Bluts dunkelrot. Lorenz stockte der Atem bei ihrem Anblick.

»Sie ist verloren«, sagte Maximilian ruhig, während er seine Hand auf die Schulter seines Bruders legte.

Doch Lorenz hörte seine Worte nicht. In einer Bewegung schnellte er hoch und hielt seine Muskete den Dorfbewohnern entgegen. Maximilian versuchte vergebens, ihn noch festzuhalten. Allein schritt er die kleine Anhöhe hinunter auf die Menschen zu. Mehr und mehr von ihnen verstummten und blickten ihn aus hasserfüllten Augen an. Alle, bis auf Antonella.

»Lorenz«, formten ihre Lippen seinen Namen.

Eilig hatten sich auch seine Freunde um ihn geschart. Unsicher schwenkten sie die Mündungen ihrer Waffen über die Gruppe.

»So seht!«, schrie Tillmann ihnen mit weit aufgerissenen Augen entgegen. Seine helle Stimme, die pochende Ader an seiner Schläfe, das Feuer in seinen Augen. Er hatte nichts mehr gemein mit dem Geistlichen, dessen Messen sie besucht hatten.

»Euch hat dieser Sukkubus also auch verführt. Euch alle! Fehlgeleitet hat sie euch, ihr, die ihr hier steht, um des Teufels Hure zu retten.«

Lorenz und Tillmann funkelten sich an. Nur wenige Ellen trennten die beiden, als Lorenz seine Muskete mitten auf das Gesicht des Pfarrers richtete.

»Lass sie gehen!«

Tillmann ließ sich Zeit mit seiner Antwort. Erst zogen sich die Mundwinkel nach oben, dann lachte er. Schrill und laut übertönte es das Rumoren und die Drohungen der Bewohner, die nur schwerlich von den Freunden in Schach gehalten werden konnten.

»Wir werden sie nicht gehen lassen, mein junger Freund. Sie hat das Unheil über Kempen gebracht und muss verbrannt werden, diese Hexe. Es ist Gottes Wille!«

Noch einige Zoll kam Lorenz näher. »Lasst sie gehen!«, zischte er mit zusammengepressten Zähnen. Die Augen zu Schlitzen zusammengekniffen, mahlte sein Kiefer vor Wut.

Doch Tillmann schüttelte nur ruhig den Kopf. »Sie wird verbrennen und diese Stadt wird mit ihr Ruhe finden. Aber seid euch gewiss! Gottes Gnade ist überall und grenzenlos. Legt die Waffen nieder und geht von dannen, und euch wird kein Leid zugefügt. Ihr seid nicht Schuld, dass ihr verführt wurdet. Doch um Gnade zu erhalten, müsst ihr darum bitten!«

Schnell atmend hob sich Tillmanns Brustkorb.

»Lorenz«, flüsterte sein Bruder, während er die Meute fixierte. »Du siehst, sie ist verloren. Denk an die, die du liebst.«

Kurz trafen sich die Blicke der beiden.

»Denk an unsere Familie, denk an unsere Geschwister. Ich kann nicht zulassen, dass du unser aller Leben vergeudest.«

Ganz langsam ließ Maximilian seine Waffe sinken. Dann legte er seine Hand auf Lorenz' Arm und versuchte ihn niederzudrücken. Doch der Lauf von Lorenz' Waffe zeigte weiterhin starr auf Tillmann.

»JUNGS!« Jakob zuckte mehrmals mit dem Kopf in Richtung des Weges, von dem sie gekommen waren. »Wir kriegen Besuch!«

Schon von Weitem waren die marodierenden Eindringlinge zu hören. Allem Anschein nach hatte sie das Feuer angelockt, oder sie waren den Spuren im Schnee gefolgt. Laut hörten sie ihren Anführer grölen. Er hatte eine Handvoll Männer hinter sich versammelt und schritt schnell auf sie zu. Der rötliche Schimmer seiner Haare durchdrang selbst die Dunkelheit, während die Säbel der Männer wie kleine Blitze in der Nacht funkelten.

Doch Lorenz hielt weiter seine Waffe auf Tillmann gerichtet.

»Lass uns einfach gehen«, sagte Maximilian, während er den Druck erhöhte.

»Hör auf deinen Bruder. Wenn ihr versucht, sie zu retten, seid ihr und eure gesamte Sippschaft des Todes.«

Das Rumoren der Masse, die Flüche und Schreie machten Tillmanns Worte zu einem hellen Flüstern. Der Wind pfiff stetig über die Lichtung, als der Pfarrer mit dem Kopf in Richtung des Scheiterhaufens nickte. Mit einem Ruck wurde Antonella von den Männern auf die Eisfläche gedrückt. Sie sagte kein Wort, als ihre Hände am Baum festgebunden wurden, doch ihre Augen schrien vor Angst und ihre Lippen formten Worte, während sie Lorenz mit Blicken anflehte.

»Geh, bitte …«

Die Wärme des sich immer weiter ausbreitenden Feuers legte sich ruhig auf seine Haut. Er spürte den pochenden Schmerz in seinem Kopf und die Schwere der Muskete, die auf seinem Arm ruhte. Seine Lider schienen eine tonnenschwere Last zu tragen und jede Faser seines Körpers schrie ihn an, dass er einfach gehen sollte. Das Bild seiner Familie wollte alles aus seinem Geist verdrängen, doch er konnte den Blick nicht von ihren Augen abwenden. Von ihren wunderschönen, rehbraunen Augen, die die Flammen rot widerspiegelten.

»Lorenz, lass uns einfach gehen«, vernahm er ein weiteres Mal die Stimme seines Bruders, den Blick immer noch auf Antonella am Fuße des riesigen Baumes gerichtet.

»Triff die richtige Entscheidung, tu das Richtige«, forderte ihn Maximilian mitfühlend auf.

Er sprach die Worte ruhig und sie klangen gut. Lorenz' Muskete sank.

»Ich habe immer auf dich gehört, Max. Du hast immer das Richtige getan.«

»Und das tue ich auch diesmal.«

Langsam drehte Lorenz seinen Kopf und blickte in die stahlblauen Augen seines Bruders. »Nicht für mich ... es tut mir leid.«

Lorenz' Augen füllten sich mit Tränen, als er die Muskete hochriss und den Abzug der Waffe betätigte. Tillmann hatte nicht einmal mehr Zeit, seine Hände schützend vor sich zu halten, als ihm die Kugel das Gesicht wegriss.

Der Schuss schien die Anwesenden aus ihrer Erstarrung gelöst zu haben. Die Männer in der Meute zogen ihre Säbel und stürzten auf die Freunde los. Innerhalb von Sekunden feuerten auch die Musketen von Jakob und Ratte in die Menge. Schreiend stürmten die Hessen auf die Lichtung und ließen ihre Säbel auf die Menge niedersausen. Doch es waren zu viele. In Rage hatten die Bewohner mehrere Männer überwältigt. Wie Tiere stürzten sie sich auf die Eindringlinge. Lorenz bahnte sich seinen Weg zu Antonella. Er warf mehrere Gegner zur Seite und verpasste zweien, die sich ihm in den Weg stellten, mit dem Griff der Muskete einen Schlag ins Gesicht. Sie brachen sofort zusammen. Der Hass selbst trieb ihn an. Jakob zog eilig seinen Säbel und schlug wie von Sinnen auf die Menschen ein. Auch er war nun umzingelt von der tobenden Meute und wurde von ihr rasch zu Boden geworfen. Es war nur den gezielten Schlägen von Rattes Eisenstange zu verdanken, dass er seinen Freund, aus vielen Wunden blutend, schließlich aus der Menge befreien konnte. Das Gesicht zu einer Fratze verzerrt, stürzte Lorenz über die Eisfläche. Die spitzen Schreie und qualvollen Rufe schienen überall zu sein, und die Rauchschwaden des Feuers wirkten wie eine Wand, durch die er sich hindurchkämpfen musste. Kurz blickte er sich um. Der rothaarige Anführer der Hessen schlug mit einer Brutalität auf die Menschen ein, wie Lorenz es nie für möglich gehalten hätte. Es waren nur noch wenige der Söldner übrig und doch prügelten und stachen sie wie von Sinnen auf die Bewohner ein. Doch er musste weiter, weiter zu ihr. Der graue Schleier schien Realität geworden zu sein, als er vor dem Scheiterhaufen stand und nur noch die Umrisse Antonellas erkennen konnte. Eilig suchte er sich einen Weg durch die Flammen, doch etwas hielt ihn zurück, mit einer Kraft, deren Ursprung nur Angst sein konnte. Mit einem Ruck wurde Lorenz einige Meter zurückgeschleudert.

»Es ist die falsche Entscheidung!«, brüllte ihn Maximilian an. Mit eisernem Griff hielt er die Arme seines Bruders, so fest, dass es schmerzte. »Schau es dir an, die Hessen verlieren gegen die Übermacht! Sie werden bald schon abgezogen sein. Und dann?«

Nur kurz ließ Lorenz einen Blick über das Chaos schweifen.

Lediglich der Anführer und drei seiner Männer droschen noch verzweifelt auf die Menschen ein. Wie ein Rudel hatten sie diese umstellt und trafen sie mit Säbeln und Fäusten.

Tränen rannen über Maximilians Gesicht und vermischten sich mit Dreck zu einer braunen Masse. »Lorenz, es ist vorbei. Sie ist längst tot!«

Der Qualm füllte die gesamte Lichtung und lähmte seinen Verstand. Er vermochte nicht mehr Freund von Feind zu unterscheiden. Sogar die Umrisse von Antonella waren verschwunden.

»Wie kannst du das sagen? Du bist mein Bruder!« Er versuchte den Griff Maximilians zu lösen, doch seine Hände wirkten wie gehärteter Stahl.

»Ich sage dir das, weil ich dein Bruder bin!«

Lorenz wusste nicht mehr, was er fühlen sollte. Die Gedanken und Bilder schossen auf ihn ein, während Maximilian ihn weiter von der Eisfläche zog. Sein ganzer Körper zitterte vor Wut. Lorenz versuchte in den Augen von Maximilian die Antwort zu finden. Vergebens.

Erst der helle, qualvolle Schrei Antonellas, so voller Pein und Schmerz, dass es ihm das Herz bluten ließ, ließ ihn stoppen.

»Ich muss …«

Maximilians Stimme … sie schien zu zerreißen. »NEIN! Du wirst mit mir gehen.«

Mit aller Kraft entriss Lorenz sich seinem Griff und eilte dem Scheiterhaufen entgegen. Doch sein Bruder packte ihn hart bei den Schultern und warf ihn krachend auf die Eisfläche. Wutentbrannt funkelte er ihn an.

»Du wirst mit mir gehen!«

Nur mühsam rappelte Lorenz sich auf und schlug seinem Bruder die Faust ins Gesicht. Maximilian taumelte zurück. Seine Nase blutete, als er sich mit lautem Schrei auf Lorenz stürzte. Der Tritt in die Magengrube ließ ihn zurückweichen, alles schien sich zu drehen, doch Lorenz musste weiter. Aus vollem Leibe rammte er seinen Ellenbogen gegen die Stirn Maximilians. Er fiel auf den Rücken und blieb stöhnend liegen. Lorenz war nur noch wenige Ellen vom Feuer entfernt, mit der Hand musste er sich gegen die Hitze schützen. Und immer wieder hörte er die qualvollen Schreie Antonellas. Verzweifelt wuchtete er einige brennende Holzbalken zur Seite, der Schmerz war ihm gleichgültig. Endlich konnte er zu ihr durchdringen. Das Feuer hatte sich bereits an ihrem Rock heraufgefressen, schien überall zu sein, doch sie lebte. Die Hitze war unerträglich und brannte bereits einige wenige Ellen vor dem Scheiterhaufen schmerzend auf Lorenz' Haut.

Gerade als er zum Sprung ansetzen wollte, wurde er zurückgeworfen.

»Das ist Selbstmord, sie ist bereits verloren!« Maximilian klemmte Lorenz' Arme ein und versuchte ihn mit aller Kraft zu halten. Die Gesichter der beiden waren rot vor Anstrengung und Zorn. Hastig und wild rangelnd versuchte Lorenz sich vom Griff seines Bruders zu lösen, genau wie Maximilian versuchte, Lorenz vom Scheiterhaufen wegzuziehen.

»Antonella, ich …«

Mitten im Satz stoppte Lorenz. Seine Hand glitt an sein Hemd. Es fühlte sich warm an. Im Schein des lodernden Feuers wirkte sein Blut dunkelrot. Dann blickte er zu

Boden. Lorenz meinte die Tropfen hören zu können, als sie langsam, aber stetig auf den Schnee fielen. Dann hob er seinen Kopf und blickte in die erschrockenen Augen seines Bruders. In der Hand hielt Maximilian zitternd die rot gemalte Klinge des Säbels. Wie betäubt starrte er mit offenem Mund und schwer atmend in das Gesicht seines Bruders.

»Es tut mir leid …«, presste Maximilian hervor. Verzweifelt schüttelte er den Kopf. »Nein … das kann nicht sein, es … es tut mir so leid, kleiner Bruder.«

Lorenz nickte lächelnd, dann gaben seine Beine nach. Erst fiel er auf die Knie, dann mit dem Gesicht in den kühlenden Schnee. Eine Ohnmacht legte sich über seine Augen. Der Schmerz in seinem Bauch war schrecklich, doch es war sein Herz, das ihm Höllenqualen bereitete. Behutsam ließ sich Maximilian neben seinen Bruder fallen, drehte ihn zu sich und legte seinen Kopf auf seine Beine.

»Ich wollte nicht …«, wimmerte er, »… es wäre dein Tod gewesen. Ich wollte dich doch nur beschützen.«

Lorenz blickte auf die verklebten, schwarzen Haare und seine blauen Augen. Tränen rannen über Maximilians Wangen und fielen auf das Gesicht seines Bruders. Lorenz spürte die Wärme, selbst durch den Schnee hindurch.

Vorsichtig strich Maximilian ihm die Haare von der Stirn. Mit einer Hand drückte Lorenz auf die Wunde. Er versuchte zu sprechen, doch das Blut, das sich seinen Hals heraufdrückte, ließ ihn lediglich röcheln.

»Ich … ich.«

Sein Bruder erahnte, was er zu sagen versuchte. Seine Stimme war nicht mehr als ein Flüstern.

»Bitte verzeih mir.« Er beugte sich zu ihm herunter, nahm ihn fest in die Arme. Lorenz spürte sein schnelles Atmen, die warme Wange an seine gelegt.

Seine letzten Worte waren beinahe ein Hauchen.

»Ich wollte dich doch nur beschützen«, stammelte er. »Bitte, gib nicht auf, bitte ... ich liebe dich, kleiner Bruder.«

Lorenz hörte Maximilian zum ersten Mal diese Worte sagen. Dann legte Maximilian Lorenz' Kopf zärtlich in den Schnee und blickte sich Hilfe suchend um.

Für einen Moment meinte Lorenz Antonellas Stimme zu hören – keine schmerzverzerrten Schreie –, sanft und scheu drang sie wispernd an seine Ohren. Die Wunde in seinem Bauch pochte, als er versuchte, dem Feuer etwas entgegenzurufen. Seine Stimme erstarb. Zu stark waren die Schmerzen. Es war, als würde etwas seinen Hals zudrücken. Die Pein wurde unerträglich. Lorenz konnte nicht mehr in die Augen seines Bruders blicken. Dann drehte er seinen Kopf.

Von den Flammen war sie nun beinahe eingeschlossen. Hell und beißend loderten sie an ihrem Leib. Sein Blick fiel auf das Silberkraut hinter dem Baum, das zuckend vom Feuer erfasst wurde und sich im Rot wand. Die Flammen hatten Antonellas Rock nun vollständig verbrannt und zogen stechend an ihrem Körper. Doch kein Wort drang mehr über ihre Lippen. Die peitschenden Flammen hatten ihren Augen ein Rot verliehen wie in ihrer ersten Nacht, an diesem magischen Ort, der der einzige, stumme Zeuge ihrer Liebe war. Die Blicke der Liebenden trafen sich für einen letzten Wimpernschlag und sie wussten, dass sie in diesem Moment beide an die Worte dachten, die sie in ihrem Zufluchtsort zueinander gesagt hatten.

»... dann haben wir noch die Ewigkeit des Himmels vor uns.«

Sie beteten still, dass es so sein möge.

Dann umarmten Antonella die Flammen und Lorenz schloss die Augen. Langsam senkte sich die Stille über die Lichtung wie in ihrer ersten Nacht.

Ich spüre, wie Tränen meine Wangen herunterlaufen, während ich mit dir hier stehe und den Blick auf das Vergangene gesenkt habe. Zärtlich streichelst du meine Hand. Für einen Moment treffen sich unsere Blicke. Du bist ganz ruhig, ein mildes Lächeln umspielt deine Lippen, während du näher an mich herantrittst. Dann schaue ich wieder nach unten. War vor wenigen Sekunden noch alles klar und deutlich, scheinen die Umrisse der Lichtung langsam zu verschwinden und sich hinter einem hellen Schleier zu verstecken. So viel Schmerz, so viel Pein und Unaussprechliches mussten wir ertragen. Deine Hand berührt zärtlich mein Gesicht und führt unsere Blicke zusammen. Du sagst, dass dies nun gleichgültig ist, und zeigst auf die Lichtung und das lodernde Feuer. Du sagst, dass wir nun zusammen sein werden und dass die Wunden, die sie uns zugefügt haben, bedeutungslos sind, an dem Ort, wo wir hingehen. Ihr ganzer Hass ist hier geblieben. Die Flüche und Schreie, mit denen sie uns verbannen wollten, sind verstummt. Und die nicht enden wollende Qual scheint vergessen. Wir gehören nicht mehr an diesen Ort. Du flüsterst mir ins Ohr, dass ich nun loslassen kann. Du sagst, dass jetzt alles gut ist, und meine Wünsche in Erfüllung gegangen sind. Allmählich spüre ich meinen Körper nicht mehr. Du bemerkst meine Unsicherheit. Jetzt schaust auch du nach unten und flüsterst mir zu, dass mein Leib hier-

bleiben muss und ich darüber glücklich sein kann, denn dort, wo wir gemeinsam hingehen, benötige ich ihn nicht länger. Ich gestehe dir, dass ich Zweifel und Angst habe. Du lächelst ruhig und streichelst meine Wangen. Ganz nah kommt dein Gesicht an meins, ich kann die Wärme spüren. Deine Augen funkeln, sie strahlen, scheinen das Licht der Welt zu versammeln. Du umarmst mich und sagst, dass ich keine Angst mehr spüren werde. Dann küsst du mich und alle Zweifel verschwinden. Ich lasse alles Unwichtige auf dieser Welt zurück und nehme nur das mit, was ich für die Ewigkeit benötige. Meine Seele und dich. Du sagst, dass du mich liebst. Ich folge dir, Antonella … für immer.

Kapitel 13

- Unendlich schwere Lasten -

IHRE SCHÖNHEIT HATTE sie unter dicken Leinentüchern verborgen, die sie eng um ihren Leib gewickelt hatte. Die Feuer in der Stadt waren endlich gelöscht, und mit Ersterben des dicken Qualms hatte auch der Wahnsinn ein Ende genommen. Mehrere Tage hatten die Hessen geplündert, geraubt und gemordet, und entgegen aller Erwartungen hatten sie sich breitgemacht und schienen diesen Ort nicht mehr verlassen zu wollen. Doch dies war ihr gleichgültig. Sie hatte alles verloren. Ihren Vater, ihre Schwester, ja ihr ganzes Leben – und alles war ihre Schuld. Jede Sekunde, die sie auf dieser Welt verbrachte, schmerzte. Sie wollte dies alles zurücklassen, als sie am Waldrand stand und auf Kempen zurückblickte. Mit tiefen, roten Augen dachte sie zurück an die schrecklichen Ereignisse, die sich dort zugetragen haben mussten. Sie hatte sie verraten, die, die sie so sehr geliebt hatte. Den Menschen, den Vater damals aufgenommen hatte, die erst eine Freundin, dann zu einer wahren Schwester geworden war. Verkrochen hatte sie sich, als die Meute loszog, um sie zu töten. Tagelang hatte sie nur geweint, und jetzt hatte sie keine Tränen mehr, die sie vergießen konnte. Sie hatte sich in Vaters Anwesen eingeschlossen. Doch als es geplündert wurde und sie in dieses leerstehende, dunkle Haus zurückkehrte, in dem jeder Raum von Stille durchzogen war, und sich in einer Ecke zusammenkauerte, wurde es ihr klar. Antonella hätte niemals einen Mord begehen können. Nicht sie.

Langsam drehte sie sich zu dem Wäldchen hin. Ihre Stimme zitterte.

»Bitte verzeih mir, Antonella.«

Noch ein letztes Mal sah sie hinüber zur Stadt und erblickte einen Jungen am südlichen Tor, der sie fest ansah. Kurz erhob er die Hand, dann ging er langsamen Schrittes und mit gebückter Haltung auf die Felder zu und wurde schließlich kleiner, bis er irgendwann im dichten Schneegestöber nicht mehr auszumachen war. Sie nickte.

Allmählich machte sie die ersten Schritte auf den gewundenen Pfad, der sich durch den Wald schlängelte, in dem so viel Grauenvolles passiert war.

»Bitte, verzeih mir«, hauchte Elisabeth erneut.

Die Verbände an seinen Armen waren nur notdürftig gewickelt worden. Immer noch waren sie vom Blut rot gefärbt und immer noch schmerzten die Wunden, die er sich selbst zugefügt hatte. Er wollte nicht mehr leben. Nicht mit dieser Last, die tonnenschwer auf seinen Schultern lastete. Kurz blickte er auf die Schnitte an seinen Armen und schüttelte leicht den Kopf. Seinen eigenen Bruder hatte er getötet, und nichts anderes als die Hölle und ewige Qualen wären dafür die gerechte Strafe gewesen. Seine Freunde hatten ihn zurück zu seinen Eltern tragen müssen, obwohl sie selbst dem Tode näher waren als dem Leben. Kein Wort hatte er gesprochen, nicht einmal dazu hatte er den Mut gehabt. Ruhig hatte er sich angehört, was seine Freunde den Eltern berichteten, bis sie ihn schließlich zur Ruhe gelegt hatten. Dann hörte er die bitterlichen Schreie und das qualvolle Wehklagen seiner Eltern. Als er das leere Bett neben seinem erblickte, traf er einen Entschluss. Das eiserne Metall, das durch seine Haut und seine Adern fuhr, fühlte sich unendlich gut und erleichternd an. Doch etwas wollte ihn nicht sterben lassen. Etwas, das die anderen Gott nannten. Seit dieser Nacht war er sich sicher, dass es so etwas wie den Himmel nicht geben konnte, da die Hölle doch hier war, und gleichzeitig wünschte er sich, dass er falsch lag und sein Bruder für alle Zeiten, mit seiner Geliebten, in Glückseligkeit dort verweilen könnte. Doch für ihn selbst war ein anderes Los bestimmt, dessen war er sich sicher, nichts anderes hatte er verdient.

Noch am selben Tage schlich er sich aus dem Haus, nur weg von diesem Ort, den er einmal sein Zuhause nannte.

Der Wind spielte mit seinen langen, schwarzen Haaren, dann erblickte er sie. Sie stand am Waldrand, eingehüllt in dicke Leinen, und blickte ihn an. Ruhig hob er seine Hand. Er meinte zu wissen, wer sich dort in Kleidungsstücken so vergraben hatte, doch auch dies schien ihm unwichtig angesichts seiner eigenen Schuld.

»Bitte, verzeih mir, Lorenz«, flüsterte er und hoffte, dass der Wind seine Worte dahin trüge, wo Lorenz jetzt war.

Ein letztes Mal sah er die gelöschten Brände der Stadt und wie die Bewohner allmählich mit den Aufräumarbeiten begannen. Nie mehr wollte er hierhin zurückkehren, nie mehr.

Als er den ersten Schritt auf dem Weg machte, der sich ruhig und schneebedeckt durch die Felder hindurchwand, sah er den Wald, in dem das Mädchen gerade verschwunden war. Zwei Tränen verließen seine Augen und legten sich warm auf seine Wangen.

»Bitte verzeih mir«, hauchte Maximilian ein letztes Mal.

ENDE

Danksagung

Aus einer Idee entsteht ein Buch, doch damit man es auch in den Händen halten kann, bedarf es etliches mehr, als einen Gedanken.

Vielen Dank an die Agentur Scriptzz – Anja Koeseling, Franziska Fischer und Anne Garske.

Meiner Familie, Michael, Daniel, Ole und Sarah – Danke schön für die guten Gespräche, die Ideen und die Unterstützung in wahrlich dunklen Zeiten.

Danke an Frau Tenorth, für den richtigen Ratschlag zur richtigen Zeit.

Und natürlich dem Gmeiner-Verlag, insbesondere der Lektorin Claudia Senghaas. Herzlichen Dank, dass Sie einem jungen Autor, der viel zu viele Ideen im Kopf hat, eine Chance gegeben haben.

Weitere Romane finden Sie auf den folgenden Seiten und im Internet: www.gmeiner-verlag.de

Sebastian Thiel
Wunderwaffe
978-3-8392-1251-6

»Ein Kriminalroman aus den dunklen Kriegsjahren im nationalsozialistischen Deutschland.«

Frühjahr 1944. Erik Stuckmann, als Chemiker bei der IG Farben beschäftigt, wird tot aufgefunden. Er soll sich unter Medikamenteneinfluss das Leben genommen haben. Sein bester Freund Nikolas Brandenburg glaubt nicht an einen Selbstmord und nimmt die Ermittlungen auf. Die Spur führt ihn nicht nur zur französischen Widerstandsbewegung, sondern auch in die höchsten Kreise der IG Farben. Nur langsam sammelt er Indizien und deckt dabei Unglaubliches auf …

Eve Rudschies
Süßes Gift und bittere Orangen
978-3-8392-1354-4

»Kulinarische Hochspannung!«

Landshut im Advent 1541. Anna Lucretia, die uneheliche Tochter Herzog Ludwigs X., fiebert ihrer Heirat entgegen. Doch Unheimliches geschieht auf Burg Trausnitz: Ihr Verlobter entgeht knapp dem Tod, ein Bote stirbt auf mysteriöse Weise. Ihr Vater erkrankt an Diabetes, dem „süßen Fluss", was einen Krieg der deutschen und italienischen Köche um die bessere Heilkost auslöst. Doch der Herzog weist bald Vergiftungserscheinungen auf. Wer steckt hinter den rätselhaften Ereignissen?

Bernhard Wucherer
Die Pestspur
978-3-8392-1264-6

»Der Leser fühlt sich in jeder Szene in die Zeit des Mittelalters zurückversetzt.«
Allgäuer Zeitung

Staufen im Jahre 1634. Die Pest wütet im Allgäu, in der Bevölkerung herrscht Angst. Lodewig und sein kleiner Bruder Diederich belauschen auf dem Friedhof ein Gespräch zwischen dem Totengräber und einem Unbekannten. Unfreiwillig werden sie dabei zu Mitwissern eines schrecklichen Geheimnisses. Als ein Geräusch die Jungen verrät, können sie gerade noch entkommen, werden jedoch von nun an unbarmherzig verfolgt. Obwohl statt ihrer zwei andere Knaben umkommen, schweben die beiden in ständiger Lebensgefahr. Und dann scheint auch noch die Pest ihre Opfer zu fordern …

GMEINER
Wir machen's spannend

Unsere Lesermagazine

2 x jährlich das Neueste aus der Gmeiner-Bibliothek

24 x 35 cm, 32 S., farbig; inkl. Büchermagazin »nicht nur« für Frauen

10 x 18 cm, 16 S., farbig

Alle Lesermagazine erhalten Sie in Ihrer Buchhandlung oder unter www.gmeiner-verlag.de.

GmeinerNewsletter

Neues aus der Welt der Gmeiner-Romane

Haben Sie schon unsere GmeinerNewsletter abonniert?

Monatlich erhalten Sie per E-Mail aktuelle Informationen aus der Welt der Krimis, der historischen Romane und der Frauenromane: Buchtipps, Berichte über Autoren und ihre Arbeit, Veranstaltungshinweise, neue Literaturseiten im Internet und interessante Neuigkeiten.

Die Anmeldung zu den GmeinerNewslettern ist ganz einfach. Direkt auf der Homepage des Gmeiner-Verlags (www.gmeiner-verlag.de) finden Sie das entsprechende Anmeldeformular.

Ihre Meinung ist gefragt!

Mitmachen und gewinnen

Wir möchten Ihnen mit unseren Romanen immer beste Unterhaltung bieten. Sie können uns dabei unterstützen, indem Sie uns Ihre Meinung zu den Gmeiner-Romanen sagen! Senden Sie eine E-Mail an gewinnspiel@gmeiner-verlag.de und teilen Sie uns mit, welches Buch Sie gelesen haben und wie es Ihnen gefallen hat. Alle Einsendungen nehmen automatisch am großen Jahresgewinnspiel mit attraktiven Buchpreisen teil.

GMEINER

Wir machen's spannend